ro
ro
ro

ro ro ro

KARL GEARY, geboren 1972 in Dublin, war fünfzehn, als er nach Amerika auswanderte. In New York wurde er als Schauspieler entdeckt, er trat in «Sex» von Madonna auf und begann dann eine Karriere als Drehbuchautor. Geary heiratete 2003 die Schauspielerin Laura Fraser, sie zogen 2004 nach Irland und 2005 nach Glasgow, wo ihre Tochter geboren wurde. «Vera» ist sein erster Roman.

«Geary schreibt so intensiv, dass man als Leser den Wein schmeckt und den Schmerz der Protagonisten in der eigenen Magengrube spürt. Mit Sonnys Frage kondensiert Geary das Wesen der Liebe: ‹Kann es jemals schön sein, ohne traurig zu sein?›» (*NEON*)

«Ein Buch, das ich sehr mag.» (*Isabelle Huppert*)

«Diese tragische Liebesgeschichte aus Dublin markiert das Debüt einer eindrucksvollen literarischen Begabung … eine unvergessliche Liebesgeschichte.» (*Financial Times*)

Karl Geary

VERA

Roman

Aus dem Englischen von
Mayela Gerhardt

ROWOHLT TASCHENBUCH VERLAG

Die Originalausgabe erschien 2017
unter dem Titel «Montpelier Parade» bei Harvill Secker/
Penguin Random House, London.

Im Rowohlt Buchverlag erschien der
Roman als gebundenes Buch 2018 unter dem
Titel «Montpelier Parade».

Veröffentlicht im Rowohlt Taschenbuch Verlag,
Hamburg, Juli 2019

Redaktion Susann Rehlein
Umschlaggestaltung any.way, Hamburg,
nach dem Original von Penguin Random House UK;
Design: Suzanne Dean
Umschlagabbildung Mark Owen/Arcangel
Satz aus der Caslon 540, InDesign,
bei Dörlemann Satz, Lemförde
Druck und Bindung CPI books GmbH, Leck, Germany
ISBN 978 3 499 29080 0

Für Laura

1

«Die Welt ist 'n gruseliger Ort.» Mit den Fingerspitzen klaubte Joe McCann einen Klumpen Hackfleisch zusammen und stopfte ihn in eine kleine weiße Plastiktüte. «Bei Gott», sagte Joe. «Bei Gott.»

Du standest neben Mrs. Anderson und wischtest die gläserne Fleischtheke mit zusammengeknülltem Zeitungspapier und Essigwasser sauber. An der Seite von Mrs. Andersons Kopf, wo der Verband aufhörte, konntest du die schwarzblaue Prellung sehen.

«Das ist etwas mehr als ein halbes Pfund, Mrs. Anderson. Ist das recht so?»

Er wartete nicht auf eine Antwort. Er verschloss die kleine Tüte mit einem Stück rotem Klebeband und legte sie wie einen weißen Ballon auf die Theke.

Mrs. Andersons Hand zitterte, als sie ihm ein paar Münzen über die Theke entgegenstreckte. Mühevoll nahm sie die Tüte mit dem Hackfleisch an sich und verstaute sie in ihrer Einkaufstasche.

«Ich hoffe, sie kriegen die Kerle», sagte Joe. «Bestimmt kriegen sie die, ganz bestimmt», sagte er. «Mach Mrs. Anderson die Tür auf, ja, Sonny?»

Du hast dir die durchnässte Zeitung unter den Arm geklemmt, bist zur Tür gelaufen und hast sie ihr aufgehalten.

Die kleine Glocke über dem Eingang gab ein kraftloses Klingeln von sich, als Mrs. Anderson die Metzgerei verließ, und durch dein Hemd spürtest du die nasse Zeitung.

«Viel Glück für Sie, wirklich, viel Glück», rief Joe.

Mick kam aus dem Hinterzimmer und stellte sich neben ihn. «Furchtbar», sagte Mick, während er sich langsam mit den Händen über die Schürze strich. Bei Mick wusstest du nie, ob er etwas ernst meinte oder ob er dich auf die Schippe nahm. Für solche Dinge hattest du einfach kein Gespür. Er zwinkerte dir zu, als Joe nicht hinsah.

Joe und Mick standen schweigend da, Seite an Seite, mit einem Mal reglos, als wäre ihr letzter Gedanke bedeutsam gewesen, etwas, das sie nicht vergessen wollten.

Joe war groß und irgendwas um die fünfzig. Sein Gesicht war so sanft, dass du nicht lang hinsehen konntest.

Einen guten Kilometer entfernt hatte ein neuer Supermarkt aufgemacht. Mick hatte in Joes Gegenwart nie ein Wort darüber verloren; auch darüber nicht, dass nur noch die alten Leute, die nicht mehr Auto fuhren, zu ihnen in die Metzgerei kamen; oder darüber, dass sie zwischen dem Postamt und einem chinesischen Take-away hockte wie eine sitzengelassene Liebende, die ihr Unglück nicht versteht.

Als die Glastheke sauber war, hast du den Besen aus dem Hinterzimmer geholt, um das alte Sägemehl zusammenzukehren. Mick langweilte sich; du hörtest, wie er hinter dir den Raum betrat. Er blieb vor dem angeschlagenen Spiegel stehen, der über dem Waschbecken hing, an einem rostigen, um einen Nagel geschlungenen Stück Draht. Wie ein Cowboy seinen Colt zog Mick seinen Kamm hervor.

«Haste schon mal eine angefasst, Sonny?», fragte er.

«Was?»

Sein Haar war braun und dünn und fettig, mühelos glitt der feine Kamm hindurch. «Ob du schon mal eine angefasst hast?»

«Eine was angefasst?»

«'ne Muschi.»

«Was?»

«'ne Möse ... 'ne Bärenhöhle?»

«Was?»

«Bist du taub?»

«Nein.»

«Also?»

«Ja», sagtest du. «Klar hab ich.»

«Dann sag mir, wo sie ist.»

«Wo was ist?»

«Du hast keinen blassen Schimmer, oder? Zeig's mir, zeig mir, wo sie deiner Meinung nach ist.»

Du hast gespürt, wie dein Gesicht rot anlief.

«Sie ist nicht da, wo man denkt», hast du gesagt.

«Aha, und wo denkst du, ist sie?»

Micks Gesicht war von Aknenarben überzogen; als Jugendlichem hatte man ihm gesagt, er solle nicht kratzen, aber er hatte gekratzt.

«Du hast keine Ahnung, gar keine», sagte er.

Er schob den Kamm zurück in seine Gesäßtasche, lehnte sich einen Moment mit der Hüfte ans Waschbecken, dann stieß er sich ab und schob seine Schürze beiseite.

«Da ist sie», sagte er. «Weiter unten, als man denkt ... Sie ist ... Weißt du, wo deine Eier sind?»

«Ja.»

«Sicher?»

«Ja.»

«Okay, also sie ist zwischen da, wo deine Eier aufhören und wo dein Arsch anfängt.»

Mick beugte sich vor, um es dir zu zeigen, da kam Joe herein und sagte: «Lass den Blödsinn.»

Mick zwinkerte dir zu. Sagte: «Wir bringen's dir schon noch bei, Junge.» Dann ging er zurück in den Verkaufsraum, und du hörtest ihn sagen: «Mrs. O'Brien, Sie sind jedes Mal jünger, wenn ich Sie sehe.»

Joe blickte auf seine Armbanduhr, dann sah er dich an. «So, und jetzt sieh zu, dass du in die Gänge kommst.»

«Ganz recht, Miss O'Sullivan.» – «Darf's noch 'n bisschen mehr sein, Miss O'Shea?» – «So weit, so gut, Miss McCormick.» – «Das langt erst mal, wie man so sagt, das langt erst mal.» Und so ging es immer weiter – Mick und Joe waren den ganzen Tag über zu hören, wie ein Radio im Hintergrund.

Du bekamst zehn Pfund pro Woche, halfst nach der Schule eine Stunde dort aus, nur mittwochs brauchtest du eine Stunde länger, weil die Schafslungen fürs Hundefutter durch den Fleischwolf gedreht werden mussten. Du hattest jetzt ein gutes Jahr dort gearbeitet und zweihundertsechzehn Pfund gespart.

Das Licht war fast vollständig aus dem Himmel verschwunden, und im Schaufenster sahst du dein Spiegelbild, angeleuchtet vom Neonlicht, den Besen in der Hand. Draußen strichen die Autoscheinwerfer vorbei.

Kurz vor Ladenschluss klingelte die Glocke wieder, und Mr. Cosgrove stolperte zur Tür herein, umweht vom Dunst des Higgins Pub. Er war betrunken, und Joe hatte Angst vor Betrunkenen. Er überließ es Mick, ihn zu bedienen.

Mr. Cosgrove stützte sich mit einer Hand auf der Glastheke ab und spreizte die Finger, um sich ins Gleichgewicht zu bringen. Erst später, als du an seine Fingerabdrücke zurückdachtest, fiel dir auf, dass du dich nicht erinnern konntest, sie weggewischt zu haben. Doch das musstest du getan haben. Sie waren eindeutig weg.

Mr. Cosgrove ließ das Kinn auf die Brust sacken und schien darauf zu warten, dass er zu schwanken aufhörte, hielt eine verschmierte Zeitung unter den Arm seines Altmännermantels geklemmt.

«Darf's etwas für Ihr Abendessen sein, Mr. Cosgrove?», fragte Mick. Er stand mit verschränkten Armen da, den Kopf zur Seite geneigt. «Mr. Cosgrove! Etwas für Ihr Abendessen?» Mr. Cosgrove hob den Kopf und begegnete Micks erwartungsvollem Blick.

«Etwas für mein Abendessen. Ja.»

«Also», sagte Mick, «hier habe ich ein schönes Stück Leber. Das können Sie mit Zwiebeln anbraten – köstlich. Oder, ähm … wie wäre es mit Buletten, gerade frisch zubereitet? Sie könnten zwei für sich kaufen und eine Ihrer Frau mitbringen.»

Mick warf dir einen Blick zu, um sich zu vergewissern, dass du es gehört hattest.

«Haben Sie auch ein Herz?», fragte Mr. Cosgrove.

«Himmel, das Herz kann ich Ihnen nicht verkaufen, Mr. Cosgrove. Meine Frau würde nie wieder ein Wort mit mir sprechen.»

«Davon wird man sowieso nicht satt», sagte Mr. Cosgrove zu Micks Missfallen.

«Jetzt entscheiden Sie sich mal», sagte Mick. «Ich bin dabei, den Laden zuzumachen.»

«Und mich lässt man vor Hunger verrecken, verflucht.»

«Wollen Sie nun die Leber?», fragte Mick, ohne Mr. Cosgrove anzusehen.

«Meinetwegen.»

«Wollen Sie die Leber?»

«Ich hab doch grad gesagt, dass ich sie will, oder nicht?»

«Hören Sie, wenn Sie hier bloß Ärger machen wollen, gehen Sie woanders hin.»

«Geben Sie mir für fünfzig Pence», sagte Mr. Cosgrove.

«Wohl die verfluchte Bank ausgeraubt», brummte Mick und griff nach dem Tablett mit den Lebern. Draußen war es vollkommen dunkel, und die Autos hatten die Scheibenwischer angeschaltet. Regen hing wie Efeu am Schaufenster. Mick ließ eine weiße Tüte mit Leber auf die Theke plumpsen, verschlossen mit makellosem rotem Klebeband.

«Geben Sie mir fünfzig Pence dafür, Mr. Cosgrove. Und ich hab Ihnen noch ein Stück extra reingetan – damit Sie nicht schlecht über mich reden.»

Du glaubtest, Mr. Cosgrove murmeln zu hören «gut so» oder «guter Mann».

Mr. Cosgrove kramte einen Stapel Münzen aus seiner Tasche hervor, verstreute Tabakkrümel auf dem Boden und starrte ratlos auf seine geöffnete Hand. Mick fischte eine silberne Fünfzig-Pence-Münze heraus.

«Klar doch», sagte Mr. Cosgrove gänzlich unbeirrt. Er tippte sich an die Schläfe, dann bemerkte er dich. «Hey, Kehrjunge!» Seine trüben Augen musterten dich, und er sagte: «Einmal Kehrjunge, immer Kehrjunge … Pech gehabt.» Er kicherte.

Dann stieß er sich von der Theke ab und ging auf die Tür zu, als liefe er über die Längsseite eines kleinen Ruderboots. Die Messingglocke klingelte, und Joe tauchte wieder aus dem Hinterzimmer auf.

Du standest der Tür am nächsten, als der Aufprall zu hören war. Die Zeit dehnte sich aus; du hattest gehört, dass das passieren konnte, und es war wirklich so – die Zeit dehnte sich aus, und der Unfall spielte sich Bruchstück für Bruchstück vor dir ab. Erst ein Hupen, dann, darunter, das Geräusch von Gummi, das mit hoher Geschwindigkeit über Asphalt geschleift wird. Als Nächstes das Geräusch, das ein nasser, schwerer Mantel machen würde, der auf einen harten Untergrund aufprallt.

Ihr erstarrtet alle drei, und wie Figuren aus einem Comic blicktet ihr erst in die Richtung des Geräuschs, dann einander an und wieder zu dem Geräusch. Du hörtest, wie der hölzerne Besenstiel auf den Boden aufschlug, und dann standest du draußen auf dem breiten Gehweg, im Regen, im Wind.

Ein kleiner Lieferwagen war über den Mittelstreifen hinausgeschossen und stand entgegen der Fahrtrichtung. Man hörte das Tuck-tuck-tuck seines Dieselmotors im Leerlauf. Der Wagen war vollkommen unbeschädigt, abgesehen von einem leuchtenden Scheinwerfer, der hilflos an seinem Kabel baumelte. Das Gesicht des Fahrers konntest du nicht erkennen, nur seine weißen Fingerknöchel auf dem Lenkrad.

Mr. Cosgroves verdrehter Körper lag auf dem nassen Asphalt. Seine kleine weiße Plastiktüte war ein Stück von ihm fortgeschleudert worden; sie war aufgeplatzt, leer.

Unwillkürlich hast du dich gefragt, wo die Leberstücke abgeblieben waren, da fühltest du eine Hand auf deiner Schulter. Du spürtest, wie dir dein nasses Hemd kalt an der Haut klebte.

Menschen schrien. Joe stand mitten auf der Straße und reckte dem Verkehr die Hand entgegen. Der Fahrer des Lieferwagens war ausgestiegen und kniete vor seinem Wagen, hielt die Faust an die Stirn gedrückt und übergab sich plötzlich auf die Straße.

Eine kleine Gruppe versammelte sich auf dem Gehweg und glich die Szene mit dem ab, was man aus dem Fernsehen kannte. Da kamen die blinkenden blauen Scheinwerfer eines Polizeiwagens um die Ecke gebogen, als wäre er dahinter versteckt gewesen und hätte bloß auf diesen Moment gewartet. Währenddessen sickerte aus einer nicht sichtbaren Verletzung Blut aus Mr. Cosgroves Kopf und bildete ein großes, dunkles, dickes Kissen.

Mit einem Mal hast du dich vor seinem reglosen Körper wiedergefunden, du gingst in die Knie, beugtest dich näher zu ihm. Regen sammelte sich in den Ausbuchtungen seiner halb geschlossenen Augen, sein Gesicht war zu einer Grimasse erstarrt, die die gelben Zähne entblößte, und du dachtest, dass sich seine Haut, wenn du sie berührtest, wie die eines Hähnchens anfühlen würde, das zu lange aus dem Kühlschrank raus ist.

Eine Zehnerpackung Sweet Afton ragte aus seiner Hemdtasche, die Plastikhülle war noch zu.

«Was zum Teufel hast du da zu suchen? Scher dich weg!» Zwei Gardaí kamen auf dich zu. Du bist schnell aufgestanden, doch vorher umschlossen deine Finger die Zigaretten und zogen sie geräuschlos aus der Tasche des Mannes.

Joe stand hinter den Polizisten. Er sah dir in die Augen, und sofort wusstest du, dass ihm nicht entgangen war, wie du die Zigaretten eingesteckt hattest. Zu spät, du hattest sie bereits in deiner Hosentasche verschwinden lassen. Ein Gardaí zog dich am Arm auf den Gehweg. Du bist über den Bordstein gestolpert; er fing dich auf. «Mach dich wieder an deine Arbeit», sagte er.

Du standest allein in der Metzgerei. Du hörtest, wie die Tür mit einem Klingeln zufiel, und warst erstaunt, dass im Laden alles unverändert war. Du wusstest nicht genau, was hätte anders sein sollen, aber es kam dir herzlos vor, dass alles wie vorher war.

Du hobst den Holzbesen von dort auf, wo er zu Boden gefallen war, und kehrtest die restlichen Sägespäne zu dem kleinen Haufen hin, den du vorhin zusammengefegt hattest. Dann schobst du ihn auf das metallene Kehrblech. Du stelltest Besen und Kehrblech beiseite und begannst, frisches Sägemehl zu verteilen, griffst dir jeweils zwei gute Handvoll und streutest sie wie Samen auf dem Linoleumboden aus.

Hinter dir klingelte die Türglocke, und du spürtest einen Schwall Abendluft.

«Es kommt, wie's kommt, wie man so sagt, es kommt, wie's kommt», sagte Joe und klopfte seine Stiefel auf der Fußmatte ab, was außer ihm nie jemand tat.

«Das war's», sagte Mick.

Ihre Stimmen klangen gedämpft und besonnen, dann verstummten sie. Sie sahen beide zu dir her und warfen sich einen wissenden Blick zu.

«Gut», sagte Joe. «Bestens, Junge, alles bestens, lass die Sachen einfach hier so stehen und geh nach Hause.»

Mit einer Hand hattest du immer noch das Sägemehl umklammert, als du das Hinterzimmer betratst. Du hast es auf den Boden geworfen und dir die Schürze abgestreift. Erst als du dir den Mantel angezogen hattest, bemerktest du, dass deine Hände zitterten. Durch die Hosentaschen deiner Jeans spürtest du die harten Kanten der Zigarettenpackung, während du schweigend an Mick und Joe vorbeigingst. Die Glocke klingelte, du bogst nach links auf die Straße ab.

2

Das Licht des Fernsehers wusch über die Gesichter deiner Brüder; ihre Augen leuchteten unscharf, wie von fern in dem dunklen Raum. Dein Vater saß in seinem Sessel, dem Kamin am nächsten, und wartete auf sein Essen.

In der Küche flackerte von Zeit zu Zeit das Neonlicht; es brummte durchgehend. Kaltes Wasser lief über die Hände deiner Mutter, während sie mit einem kleinen scharfen Messer geschickt die Kartoffeln schälte. Vor ein paar Jahren hatte sie sich eine elektrische Fritteuse gekauft. Die Farbe war verblasst und begann abzublättern, Fett bedeckte das rote «An»-Licht, machte es schummrig. Das Kondenswasser lief in Schlieren die Tapete und die Fensterscheibe hinunter.

Deine Mutter sagte nichts, als du in die Küche kamst, obwohl du wusstest, dass sie deine Anwesenheit spürte. Du machtest einen Küchenschrank nach dem anderen auf und warfst einen Blick hinein, aber in Wahrheit hast du sie beobachtet. Schließlich setztest du dich an den Tisch. Sie war alt, deine Ma. Du warst der Jüngste, und sie war alt.

Du hattest dich noch nicht entschieden, ob du ihr von Mr. Cosgrove erzählen solltest, und nun, in dieser dicken Luft, wusstest du, dass du es nicht tun würdest. Du würdest es für dich behalten.

«Ma», hast du gesagt, «gibt es bald Abendessen?» Du wolltest ihre Stimme hören, um einschätzen zu können, wie die Stimmung war. Doch du hattest ihr einen Aufhänger geliefert; sie legte das Kartoffelmesser auf das stählerne Abtropfbrett und trocknete sich die Hände am Geschirrtuch ab.

«Nein», sagte sie. «Dein Vater hat noch nicht gegessen.» Sie sprach lauter, damit er sie auch hörte. «Und ich weiß nicht, ob danach überhaupt noch was übrig ist.» Sie ging näher an die Tür. «Der Junge möchte sein Abendessen, und ich hab nichts für ihn, gar nichts; schon wieder ein Freitag – und nichts.» Sie wandte sich wieder der Küche zu. «Frag deinen Vater, wo dein Abendessen bleibt», sagte sie.

Hinter der Tür dröhnte einsam der Fernseher. Der Bruder, der sich als Letzter dort aufgehalten hatte, hatte ihn nicht ausgemacht. Nun sagte sie etwas zu dir, aber es war nicht an dich gerichtet.

«Ich wette, Paddy Power hat was bekommen, das Wettbüro hat bestimmt was bekommen, er hat alles dagelassen. Lügner, dieser verdammte Lügner. Ich will nie eine Lüge aus deinem Mund hören, hörst du, Sonny? Wenn ich etwas nicht ausstehen kann, dann Lügner.»

Ein Jahr zuvor war sie viel zu dünn gewesen, hatte nicht gegessen, nicht geschlafen, nicht geweint, nur an den Fingernägeln gekaut, bis sie bluteten, und Dr. Harwood hatte ihr Schlaftabletten verschrieben, aber viel geschlafen hatte sie wohl trotzdem nicht.

Sie nahm einen Topf vom Herd und trug ihn zum Spülbecken. Sie goss das brühend heiße Wasser aus und verschwand in einer Dampfwolke. Ein Stück Schinken und ein welkes Kohlblatt landeten im Sieb, sie legte beides auf einen Teller.

«Und wie er das Haus verkommen lässt – ein Versager ist er», murmelte sie. «Sag deinem Vater, sein Essen ist fertig», sagte sie. Der Teller spie Dampf.

Früher war es anders gewesen, aber du konntest dich nicht daran erinnern. Jetzt waren die Jungs älter, stärker. Manchmal fragtest du dich, ob dein Vater wusste, was schiefgelaufen war, warum seine Familie ihm die kalte Schulter zeigte, ihn ausschloss. Hin und wieder sprang er auf und jagte die Jungs auseinander. Danach war die Luft für eine Weile gereinigt, wurde dann aber wieder zusehends dicker.

Du bist mit dem Stuhl vom Tisch zurückgerutscht und aufgestanden. Du wusstest nie, für wen du Partei ergreifen solltest. Er saß in seinem Sessel, sein Kopf reglos; du sahst, dass sein Blick nicht auf den Fernseher gerichtet war. Die Zigarette in seiner daumenlosen Hand war fast bis auf den Filter runtergebrannt.

«Dad», sagtest du, aber es war zu leise. Du hast es lauter versucht: «Abendessen ist fertig.»

Du bist zurück in die Küche und wolltest durch die Hintertür in den Schuppen, der ans Haus angebaut war. «Wo gehst du hin?», fragte deine Mutter.

«Schuppen», sagtest du. Sie wirkte enttäuscht.

Im Schuppen hing eine einzelne Glühbirne, und es lagen ein paar alte Werkzeuge deines Vaters herum. Jemand hatte vor langer Zeit die Wände und das Dach in Ordnung bringen wollen, doch dazu war es nie gekommen. Auf dem Betonboden verstreut lagen deine gebrauchten Fahrradteile, wiederverwertet oder gestohlen, aber größtenteils gestohlen. Es waren fast genug Teile, um daraus ein ganzes Fahrrad zusammenzusetzen.

Du hast die Tür zugemacht, und deine Familie wurde ausgeblendet. Sie kamen nicht hier raus; es war zu kalt; nach etwa einer Stunde spürtest du deine Zehen nicht mehr, und deine Hände versagten ihren Dienst. Das nervige Dröhnen des Fernsehers drang zu dir vor, und mit einem Mal hast du den Schraubenschlüssel gegen die Wand geschleudert. Er machte so gut wie kein Geräusch. Sie würden dort stundenlang so sitzen bleiben, abgesehen von dem einen oder anderen Abstecher zum Teekocher, und dann würden sie nacheinander ins Bett verschwinden und euren Vater allein zurücklassen.

Jeden Abend guckte er im Aschenbecher deiner Mutter nach Zigaretten, die sie nicht ganz aufgeraucht hatte. Du hast immer versucht, ihn nicht dabei zu erwischen. Nach Mitternacht zog es dich zurück ins Haus, als du sicher warst, dass nur noch er da war und du die Titelmelodie zu einem alten Schwarzweißfilm hörtest. Du hast dich davorgesetzt und dich an dem bisschen aufgewärmt, was vom Feuer noch übrig war.

«Der hier ist nicht schlecht», sagte er. Seine Augen leuchteten kurz auf, als er sich einen Zigarettenstummel anzündete. Sein Gesicht sah anders aus, wenn sie schon schliefen.

«Ja?», sagtest du und liefst die Treppe hoch, so wie du es dir antrainiert hattest, geräuschlos – die Füße nur auf den Rändern der Treppenstufen, wo das Holz nicht quietschte.

Du bist ins Badezimmer gegangen, das Schloss war überpinselt und konnte nur halb verriegelt werden, du hast dich hinter das Waschbecken gehockt und eine lockere Kachel abgenommen. Hier waren all deine Geheimnisse verborgen, in einem Hohlraum hinter dem Waschbecken. Du hast die alte Stiftebox aus Blech ertastet, in der das Geld steckte, das dich eines Tages hier rausholen würde, ein silbernes Feuerzeug, das nicht immer deins gewesen war, und die nagelneue Packung mit den zehn Sweet Afton, die du hier versteckt hattest, als du zum Pinkeln hochgekommen warst.

Du bist wieder nach unten ins Wohnzimmer und hast den Sessel deines Vaters leer vorgefunden. Das zusammengedrückte Kissen atmete auf. Klickend schaltete sich der Teekocher aus, als du die Zigarettenpackung auf der Armlehne seines Sessels ausbalanciertest, dann setztest du dich rasch daneben.

Du hörtest sein plattfüßiges Schlurfen, und er tauchte in der Küchentür auf, eine Tasse und eine zusammengeklappte Scheibe Weißbrot in seiner guten Hand. Seine unsteten Bewegungen brachten den Tee in der Tasse zum Überschwappen, er tränkte das Weißbrot und tropfte auf den Teppich. Dein Brustkorb verkrampfte sich, und du fragtest dich, ob es besser gewesen wäre, die Zigaretten deiner Mutter zu geben.

«Der Teekessel hat gekocht», sagte er in den Raum hinein, dann hielt er inne. Er deutete mit einem Nicken auf die Zigarettenschachtel, dann sah er dich an. Sein Gesichtsausdruck war hart, und seine dunkelbraunen Augen hatten dich im Visier.

«Was ist das?», fragte er, als wolltest du ihn reinlegen.

«Hab ich gefunden», sagtest du. Er blickte wieder zu den Zigaretten hinüber, und aus seiner Kehle kam ein Geräusch, das wie «Oh» klang. Er blinzelte ein paarmal und machte noch einmal das gleiche Geräusch, doch diesmal wich die Anspannung aus seinem Gesicht, und er sah alt aus. Er hielt seine Tasse in die Höhe und ließ sich vorsichtig in den Sessel sinken, um die Zigarettenpackung nicht mit dem Ellbogen von der Armlehne zu schubsen. Erst später, als du schon fast im Film versunken warst, sahst du, wie er die Packung Sweet Afton öffnete.

Als der Film endete, warst du schläfrig. Dein Vater stand auf und knipste das Licht an. Er leerte seinen Aschenbecher über dem erkaltenden Feuer aus; die Zigarettenstummel glommen nur, und du wusstest, sie würden auf dem Rost liegen bleiben, bis das Feuer am kommenden Nachmittag erneut entfacht würde. Du hast das Gewicht auf dem Sofa verlagert, als wolltest du aufstehen. Er schaltete den Fernseher aus. «Morgen früh um acht geht's los.» Dann sagte er: «Gut», und verließ das Wohnzimmer.

Du hast jedem seiner Schritte auf den Stufen gelauscht, seinem satten Strullern und wie er danach die letzten zwei Stufen hochgestiegen ist. Eine Tür ging auf und zu.

Du hast die Tassen eingesammelt, die herumstanden, und sie ins Spülbecken gestellt. Du hättest sie auch gespült, wolltest aber keinen Lärm machen. Du machtest das Licht aus, bliebst in der Dunkelheit stehen und lauschtest. Ein Wasserhahn tropfte müde vor sich hin, und oben im Haus hörte man, wie sich die Dachsparren gegen den schwachen Wind stemmten. Ein Kälteschauer durchfuhr deinen Körper, aber du wolltest dich nicht bewegen, bevor du nicht sicher warst, dass alle schliefen und im Haus Ruhe eingekehrt war.

Du hast dich am Sessel vorbeigetastet, bist in die Knie

gegangen und hast deinen Schwanz gerieben, bis er hart wurde, während du die Glut deiner Erinnerungen schürtest. Miss Gill, die sich vorbeugte, um ihre Einkaufstüten hochzuheben. Der TV-Werbespot mit dem Mädchen im Badeanzug. Schließlich bist du bei Sharon Burke hängengeblieben, dort, wo ihre braunen Beine unter dem Minirock zusammentrafen. Es gab nichts außer dem Geräusch deines Atems, während ihre Hand hart deinen Schwanz umfasste. Ihre Augen waren so fern wie die Fotos in einer Zeitschrift. Du hast ihren Rock hochgeschoben und sie so fest an dich gedrückt, dass es euch beiden weh tat. Ihr Atem ging so stockend wie deiner, und mit einem letzten Schaudern spürtest du, wie dir die Wärme über die Hand strömte. Deine Finger langsam, aber kräftig, als du, solange es ging, weitergemacht hast, bevor es vorbei war und du im Dunkeln warst.

Erschöpft hast du dich die Treppenstufen hochgeschleppt. Mit jedem Schritt wurde es kälter. Rasch zogst du dich aus. Das kalte Bettzeug. Du hörtest ein halbes Dutzend Lungen um dich herum, die alle dieselbe Luft einsaugten. Du hast Gott gebeten, sie alle zu segnen, aber fast nur noch aus Gewohnheit. Hast dich im Zimmer umgeblickt, die hohen Etagenbetten, die Form der Körper unter den Schichten aus Decken und Mänteln. Du hast Mr. Cosgroves totes Gesicht vor dir gesehen und die Augen geschlossen, doch das Bild ließ sich nicht vertreiben. Du fragtest dich, wo sich seine Leiche jetzt befand, dachtest an den großen Kühlschrank in der Metzgerei, dann drehtest du dich zur Wand.

3

Am frühen Morgen hatte es noch ausgesehen, als würde die Sonne bald hinter den dünnen Wolken hervorbrechen, doch als der weiße Ford-Lieferwagen deines Vaters jetzt auf die stattliche georgianische Häuserreihe an der Montpelier Parade zuhielt, war sie immer noch nicht dahinter aufgetaucht. Die Hände deines Vaters lagen auf dem Lenkrad, als steuerte er einen Ausflugsdampfer.

Dein Vater war ein Mann vom Land. Er war in jungen Jahren nach Dublin gezogen und dort nie heimisch geworden. Doch sobald er einen Spaten in den Boden stieß, bewegte sich sein Körper wie eine geschmeidige Einheit: Bei körperlicher Arbeit wurde er ganz er selbst, wirkte er endlich stimmig. Männer, die um Jahrzehnte jünger waren als er, versuchten vergeblich, mit ihm Schritt zu halten, und konnten ihm nur schweigend zusehen. Das mussten selbst deine Brüder zugeben.

Es war erst neun Uhr, und dir war elend vom schweren Schleppen. Du trugst die Werkzeuge aus dem Wagen in den Garten, über einen schmalen Weg, der ums Haus herumführte. Jeder Gegenstand, den du berührtest, war nass und kalt vom Wetter der vergangenen Nacht. Du wolltest dich ausruhen, für einen Moment die Augen schließen und nicht frieren. Du hattest Angst, in Ohnmacht zu fallen, und stelltest dir deinen Vater vor, wie er beschämt über dir stehen, dich mit dem Absatz seines Stiefels anstoßen würde.

«Fang schon mal an zu mischen», wies er dich an, als du mit dem letzten Sack Portland-Zement auf dem Arm um die Ecke bogst und dich anstrengtest, nicht angestrengt zu wirken. Er stand dort und blickte über die kaputte Gartenmauer hinweg. Rote Backsteine lagen auf dem Gras verstreut, und ein schmiedeeisernes Gartentor, das die starken Winde einige Wochen zuvor ausgehebelt hatten, hing schief in den Angeln. Ein Fischer und sein Sohn waren vor Dalkey Bay ertrunken, nachdem ihr Boot gekentert war. Ihre Leichen waren ins offene Meer hinausgespült und nicht gefunden worden. Es hatte in allen Zeitungen gestanden.

Die Schaufel fühlte sich riesig in deinen Händen an. Du versuchtest, den Rhythmus deines Vaters nachzuahmen. Mit der Geschmeidigkeit eines Alchemisten konnte er den Sand, den Zement und das Wasser zusammenmischen. Du konntest das nicht. Du spürtest seinen Blick auf dir und wusstest, dass er die Schaufel wieder an sich nehmen würde, sobald er zu Ende geraucht hätte.

«Gib mir das verfluchte Ding», sagte er. «Du siehst aus, als kriegst du gleich 'nen Anfall.» Du standest da und sahst ihm zu. Außerhalb des Hauses durftest du ihn bewundern.

Erst am späten Vormittag fandest du einen Rhythmus; es war nicht seiner, aber gut genug. Dein Körper hatte sich aufgewärmt, und während du die roten Backsteine zu einem akkuraten Stapel schichtetest, lag die Welt still vor dir, gemächlich und weit, nur das gelegentliche Singen eines Vogels war zu hören – und das feuchte Schaben der Schaufel deines Vaters wie ein sanftes Ticken des Tages.

«Wer wohnt hier?», fragtest du.

Er hielt im Schaufeln inne, und sein Atem ging schnell, als er sich mit der Hüfte an die Mauer lehnte, suchend in den Himmel sah und die Zähne bleckte.

«Wer wohnt hier?», hast du noch einmal gefragt.

«Die Leute, die 'ne kaputte Gartenmauer haben, wohnen hier», sagte er. «Brauchst du sie für irgendwas?»

«Ja», hast du gesagt. «Ich will das Haus kaufen und uns beiden einen Tag freigeben.»

Er grinste, und das war wunderbar. Er steckte sich eine neue Zigarette in den Mund. Das blaue Bic-Feuerzeug war winzig in seiner Hand; er drehte am Reibrad, schüttelte das Feuerzeug ein paarmal, und es zündete. Grauer Rauch entströmte seiner Nase.

«Das wird 'ne schöne Stange Geld kosten», sagte er und ließ den Blick über das zweistöckige Sandsteingebäude, die perfekten Fenster schweifen.

«Es ist groß», sagtest du.

«Schon, aber was bringt einem das – man kann sowieso immer nur in einem Raum gleichzeitig sein, ganz egal, wie viel Kohle man hat.»

Außer bei einem Fenster im oberen Stock waren hinter allen schwere Vorhänge zugezogen. Im Erdgeschoss waren die hölzernen Fensterläden zugeklappt. Je länger du hinsahst, desto deutlicher war der Verfall. Dichtes grünes Moos in der Dachrinne. Der Putz war abgeplatzt, und unter der Fensterbank war das entblößte Mauerwerk zu sehen.

«Wird so gegen elf sein?» Die Frage war nicht an dich gerichtet; er trat von einem Fuß auf den anderen und traf eine Entscheidung.

«Hol die belegten Brote», sagte er, und du wolltest

schon zum Wagen rennen, doch dann hast du es dir anders überlegt und bist gegangen wie jemand mit einem gut trainierten Körper.

Fast Seite an Seite auf den roten Backsteinen hockend, die du aufgestapelt hattest, habt ihr die Alufolie aufgewickelt und gierig in die belegten Brote gebissen.

«'ne Tasse Tee könnte sie uns schon bringen», sagte er leise, immer noch kauend.

«Wer?», fragtest du.

«Die Frau dadrin», sagte er. «Wer in so 'nem Haus wohnt, hat ja wohl 'n paar verschissene Teebeutel und heißes Wasser übrig.» Sein Blick wanderte über die leeren Fenster. «Verflucht», sagte er und warf sein Brot auf die Alufolie. Er stand auf und lief über den Pfad auf die Tür zu. Seine Faust knallte auf das Holz wie zwei, dann drei Schüsse. Jemand ging am Fenster im oberen Stock vorbei, aber vielleicht hattest du es dir auch bloß eingebildet. Dann hörtest du eine gedämpfte Frauenstimme aus dem Haus.

«Ja», sagte dein Vater. «Ja … ich wollte bloß reinkommen und Tee machen, eine Tasse Tee.» Die Härte war aus seiner Stimme verschwunden.

«In Ordnung, ja.» Er nickte dir zu, als er über den Pfad zurückkam, und setzte sich wieder auf die roten Backsteine. «Man kann 'nem Fremden doch wohl 'ne Tasse Tee anbieten.» Er klang zufrieden. «So sind sie, diese Leute, gönnen einem gar nix und sitzen auf ihrem Geld.» Er rammte den Absatz seines schweren Stiefels in die Erde und drehte ihn herum.

Du hast an an deinen Händen geknibbelt und gehofft, Schwielen oder eine ordentliche Schnittwunde zu entdecken. Du fandest nichts, aber unter deinen Fingernägeln klebte roter Backsteinstaub.

Ihr hörtet, wie das Türschloss aufschnappte, und legtet die Köpfe schief wie zwei streunende Hunde. Hinter der Tür kam eine Frau zum Vorschein, die versuchte, mit den Händen ein Tablett auszubalancieren und mit dem Fuß die Tür aufzuhalten. «Geh hin und hilf ihr», sagte er, und du spürtest, wie er dich mit dem Ellbogen am Arm anstieß. Du standest auf, aber mehr nicht. Sie kam über den schmalen Pfad durch den Garten auf euch zu, den Blick auf das Tablett gerichtet.

«Es tut mir wirklich leid, Frank, ich bin heute spät aufgestanden», sagte sie. Sie war Engländerin.

«Schon in Ordnung, Ma'am», sagte er. «Aber wenn man kein Bimbo ist, kriegt man vom Schuften 'ne trockene Kehle.» Ihre hellen Haare verbargen ihr Gesicht, doch du wusstest auch so, wie reiche Leute lächelten, wenn sie mit jemandem sprachen, den sie für dumm hielten. Er stand auf, als sie näher kam. «Nimm das Tablett», forderte er dich auf, aber du standest nur reglos da. Sie blickte auf, und ohne unverschämt sein zu wollen, sahst du ihr geradewegs ins Gesicht.

Sie war überhaupt nicht alt, also nicht so alt, wie du erwartet hattest, stelltest du überrascht fest, aber jung war sie auch nicht. Sie war wunderschön.

«Oh», sagte sie, als sie dich an der Seite deines Vaters entdeckte. Ihre Augen waren grün und tiefgründig, als blickte sie aus einem großen Raum dahinter hervor.

«Und wer ist das?», fragte sie deinen Vater; ihre Stimme klang wie die einer Nachrichtensprecherin.

«Das ist mein Bursche», sagte er, und von einem Moment

auf den anderen stand seine stämmige Gestalt an einem Markttag draußen im Westen, inmitten von Schlamm und Scheiße, und tippte sich an die Hutkrempe, während eine Kutsche vorbeifuhr.

«Hallo Bursche», sagte sie mit einem kleinen Lächeln. «Ich habe dir leider keine Tasse mitgebracht.»

«Das macht nichts, Ma'am», sagte dein Vater. «Er kommt klar.»

«Wirklich?», fragte sie.

«Ja», sagtest du, begierig zuzustimmen. Sie kam auf dich zu, übergab dir das Tablett, ihre Lachfältchen waren noch zu sehen, und einen Moment lang wusstest du, wie sie roch.

«Hier sind ein paar Kekse – leider nicht die guten, ich bin nicht zum Einkaufen gekommen.» Sie blickte suchend zu Boden.

«Oh, danke, Ma'am», sagte er, dann schaute er stumm geradeaus. Sie schob eine Hand in die Tasche ihres Bademantels, der einem Mann zu gehören schien. Mehrere Nummern zu groß, abgetragen und mit Schottenmuster; die Art Bademantel, wie alte Männer sie im Krankenhaus trugen. Durch ein Loch in der Manteltasche sahst du ein Stück ihrer Hand; sie musste zigmal mit dem Finger an der Innenseite entlanggekratzt haben, bis sie durchgestoßen war.

«Wie geht es mit der Arbeit voran?», fragte sie.

«Gut, gut. Dauert nicht mehr lang, bis wir fertig sind.»

Sie warf einen Blick auf die Mauer, wie auf ein Puzzle, das sie niemals anfangen würde. «Wunderbar», sagte sie, und mehr Stille machte sich breit. Sie sah dich wieder an, irgendwie träge diesmal. «Schön, dass du deinem Vater heute zur Hand gehst.»

«Ja, er ist ’n guter Junge – und schlau, nicht für den Bau geschaffen. Er hat ’ne gute Arbeit oben bei McCann, dem Metzger, wochentags nach der Schule. Schlau genug, um Arbeit drinnen zu finden.»

Du konntest sie nicht ansehen. Du spürtest, wie ein Brennen dein Gesicht überzog. Halt den Mund, halt den Mund, halt den Mund, du dummer, grobschlächtiger Hinterwäldler.

«Das ist ein guter Beruf», sagte sie schlicht und ohne Interesse, wandte sich um und blickte zum Hintereingang hinüber.

«Gut, ja», sagte dein Vater.

«Dann lasse ich Sie beide mal in Ruhe weiterarbeiten», sagte sie.

«In Ordnung, Ma’am.» Er setzte sich wieder auf den Steinstapel.

«Ach ja», sagte sie, «und falls Sie die Toilette benutzen möchten – durch diese Tür da, die Treppe hoch und dann …» Sie hielt inne und fuhr mit der Hand durch die Luft. «Ja … oben an der Treppe die erste Tür rechts.» Ihr Lächeln landete genau zwischen euch. Schweigend ging sie zurück zum Haus.

«Hör auf, zu gaffen wie ’n Schwachkopf», hörtest du ihn sagen. «Gieß den Tee ein und setz dich hin.»

Das Tablett war aus Holz, glatt, es fühlte sich wunderbar an. Behutsam hast du es auf dem Gras abgestellt und ihm aus der altmodischen Kanne Tee eingegossen. Dein Vater inspizierte die Kekse auf dem kleinen Teller, der zum gleichen Teeservice zu gehören schien. Er nahm einen in die Hand und roch daran, dann schleuderte er ihn mit solcher Wucht zurück, dass er vom Tablett hüpfte.

«Hat sich ja nicht grad ’n Bein ausgerissen für den Fraß hier, was?»

Du rührtest die Kekse nicht an, obwohl du gern einen gegessen hättest.

«Was für eine Plörre», sagte er nach dem ersten Schluck.

Der Himmel blieb nur bis zum späten Nachmittag blau, doch auch als tiefe dunkle Wolken heranzogen, regnete es nicht. Zur vollen Stunde hast du gehört, wie der Zug, der an der Küste entlangfuhr, in Sea Point Halt machte, bevor er nach Howth oder Bray weiterfuhr. Deinen schweigenden Vater hast du aufmerksam beobachtet. Er zog sich das Hemd aus und wischte sich damit unter den Achseln ab und am Hals, straffe Sehnen und Muskeln bewegten sich direkt unterhalb seiner blassen, vernarbten Haut.

Der Arbeitstag ging zu Ende, als du hörtest, wie er eine sanfte namenlose Melodie summte. Es hob deine Stimmung. Er befahl dir, mit dem Aufräumen anzufangen. Das Wettbüro würde in zwei Stunden schließen, und jetzt hatte er es eilig loszukommen.

«Bring das Tablett rein zu ihr», sagte er. Er stand reglos da, den Blick auf das große Haus gerichtet. Du hättest zu gern gewusst, was er dachte. «Jetzt mach schon», sagte er.

Als du dich bücktest, um das Tablett aufzuheben, entdecktest du eine Reihe winziger Ameisen, die vom Gras auf das Holztablett führte und bei den Keksen endete, die ihr nicht angerührt hattet.

«Ich muss zur Toilette», sagtest du.

Er blickte dich an und stieß die Luft aus. «Geh einfach hinter die Wand da, so wie ich.»

Du spürtest, wie du mit den Schultern zucktest.

«Zieh dir die Schuhe aus, bevor du da reingehst – und mach schnell.»

An der Steintreppe hast du dich gebückt und dir die Stiefel ausgezogen. Deine Socken waren durchnässt, gräulich weiß, und auf einer Seite guckte ein schwarz verfärbter Zehennagel heraus. Mit der Schulter drücktest du die schwere Tür auf, und vom ersten Schritt auf den Steinfliesen bekamst du kalte Füße. Schmale Streifen Nachmittagslicht drangen durch die Lücken in den Fensterläden, streiften hier und da die Umrisse der Kücheneinrichtung. Du hast die Sachen vom Tablett in das Spülbecken geräumt, die Kekse in den Mülleimer geworfen und erst später darüber nachgedacht, dass sie sie dort finden könnte.

In den Flur fiel stärkeres Licht, durch die Buntglasplatten über der Haustür, und ein Mosaik aus Bernsteingelb, Rot und Blau überzog den Fußboden. Die Wände waren hoch, die Stuckleisten schienen zu schweben, und die Bilder an den Wänden waren keine Bilder von Bildern, das wusstest selbst du. Der Teppich schluckte das Geräusch deiner Schritte auf den Stufen. Du folgtest ihrer Wegbeschreibung zum Badezimmer: die Treppe hoch, erste Tür rechts.

Als du die Tür hinter dir verriegelt hattest, gestandest du dir schließlich ein, dass du eigentlich nicht musstest. Du warst hier, um sie zu erforschen, als würden dir die gefalteten weißen Handtücher, der Bücherstapel auf dem Boden, die vergoldeten oder schlichten Toilettenartikel etwas über sie verraten. Eine Tuschezeichnung hing ungerahmt und mit einer einzelnen Reißzwecke befestigt an der Wand: eine große Frau, nackt und von hinten, die über ihre Schulter blickte. Ihre Augen sahen dich an. Du fuhrst mit den Fingern über die Tinte, über jede Kurve, jede einzelne. Du fragtest dich, ob sie noch zu Hause war oder ob alle Zimmer im Haus so waren wie dieses: leer und zugleich von ihr erfüllt.

Du hast dir nicht die Hände gewaschen, hast nur den Wasserhahn aufgedreht und zugesehen, wie der aufsteigende Wasserdampf den Spiegel beschlagen ließ, bloß ein bisschen, gerade genug, um dein Spiegelbild zu trüben.

Das Schloss klickte metallisch, obwohl du dir große Mühe gabst, leise zu sein. Leise, leise tapptest du die Stufen hinunter. Du wusstest, dass der Weg zurück zu deinem Vater durch die Küche führte, doch links auf dem Flur war eine Tür offen. Vollkommen reglos standest du da, geborgen in der satten Stille, die dich wie Badewasser umgab.

Ein paar leichte Schritte, schon warst du im Türrahmen und sahst sie an. Sie saß auf einem abgenutzten blauen Sofa, das dem Raum zugewandt war, die Ellbogen auf die Knie gestützt, den Kopf in die Hände gelegt. Sie las nicht, schlief nicht, ließ nicht einmal zu, dass sich ihre Schultern beim Atmen hoben, blickte bloß starr geradeaus, so wie man auf einen Fernseher schaut, nur stand dort kein Fernseher. Sie hatte ihren alten Bademantel gegen einen weichen roten Pullover und einen dunklen Wollrock eingetauscht, der ihr gerade übers Knie reichte.

Du hast vergessen, dass dich das nichts anging, und gefragt: «Geht es Ihnen nicht gut?» Zunächst rührte sie sich nicht, dann drehte sie sich ein Stück zu dir hin, bis du eins ihrer Augen sahst, und lachte, aber nur mit ihrem Atem. Immer noch lächelnd sagte sie: «Mir geht es gut.» Irgendetwas daran schien lustig zu sein, aber das verstand nur sie.

Du fragtest dich, ob sie gehört hatte, wie du hereingekommen warst, und deine Bewegungen durch ihr Haus mitverfolgt hatte. «Ich will nicht Metzger werden», sagtest du. Du riebst die Finger gegeneinander; sie waren taub.

«Nicht?»

«Nein», sagtest du.

«Was willst du dann werden?», fragte sie.

«Ich weiß es nicht», sagtest du. «Ich will woandershin, weg von hier ... weg aus Irland, meine ich.»

«Und wo willst du hin?», fragte sie, und plötzlich hörtest du draußen ein Auto hupen; du wusstest, dass er es war, weil er den Wetteinsatz für das Pferderennen in Cheltenham um 16.10 Uhr verpasste.

«Ich weiß es nicht», sagtest du und hattest das Gefühl, irgendeinen Ort nennen zu müssen, egal welchen.

«Vielleicht nach Barcelona», sagtest du dann, denn falls sie nachfragen sollte, wusstest du, dass das in Spanien war.

«Vielleicht kannst du ja nach Barcelona ziehen und Vegetarier werden», sagte sie. Verunsichert wandtest du den Blick ab. Er hupte wieder. Diesmal länger.

«Du hast ein sehr schönes Gesicht», sagte sie, doch es kam dir nicht so vor, als ob sie gemein sein wollte. Dein Gesicht glühte plötzlich.

«Ich glaube, das ist mein Vater», sagtest du.

«Das glaube ich auch», sagte sie, wandte sich wieder dem Raum zu. Ihre Haare fielen nach vorn, und du sahst ihren weißen Nacken. Du machtest einen Schritt zurück, gingst zur Tür hinaus, über den Flur, durch die Küche, hinaus in den Garten, wo es immer noch hell war. Du ranntest auf deinen Vater zu.

4

Du hörtest das Tick-tick-tick des abkühlenden Motors.

«Eins fünfzig, eins siebzig. Eins fünfundsiebzig.» Du saßt neben deinem Vater auf dem Beifahrersitz, strecktest die Hand aus, und er zählte die Münzen hinein. Autos fuhren vorbei, und irgendwo hörte man eine Schar Kinder lachen.

«Drei fünfzig, vier.» Er durchkramte seine Hosentasche nach mehr Münzen, ließ die Gesäßtasche unangetastet, wo er die zusammengerollten Geldscheine aufbewahrte. Du hast die Hand heruntergenommen, damit es so aussah, als würdest du nicht mehr erwarten; du hattest gelernt, dich für jeden Betrag dankbar zu zeigen – auf diese Weise bekamst du mehr.

Er fand eine weitere Handvoll Münzen, mehr, als er dir hatte geben wollen, das wusstest du, aber nachdem er sie einmal herausgeholt hatte, konnte er sie nicht mehr zurückstecken.

«Hier», sagte er und legte dir den ganzen Stapel Münzen in die Hand. «Aber versteck das vor deiner Mutter.» Es waren mehr als sechs Pfund, vielleicht sogar sieben, dem Gewicht nach zu urteilen. Du würdest es erst zählen, wenn du auf der Straße wärst, außer Sichtweite.

«Danke, Dad, danke.» Es wäre falsch gewesen, die Münzen direkt einzustecken. Du warst nicht sicher, warum; es war einfach so.

Das war's für euch, ihr hattet es eilig, getrennte Wege zu gehen. Dein Vater hatte den Wagen neben dem Wettbüro geparkt, und in seiner Gesäßtasche steckten die Geldscheine. Einen Moment lang dachtest du an deine Mutter zu Hause und an ihren furchtbaren Gesichtsausdruck, wenn sie besorgt war. Du dachtest an ihre rissigen, rauen Hände. Sie arbeitete so viel.

«Du hast mir heute gut geholfen», sagte er. Fast hättest du danke gesagt, tatest es aber nicht. «Meine Güte, das war ja 'ne ganz Feine, was? Mit 'nem goldnen Löffel im Mund zur Welt gekommen, ich sag's dir.»

Die Sonne tauchte so langsam hinter den Dachziegeln ab, als krallte sie sich daran fest. Ein Bus fuhr vorbei und brachte das Auto leicht zum Schwanken. Wie gern hättest du so locker und lässig mit ihm geredet, auf Männerart: «Goldner Löffel, kann man wohl sagen.» Sonst hättest du nichts zu sagen brauchen, hättest bloß gelacht. Du dachtest an sie – ihr Name, wie war ihr Name? Ihn konntest du nicht fragen. Sie hatte kein einziges Mal auf das Loch in deinem Socken geblickt, obwohl sie es gesehen haben musste. Dir ist wieder eingefallen, dass sie eine Goldkette um den Hals getragen hatte, und du hast dich gefragt, ob ein Kreuz daran hing. Sie hatte die Kette geistesabwesend betastet, während sie dich angesehen hatte.

«Sie war nett», hast du gesagt. Aber nicht so, als wäre es dir wichtig.

«Nett – für 'n Arsch», antwortete er sofort. Er blickte aus dem Fenster des Wagens, seine Augen schwenkten über das «Paddy Power»-Schild des Wettbüros, als sähe er es zum ersten Mal. «Nett? 'n paar Kekse … und schon hat sie dich um den Finger gewickelt, was?»

«Kann sein», hast du gesagt.

«Ist so», sagte er und schaute kurz zu dir herüber, bevor er die Hand nach dem Türgriff ausstreckte. «Und jetzt kein Wort», sagte er, und das Auto erzitterte, als er ausstieg. Du stiegst ebenfalls aus, hieltest die Münzen noch in der Hand, blicktest bloß einmal zurück und sahst ihm dabei versehentlich in die Augen.

5

Als du durch die dichter werdende Dämmerung über die Grünfläche nach Hause gingst, erkanntest du deine Mutter am Fenster, die sich hinter der Gardine zu verstecken versuchte. Dir war klar, dass sie schon seit Stunden dort lauerte.

«Wo ist dein Vater?», fragte sie, als du durch die Tür kamst, und du spürtest, wie ihre Finger dein Handgelenk umschlossen.

«Weiß nicht», hast du gesagt.

«Wie kannst du das nicht wissen, ihr wart doch zusammen unterwegs, oder?»

«Ja.»

«Also?»

Sie war klein, deine Mutter, knapp über eins fünfzig.

«Er hat mich an der Ecke rausgelassen», hast du gesagt.

«Ist er ins Wettbüro gefahren?»

«Weiß nicht.» Ihr Griff hielt dich an Ort und Stelle. Du wusstest, dass du dich an ihr hättest vorbeidrängeln können, aber nicht ohne grob zu sein. Dein Blick fiel auf das Muster ihrer Wollstrickjacke, auf die ineinander verwobenen Fäden in Rosa, Grau und Weiß. Am Ellbogen, wo die Wolle enger anlag, schimmerte ihre Haut durch.

«Ist er bezahlt worden?», fragte sie.

«Ich weiß es nicht.»

«Hat er dich bezahlt?», fragte sie, und du warst verloren.

«Nein.»

«Mistkerl», sagte sie, ließ deinen Arm los und ging zu den Brüdern ins Wohnzimmer. Du bist nach oben gerannt. «Jetzt stellt euch das mal vor», hörtest du sie sagen, «er hat dem Jungen nicht mal Geld gegeben, nichts … der verfluchte Dreckskerl.»

Es war Wochenende, also durftest du baden. Der Schmutz lief deinen nackten Körper hinunter und färbte das sich abkühlende Wasser. Deine Arme, dein Rücken und deine Knie ragten heraus.

Du lehntest dich zurück und spürtest einen Schauder an der Innenseite deines Oberschenkels, dort, wo das Wasser aufhörte. Du machtest die Augen zu, als trätest du aus deinem Körper heraus. Sanft leckte das Wasser an deiner Haut. Dein Schwanz war hart.

Du zogst sie an dich, ihre Lippen waren geöffnet. *Bitte*, sagte sie. Du spürtest, wie sie sich an dich drückte. *Bitte.*

Nachdem du dich angezogen hattest, bist du zurück nach unten gegangen, deine Jeans fühlte sich eng und sauber an. Im Flur hast du sieben Pfund und ein Taschenmesser in deiner Manteltasche versteckt, eine in Klopapier eingewickelte Zigarette und drei Streichhölzer. Es war dir nicht gelungen, allen Dreck unter deinen Fingernägeln wegzukriegen, und du warst auch nicht länger stolz darauf.

Sechs Uhr vorbei, und das Wettbüro machte um sechs zu. Dein Vater würde verlieren, er verlor meistens, und dann blieb ihm nichts anderes übrig, als nach Hause zu kommen. Du hast gegessen, die Uhr tickte, und deine

Mutter lief unruhig durch die Zimmer, nach vorn ans Fenster, wo sie nach seinem Wagen Ausschau hielt, dann zurück ins Wohnzimmer zu deinen Brüdern, die über die Sessel verteilt waren und schweigend Wache hielten. Du schlangst dein Essen hinunter. Sie würde auf ihn losgehen, sobald er zur Tür hereinkäme, alles benutzen, womit sie ihn verletzen konnte, würde dich dazu benutzen. Du standest vom Tisch auf, und sie bemerkte, dass du nicht aufgegessen hattest.

«Wo willst du hin?», fragte sie.

«Nirgendwohin», sagtest du. «Ich hab keinen Hunger.» Aber natürlich musstest du ihr sagen, dass du noch rausgingst; sonst würde sie sich Sorgen machen, und das ertrugst du nicht.

«Da kommt er, Ma.» Einer deiner Brüder sah, wie sein Auto auf der Straße herangefahren kam und neben dem Haus hielt. Deine Mutter erstarrte, dann ging sie ans Fenster, um selbst nachzusehen. Aus der Küche hörtest du, wie die Handbremse angezogen wurde, der Motor röchelte und verstummte. Sie wich vom Fenster zurück und kam in die Küche, rieb sich die Hände, als wäre ihr kalt. Auf einmal wirkte sie verwirrt und verängstigt.

«Ich geh raus», hast du gesagt und bist in den Flur gestürmt.

«Raus? Raus wohin?»

Dir blieb nur ein Augenblick, bevor er zur Tür hereinkommen würde. Du hast deinen grünen Armeeparka vom Haken genommen, deinen Lieblingsmantel, den Mantel, den du anzogst, um dich stark zu fühlen, manchmal unbesiegbar. Du hattest das Türschloss im Visier und hast darauf gewartet, dass es aufschnappte. Dort entlang konntest du nicht, du konntest ihm nicht gegenübertreten. Du bist zurück in die Küche gegangen.

«Bloß raus», hast du gesagt. Sie kam dir hinterhergelaufen.

«Mit wem?»

«Mit niemandem», hast du gesagt und den Parka angezogen. Hast die Münzen in deiner Tasche mit den Fingern zum Schweigen gebracht.

«So spät gehst du noch allein raus?»

Das Fett, in dem deine Mutter die Pommes zubereitet hatte, war abgekühlt und überzog nun als braune Schicht die benutzten Teller.

Die Eingangstür öffnete sich, dein Vater war zu Hause. Du hörtest seine schweren Schritte auf den Stufen; er ging nach oben, um das Geld zu verstecken, das ihm geblieben war. Du dachtest an all die Verstecke im Haus, jede Ritze vollgestopft mit Geheimnissen. Deine Mutter sah dich an.

«Dann geh», sagte sie nüchtern und zog sich zu deinen Brüdern ins Wohnzimmer zurück. Du spürtest das Brennen einer ersten heißen Träne.

Zur Hintertür raus. In einer einzigen Bewegung bist du auf den kleinen Kohlenverschlag gesprungen und auf die zweieinhalb Meter hohe Gartenmauer geklettert. Von dort zogst du dich auf das Dach des Schuppens hoch. Das Wellblech kreischte im Rhythmus deiner Füße. Du sprangst auf der anderen Seite runter und ranntest los. Vorbei an der Eingangstür, am weißen Ford und weiter über die Grünfläche, bis du die ersten Lichter der Läden sahst, die Lastwagen auf der Hauptstraße hörtest. Dort beugtest du dich vor und fülltest deinen brennenden Brustkorb mit Nachtluft.

6

Es war kalt, kalt genug, dass du deinen Atem sahst. Der Regen hatte immer noch nicht eingesetzt, aber deine Füße waren nass, weil du über die Wiese gerannt warst, und du schobst deine klammen Socken mit den großen Zehen herum.

«Entschuldigen Sie, Miss?», sagtest du. Du standest etwa fünf Meter von dem erleuchteten Spirituosengeschäft entfernt. Du gingst bewusst nicht auf sie zu; sie war allein, stämmig, hatte ein freundliches Gesicht. Sie schleppte einen Stoffbeutel, der so schwer war, dass er ihre linke Seite beim Gehen nach unten zog. Sie trug einen taillierten Kurzmantel, was ihr leider nicht so stand. Du hattest Mitleid mit ihr und hast dich dafür gehasst.

«Entschuldigen Sie, Miss?», sagtest du erneut, und dieses Mal wurde sie langsamer, hielt aber Abstand. Sie war vor dir auf der Hut. Du hieltest die Münzen bereits in der Hand, zwei achtzig, genau passend. Sie lagen offen auf deiner Handfläche, damit sie sie sehen konnte und nicht dachte, du wolltest betteln oder sie überfallen.

«Verzeihen Sie die Störung», hast du mit deinem besten Akzent gesagt. «Aber ich bin heute Abend auf einer Party eingeladen …» Sie blieb ein paar Schritte von dir entfernt stehen, vor dem Spirituosengeschäft, wo das Licht am hellsten war. «Aber sie lassen mich bloß rein, wenn ich etwas mitbringe – würde es Ihnen etwas ausmachen, in dem Laden da eine Flasche Wein für mich zu kaufen? Sie kostet zwei Pfund achtzig.» Du hast ihr die geöffnete Hand hingehalten und bist auf sie zu gegangen, ohne ihr zu nahe zu kommen. Wenn man ihnen erst einmal das Geld in die Hand gedrückt hatte, gaben sie es nur selten zurück.

Sie blickte auf deine Hand und dann über ihre Schulter zum Licht.

«Danke sehr, vielen Dank», hast du gesagt, als hätte sie bereits zugestimmt, und einen weiteren Schritt auf sie zu gemacht.

«Nein, tut mir leid», sagte sie, zog den Henkel ihres Stoffbeutels auf der Schulter straffer und hielt ihn mit der Hand fest. «Nein, nein», sagte sie, und du sahst, wie ihre Augen einen Weg suchten, um an dir vorbeizukommen, also bist du beiseitegetreten und hast ihr zugenickt.

Es wurde allmählich spät. Du wolltest Sharon noch oben in der Katzenhöhle erwischen und hinterher mit dem Bus in die Stadt fahren. Du würdest dich oben hinsetzen, nach hinten, das war am besten. Du würdest allen beim Trinken, Küssen und Grölen zusehen. «Die Fahrscheine, Herrschaften, die Fahrscheine, bitte.» Dann würden Dublins grüne Vororte Booterstown und Ballsbridge der Innenstadt weichen, und du hättest deine Flasche versteckt und deine Zigarette sicher in deiner Brusttasche verstaut.

Noch einmal fünfzehn oder sogar zwanzig Minuten waren vergangen. Vor Kälte zogst du die Schultern hoch. Zwei weitere fehlgeschlagene Versuche, und jetzt liefen immer weniger Leute vorbei. Du sahst eine Fünfergruppe näher kommen, und aus zunehmender Verzweiflung hast du es bei ihnen probiert.

«Entschuldigung», sagtest du, und deine Stimme klang hohl in deinen Ohren. Zwei Männer, größer als du, und drei Frauen. Du hattest den völlig falschen Zeitpunkt gewählt; der Mann sah dich zwar, war aber nicht gewillt, auf seine bevorstehende Pointe zu verzichten. Nachdem sie sich vor Lachen ausgeschüttet hatten, sprachst du sie erneut an. Mittlerweile waren sie näher; sie wurden langsamer, umzingelten dich mit Blicken. Du hieltest ihnen die Hand mit dem Geld entgegen, obwohl du bereits wusstest, dass es keinen Zweck hatte.

«Verzeihen Sie die Störung», hast du gesagt. «Aber ich bin zu einem Abendessen eingeladen.» Das blonde Mädchen fing an zu lachen. «Und ich wollte gern eine Flasche Wein mitbringen ... sozusagen als Dankeschön.» Die Münzen in deiner Hand fühlten sich klamm an, und du hast daran gedacht, wie dein Vater sie hineingezählt hatte. Du hast daran gedacht, auf welche Art er mit ihr gesprochen hatte: *Ja, Ma'am. Nein, Ma'am. Wie Sie wünschen, Ma'am.*

«Was ist das?», fragte einer der Männer.

«Zwei Pfund achtzig», sagtest du. «So viel kostet der Wein.»

«Zwei Pfund achtzig? Zwei Pfund achtzig?», brüllte er und bog sich vor Lachen; die anderen lachten mit.

Eins der Mädchen rempelte ihn freundschaftlich an der Schulter an. «Jetzt sei nicht so fies», sagte sie, und während sie ihn am Arm weiterzog, wiederholte sie es noch einmal.

«Das ist wahrscheinlich derselbe kleine Wichser, der deinen Mantel geklaut hat», sagte er.

Eine ganze Weile kam so gut wie niemand vorbei. Und die paar waren nicht die Richtigen oder machten dir Angst. Du hast schon befürchtet, so lange dort stehen zu bleiben, bis die Gitter heruntergerollt wurden, und dann müsstest du nach Hause zurückgehen, weil du ohne den Wein als Mutmacher zu große Angst hattest, in die Stadt zu fahren.

Eine Frau kam auf dich zu; sie trug einen hellbraunen Regenmantel, um die Taille einen breiten Gürtel. Ihr aufrechter Gang verriet dir, dass es eine vornehme Dame war. Ihre Stiefel machten ein klackendes Geräusch. Du hast den Blick abgewandt. Sie sollte nicht denken, dass du ihr auflauertest. Klack, klack, klack. Als der richtige Moment gekommen war, hast du dich umgedreht.

«Entschuldigen Sie, Miss?», sagtest du, doch da erkanntest du, dass sie es war. Du erstarrtest, und alles außer ihr verblasste.

«Hallo», sagte sie, ganz einfach, und wartete darauf, dass du ihr erklärtest, warum du sie angesprochen hattest, aber du bekamst keinen Ton raus. Sie lächelte dich an. Dann warf sie einen Blick über ihre Schulter und sah das hell erleuchtete Spirituosengeschäft.

«Ach herrje.» Sie hob die Hand ans Gesicht und fuhr sich mit dem Zeigefinger über die Oberlippe. «Wo sind deine Freunde?», fragte sie und blickte sich suchend um. «Als ich in deinem Alter war, haben sie auch immer mich losgeschickt, um die Leute zu fragen.»

«Sie verstecken sich», sagtest du und fühltest dich nicht mehr ganz so unsicher, da du nicht mehr allein warst.

«Dann mal los», sagte sie.

Du hast die warmen Münzen aus deiner Tasche geholt und gespürt, wie ein Lächeln dein Gesicht überzog, bis dir auffiel, dass du die Münzen so fest in der Hand gehalten hattest, dass sie ein hässliches Muster hinterlassen hatten. Du sahst den Dreck unter deinen Fingernägeln und fühltest dich dermaßen schmuddelig, dass sie dir leidtat, weil sie die Münzen würde anfassen müssen.

«Nein, nein», sagte sie. «Ich will die Geschichte, die ganze Geschichte. Und ich hoffe, sie ist gut.»

«Die Geschichte?» Du blicktest zu Boden, damit dein Gesicht nicht deine Gefühle für sie verriet.

«Schieß los.»

«Entschuldigen Sie, Miss?», sagtest du.

«Ja, junger Mann.»

«Verzeihen Sie die Störung …»

«Die Entschuldigung ist ein netter Einstieg, aber sieh mich an, sonst wirkst du nicht sehr vertrauenswürdig.»

«Verzeihen Sie die Störung, Miss, aber ich bin zu einem Abendessen eingeladen und wollte eine Flasche Wein mitbringen, sozusagen als Dankeschön …» Du hast die Hand mit dem Geld ausgestreckt, so wie vorher. «Dadrin verkaufen sie mir nichts, deshalb wollte ich fragen, ob es Ihnen etwas ausmachen würde … Danke sehr, vielen Dank.» Du warst ganz zufrieden mit dir; du konntest nicht anders, denn sie schien auch zufrieden zu sein.

Sie stand still da, sah dich einen Moment an, dann sagte sie: «In Ordnung», drehte sich um und ging direkt auf das Geschäft zu, ohne das Geld zu nehmen, rief dir bloß über die Schulter zu: «Rot oder weiß?»

«Rot.»

«Gute Wahl», sagte sie, dann trat sie ein.

Obwohl dir nicht mehr kalt war, hast du mit den Füßen aufgestampft. Eine alte Frau kam vorbei, mit schweren

Tüten beladen, und du dachtest, dass du ihr normalerweise vielleicht beim Tragen geholfen hättest. Als du dich umblicktest, hattest du Mitgefühl für sie alle – die besorgten Gesichter, die in dem endlosen Strom aus Autos vorbeifuhren, die Hände ans Lenkrad gefesselt. Und die Monkstown Church, die in der Ferne leuchtete, schien plötzlich ein freundliches Gebäude zu sein, obwohl das Protestanten waren, die bloß mit ihren Scheinwerfern angaben.

Als sie herauskam, war ihr Regenmantel aufgeknöpft, und du hast dir vorgestellt, wie sie drinnen beiläufig zwischen Daumen und Zeigefinger den Knopf geöffnet hatte. Sie hielt die Weinflasche, die in einer dunklen Plastiktüte steckte, an den roten Pullover gedrückt, den sie früher am Tag bereits angehabt hatte.

«Ich fürchte, einer von uns beiden sollte sich schämen», sagte sie. Sie trug noch denselben Rock, aber du hattest ihn dir falsch eingeprägt; er war dunkler, als du ihn in Erinnerung hattest, die Wolle schwerer. «Hier … und versteck das verfluchte Ding, sonst sind wir beide geliefert.» Sie war ein wenig außer Atem.

«Danke», sagtest du.

«Gern geschehen … Ich hoffe, deine Begleitung, die oben an der Straße auf dich wartet, ist bezaubernd.» Sie begann, ihren Mantel zuzuknöpfen. «Rotwein ist romantisch.»

«Romantisch?»

«Oder willst du dir den Wein etwa mit ein paar Jungs teilen?»

«Nein», hast du gesagt und gelächelt, weil es die Wahrheit war.

«Na dann, einen schönen Abend», sagte sie und wirkte eine Sekunde lang beinahe schüchtern. Sie lächelte ein bisschen und berührte dich am Arm, bevor sie ging.

«Danke», sagtest du und hieltest den Wein wie eine Trophäe in die Luft gereckt, blicktest ihr nach, bis sie verschwunden war.

7

Es hatte zu regnen begonnen, aber es war bloß ein sanftes Tröpfeln. Auf der Strand Road waren weniger Autos unterwegs, und es gab weniger Straßenlaternen. Du hast gehört, wie ein Zug Richtung Bray vorbeifuhr; er klang, als könnte er jeden Moment durch dich hindurchdonnern. Währenddessen hast du die ganze Zeit nach Cliquen Ausschau gehalten, die dich verprügeln wollten, nur so, weil du ihnen über den Weg liefst. Erst würden sie dich zum Spaß herumschubsen, als hätten sie noch nicht endgültig beschlossen, ob sie dir weh tun wollten. «Gib mir 'ne Kippe», würden sie sagen, oder: «Was glotzt du so?» Sie würden dich Tunte nennen, dann würdest du einen Tritt von hinten spüren. Sobald du am Boden lagst, würden sie zutreten und zuschlagen, bis sie sich ausgepowert hatten. Aus Wut würdest du weinen, nicht aus Schmerz, aber für sie wäre es ein und dasselbe, es würde sie noch anspornen.

Du gingst schneller, bogst von der Strand Road ab, weg vom Martello Tower, vom sternenlosen Himmel über der Irischen See.

Vom dunklen Ende des Kirchparkplatzes blicktest du über das Gestrüpp auf dem Brachland zu den entfernten Lichtern eurer Wohnanlage hinüber. Es war schwer, den Atem anzuhalten, schwer, ruhig zu lauschen. Du hast darauf gewartet, dass sich deine Augen an die Dunkelheit gewöhnten, und als du dich einen Moment lang mutig fühltest, bist du losgerannt. Durch die Dunkelheit bis zur anderen Seite der hohen Felsen, wo ein großer Vorsprung ein natürliches Dach bildete, die Katzenhöhle. Bloß einige hundert Schritte von der Wohnsiedlung entfernt und vollkommen verborgen. Bei der Katzenhöhle angekommen, hast du im Dunkeln nach einem Stein zum Sitzen gesucht. Die Feuchtigkeit des Felsens hat dich durch deine Jeans hindurch geküsst, du hast dein Taschenmesser die ganze Zeit fest umklammert gehalten und darauf gewartet, dass du wieder zu Atem kamst.

Du hast die Weinflasche rausgeholt und das Etikett betrachtet. Es war eine einfache grüne Flasche. Anstatt einer goldenen Schwalbe waren da französische oder italienische Wörter. Es war kein Preisschild drauf, bloß ein weißer Papierrest, wo sie das Schild schnell mit dem Fingernagel abgezogen hatte. Wie nett.

Sie hatte keinen Drehverschluss, also hast du den Korken mit deinem Taschenmesser in die Flasche gedrückt. Der saure Geschmack zog dir den Mund zusammen. Du warfst den Kopf in den Nacken und nahmst große Schlucke, die dir den Atem raubten. Du hast die Augen zugemacht und gespürt, wie die Flüssigkeit sich durch dich hindurchbrannte, durch deine Kehle in den Magen und weiter abwärts, Wärme breitete sich zwischen deinen Leisten aus. Du machtest die Augen auf, wischtest dir den Mund ab. Warm, ganz warm.

Die Zeit verging, eine große Stille sank herab, und deine Angst war verflogen. Als hätte die ganze Stadt den Atem angehalten und wäre davongeschlichen.

Du hast überlegt, die Zigarette zu rauchen; hast sogar die Hand auf deine Brusttasche gelegt und sie dort gespürt, unversehrt. Doch du hast beschlossen, bis zum Kino zu warten. Dann wurde dir klar, dass du zwei Pfund achtzig zusätzlich hattest. Genug für eine ganze Zehnerpackung. Carrolls waren die besten; die Packungen waren rot wie bei amerikanischen Zigaretten.

Du dachtest an sie und daran, wie freundlich sie gewesen war. Ganz in deinen Gedanken versunken, nahmst du einen weiteren Schluck aus der Flasche. Jetzt brannte es schon weniger. «Süß wie ein ganzer Obstgarten», hörtest du dich sagen. Du lachtest und erschrakst, weil du hattest leise sein wollen. Dann fragtest du dich, warum eigentlich. Schließlich hattest du keine Angst. Bis du das Geräusch in der Ferne hörtest, als knirschten Stiefel über Steine. Du hast nach deinem Taschenmesser getastet; seit Jahren trugst du es bei dir, obwohl du wusstest, dass du es niemals würdest benutzen können. Du hast die Flasche in deinen Mantel gesteckt und den Daumen draufgelegt. Du lauschtest, während jemand sich näherte, und du wusstest, der andere wartete darauf, dass sich seine Augen an die Dunkelheit anpassten, so wie du vorhin.

Sharon Burke fiel dir erst wieder ein, als du ihren gebleichten Haarschopf sahst, während sie durch das Brombeergestrüpp auf dich zugestolpert kam. Sie hielt den Kopf gesenkt, als suchte sie etwas, das sie dort verloren hatte. «Ich bin hier», riefst du in die Dunkelheit hinein, um sie nicht zu erschrecken.

«Was zur Hölle machst du hier? Ich dachte, du hättest Schiss im Dunkeln», sagte sie keuchend.

«Ich hab vor nix Schiss.»

«Halt's Maul, oder ich sorg dafür, dass du Schiss kriegst. Hast du Kippen?»

«Eine, aber die spar ich mir für später auf.»

Deine Mutter mochte Sharon nicht. Sie wohnte ein Stück weiter auf derselben Straße wie du, und ihr Vater hatte zwei Rostlauben auf Betonblöcken vor dem Haus aufgebockt. Bei der Bezirksverwaltung war eine anonyme Beschwerde eingegangen, dass sie die Wohngegend verschandelten. Sharons Vater war Alkoholiker und ließ alles, wie es war.

Sie setzte sich auf den größten Felsen, den bequemen Felsen, und holte ihre eigenen Zigaretten hervor. Im Aufflackern ihres Streichholzes musste sie die Flasche gesehen haben, die aus deiner Manteltasche ragte. Sie blickte in die Nacht hinaus. Plötzlich fühltest du dich befangen, während du die Weinflasche herausnahmst und daran nipptest.

«Wo hast du die her?», fragte sie.

«Eine Frau hat sie für mich gekauft.»

Sharon zog an ihrer Zigarette, und selbst im Dunkeln sahst du die Rauchwolke, die sie ausstieß.

«Klingt nach 'ner Schlampe», sagte Sharon.

«Selber Schlampe», sagtest du.

«Immerhin trink ich diesen Mist da nicht.»

«Willst du was?»

«Trink dein Scheißzeug allein.» Sie nahm ihre Zigarette zwischen die Finger und drehte sie einmal im Kreis herum. Sharon war etwas über ein Jahr älter als du, und seit sie die Schule verlassen hatte, war sie an den meisten Nachmittagen und an manchen Abenden hier oben beim Rauchen anzutreffen.

«Ich hab gesehen, wie Mr. Cosgrove überfahren wurde.»

«Is nich wahr», sagte sie begeistert.

«Doch, hab ich, direkt vor McCann's. Er war betrunken und ist auf die Straße gelaufen.»

«Ich hab gehört, dass es ihm fast den Kopf abgerissen hat und er völlig zerfleischt war.»

«Äh, nein, nicht ganz, aber er hat geblutet. Am Kopf. Ansonsten sah er okay aus.»

«Er kann schlecht okay gewesen sein, wenn er tot ist.»

«Ich weiß, das war ja das Seltsame.»

«War er denn gar nicht verstümmelt und so?»

«Nein.» Doch dann hast du an sein Gesicht gedacht, an den entsetzlichen Ausdruck darin, an seinen Körper auf dem kalten Asphalt und wie alle ihn angestarrt hatten.

«Das hätte ich echt gern gesehen.»

«Hättest du nicht.»

«Scheiße, und ob, ich erleb ja sonst nie was.»

Als Kinder hattet ihr zusammen gespielt, bevor sie gewachsen war und angefangen hatte, sich zu schminken, bevor sie mit Jungs ausgegangen war, die Autos hatten und Ehefrauen und einen Goldring am kleinen Finger.

«Wofür hebst du dir die Zigarette auf?», fragte sie.

«Ich geh ins Kino», hast du gesagt und dich bemüht, nicht zu begeistert zu klingen. Der Rausch der Nacht erfasste dich, Sharon aber nicht, du spürtest die große Kluft zwischen euch, spürtest, dass sie sich immer noch im tristen Abend befand, und fandest es schrecklich, Mitleid mit ihr zu haben.

«Willst du mitkommen?», fragtest du, aber nur weil du betrunken warst.

«Warum gehst du nicht mit der Schlampe hin, die dir das Zeug gekauft hat?», fragte sie.

«Ich geh allein.»

«War ja klar, du Sozial-Spasti.»

«Willst du mitkommen?»

«Wieder so was, wo man mitlesen muss?»

«Ja.»

«Lieber trink ich meine eigene Pisse.»

«Ist aber ein guter Film.»

«Du bist echt so ein Homo», sagte sie und schnippte ihre brennende Zigarette nach dir.

«Daneben.»

«War Absicht.»

Du stelltest es dir mit Sharon vor, wie sich eure Körper gierig aneinander rieben. Sharon wickelte die Jacke enger um sich. Sie zog die Füße an und beugte sich vor, wiegte sich. Ihr wart ein paarmal kurz davor gewesen, aber immer hattest du einen Rückzieher gemacht, weil du keiner von den Jungs sein wolltest, die sie zum Weinen brachten. Du blicktest zum Himmel hinauf, um zu sehen, ob du einen einzelnen Stern oder die Umrisse des Monds erkennen konntest.

«Dann gehst du jetzt wohl besser», sagte sie.

«Ich kann noch ein bisschen bleiben.»

«Wegen mir brauchst du nicht.»

Du wolltest gehen, und es wurde allmählich spät, aber du brachtest es nicht fertig, sie dort allein zu lassen, und fühltest dich gefangen.

«Und was machst du?», fragtest du.

«Ich denk, ich geh nach Hause.»

Du batest sie um eine Zigarette, sie gab dir eine, und zusammen hocktet ihr dort, eingehüllt in die Dunkelheit, und habt geraucht.

8

Hinten im Bus war alles voll, also hast du dich in eine der vorderen Reihen gesetzt. Der Busfahrer hatte deine Flasche gesehen und dir einen warnenden Blick zugeworfen, aber nichts gesagt. Oben war es hell, und von allen Sitzen kam Gelächter.

Zwei Mädchen stiegen eine Haltestelle später ein und setzten sich in die Reihe vor dir. Sie waren ungefähr in deinem Alter, was sie aber mit ihrer Aufmachung zu vertuschen versuchten. Du hast aus dem Fenster geblickt und so getan, als würdest du sie nicht belauschen, während du verstohlen ihr Profil begutachtet hast, das streifige Make-up, in aller Eile aufgetragen, vielleicht im Dunkeln, damit die Eltern nichts mitkriegten. Sie lachten, zeigten ihre Zähne und tranken abwechselnd aus einer kleinen Wodkaflasche.

Als der Bus schwerfällig in die Endhaltestelle Eden Quay einfuhr, hast du auf das pneumatische Zischen der Bustür unten gewartet, bevor du aufgestanden bist. Draußen am Fluss nur ein schwacher Streifen Neonlicht entlang der O'Connell Street, Leute rauschten vorbei, tausend zertrampelte Zigarettenkippen auf dem Bürgersteig, Geschrei und Rufe, die emporstiegen und über der öligen Liffey verhallten.

Im Foyer des Adelphi standen die Kinobesucher in kleinen Grüppchen beisammen und warteten. Du hieltest eine abgerissene orangefarbene Eintrittskarte in der Hand, warst als Einziger allein dort, der Einzige, der nicht alt war. Niemand unterbrach bei deiner Ankunft das Gespräch, aber sie redeten leiser, und träge Blicke musterten dich. Dann flüsterten sie, als tauschten sie Geheimnisse aus.

«Saal 2 ist gereinigt und zum Einlass bereit», verkündete eine alte Frau in Rüschenbluse und schwarzer, bis obenhin zugeknöpfter Weste. Sie schob eine der Doppeltüren mit dem Fuß auf und hielt eine Taschenlampe über die Eintrittskarten. Die übersichtliche Schlange bewegte sich langsam voran.

Du hast deinen Mantel ausgezogen, die Flasche darunter versteckt und ihr die Eintrittskarte zur Kontrolle hingehalten. Der Kinosaal roch nach Reinigungsmitteln und abgestandenem Rauch. Zügig bist du rechts an der Leinwand vorbeigegangen und unter einem kleinen Schild durch, auf dem HERREN stand.

Ein Generator brummte im Verborgenen. Ein Wasserhahn tropfte, und das Licht flackerte über rosa Fliesen. Du hast gezittert, bist am Spiegel vorbei, ohne einen Blick hineinzuwerfen, und auf eine Kabine zugegangen.

Du hast deine Hose aufgemacht und dich auf die kalte Klobrille gesetzt. Die Erleichterung beim Pissen. Die Ellbogen auf den Knien, die Finger auf die fest geschlossenen Augen gedrückt. In dir heulte ein Gefühl auf, direkt unter der Oberfläche: drängendes, schartiges Alleinsein. Heftig sogst du die Luft ein, als wärst du mehrere Tage unter Wasser gewesen, dein ganzer Körper bebte. Du hast gegen die Trennwand geboxt, und eine Schmerzwoge durchfuhr deinen Arm. Du hast deine Hose hochgezogen, die schmale Tür aufgemacht, wütend festgestellt, dass dein Gesicht im Spiegel immer noch frisch, immer noch jung aussah. Dein roter Mund, die runden weichen Linien eines zarten Gesichts. Du hast die Finger zur Faust geballt und dir ins Gesicht geschlagen, nur einmal, aber das reichte, damit dir der Kopf weh tat.

Du hast dich an den letzten Durchgang gesetzt, in eine der hinteren Reihen, und der alte Samtsessel klappte mit einem lauten Knall auf. Du hast nach den Bildern Ausschau gehalten, die sich in dem Lichtstrahl über den Köpfen der Zuschauer verbargen. Reines Licht, bis er auf die große Leinwand traf, wo er die letzten Werbespots zeigte. Ein paar Schlucke, dann hast du die Flasche vorsichtig zwischen deinen Füßen auf den Boden gestellt. Du hast deine Zigarette aus dem Klopapier gewickelt, sie auf Risse untersucht, das Streichholz an der Rückseite eines Kinosessels gerieben. Es entzündete sich sofort, als hätte es die ganze Zeit nur darauf gewartet. Du warst wieder da, belebt vom Rauch und der Aufregung.

Bettys kurviger Körper erschien auf der Leinwand, nackt, wunderschön, einen Liebhaber zwischen ihren geöffneten Schenkeln. Die lautstarken Lustschreie von der Leinwand schlugen ein Paar in die Flucht, sie hasteten aus dem Saal, um sich den Eintrittspreis erstatten zu lassen. Du hieltest den Kopf der Dunkelheit zugeneigt; jeder Millimeter an ihr war dir vertraut, Einzelbild für Einzelbild. Manche Wörter entgingen dir, aber bloß wenige, es machte keinen Unterschied. Du hast auch so verstanden, dass er sie liebte, bis zum Ende, selbst dann noch, als er ihr Gesicht mit einem Kissen bedeckte, es festhielt, bis sie starb.

Der Abspann lief, aber du bist sitzen geblieben. Du warst von Gefühlen durchtränkt. Nicht einmal als die Kinolichter voll aufgedreht wurden, rührtest du dich; auch die Attacke der Putzfrau scheuchte dich nicht auf. Erst als dir die leere Flasche aus den Händen glitt, davonrollte und zum Halten kam, standest du auf.

Die Lobby war hell erleuchtet, fremdartig. Da stand die alte Frau in der Rüschenbluse, die deine Eintrittskarte entgegengenommen hatte. Als du ihre Hand nahmst, war sie unerträglich weich.

«Danke», sagtest du.

«Schon in Ordnung, komm gut nach Hause, Kleiner. Jimmy?», rief sie. Ein fetter Typ in glänzendem dunklem Anzug legte einen Arm um dich. Eine Schicht aus Schuppen überzog seine Schulter, aber du sagtest nichts.

«Guter Mann», sagte er. «Hier entlang, guter Mann.» Sein Arm fühlte sich angenehm an, während er dich nach draußen schob. Er ließ dich an der dunklen Uferpromenade frei, zur einen Seite der Fluss, zur anderen Gestalten, die dem Samstagabend mit dem letzten Bus entkamen.

Du hast dich entschieden, zu Fuß zu gehen. Es war riskant, das wusstest du, aber du hast gehofft, die Mädchen zu sehen, die am Kanal entlangschlenderten. Die Straßen sahen alle gleich aus, und du verliefst dich mehrmals, bis du schließlich am träge dahinfließenden Wasser ankamst. Autos fuhren langsam vorbei, manche hielten an und warteten, dass sich die Stöckelschuhe der Mädchen in Bewegung setzten. Sie beugten sich zum Fenster hinein, flüsterten etwas, stiegen ein und wieder aus, zerknittert wie Geschenkpapier am St. Steven's Day.

«Suchst du Gesellschaft, Schätzchen? – Was glotzt du dann so?», fragte eine von ihnen. «Meine Güte, weiß deine Ma, dass du dich hier rumtreibst?» Sie lachte, zurrte ihre Lippen über die Zähne; ihre Haut war zugekleistert und rau wie Kalbsleder. Ein Auto wurde langsamer, hielt aber nicht an. Nun war sie verärgert. «Verpiss dich, Kleiner, und lass mich arbeiten», sagte sie und starrte dem Auto hinterher, das sich wie ein unerfüllter Wunsch entfernte.

«Tut mir leid», sagtest du. Sie sah dich an, zog sich ohne Eile den Riemen ihrer Handtasche über die Schulter und ging zu ein paar anderen Mädchen, die um eine Bank herumstanden und rauchten. Sie entzündete ihre Zigarette an der brennenden Spitze einer anderen.

Du hast dich auf eine Bank ein Stück weiter am Kanal gesetzt, apathisch, benommen. Allein beim Gedanken an den langen Fußmarsch nach Hause fühltest du dich erschöpft. Alles drehte sich, und dir fielen die Augen zu. Du musstest sie wieder öffnen, sonst würdest du dich übergeben, das wusstest du. Und dann kippte dein Kopf zur Seite, und du übergabst dich.

Der Gehweg dehnte sich vor dir aus. Deine Füße darauf, einer übernahm die Führung, der andere kam hinterher, eine endlose Abfolge. Manchmal fuhr ein Auto vorbei, manchmal raschelten die Blätter im Wind, aber du sahst nicht auf. Du hast an sie gedacht, wie sie in ihrem warmen Bett lag und schlief, umgeben von sauberem Bettzeug und weichen Kissen, in einem perfekten Zimmer, in einem perfekten Haus an der Montpelier Parade.

Es war wie ein Traum gewesen; so würdest du dich an die sieben oder acht Kilometer Fußmarsch erinnern, die du dich bis zu ihrer Haustür geschleppt hattest. Du schlugst mit der Faust gegen die Tür und riefst nach ihr: «Missus!» Es war laut. Es fühlte sich gut an. «Missus!» Du riefst, bis deine Stimme vor Anstrengung heiser wurde. Im oberen Stock ging das Licht an, und hinter der schweren Haustür bewegte sich etwas.

«Wer zum Teufel ist da?», fragte sie. «Ich rufe die Polizei.»

«Ich bin's», sagtest du. «Der, für den Sie den Wein gekauft haben.»

Stille, dann drehte sich ein Schlüssel im Schloss, und die Tür ging auf. Dort stand sie, vom Licht umrahmt; du hast gespürt, wie es auf dein Gesicht fiel, und die Augen zusammengekniffen.

«Das soll wohl ein Scherz sein, ein schlechter Scherz. Hast du eine Ahnung, wie spät es ist?»

«Nein», sagtest du. «Es tut mir leid.»

«Herrgott, ich wusste, ich hätte dir den Wein nicht kaufen sollen, ich wusste es», sagte sie. In erster Linie zu sich selbst. Sie lehnte sich mit der Stirn an den Rand der Tür.

«Was willst du hier? Was? Ich bin kurz davor, deinen Vater anzurufen», sagte sie.

«Ich will … ich war im Kino, und das hat mich zum Nachdenken gebracht.»

Verwirrt sah sie dich an. Sie hatte denselben Bademantel an, in der Taille mit einem festen Knoten zusammengebunden.

«Warum bist du hier?», fragte sie, ihre Stimme überflutete dich, löschte dich aus. Auf dem langen Marsch hierher hattest du eine Eingebung gehabt, dir waren tausend wundervolle Dinge eingefallen, die du ihr sagen konntest, doch als du nun schüchtern zu Boden blicktest, lösten sie sich allesamt in Luft auf, und selbst die brennende Zigarette, die du in der Hand zu halten glaubtest, war weg.

«Es tut mir wirklich leid, ich hätte nicht herkommen sollen.» Dein Fuß tastete bereits nach der ersten Treppenstufe, als du langsam den Rückzug antratst.

«Ach, Herrgott noch mal!»

«Es tut mir so leid, ich wollte … Danke, danke für den Wein, es war einer von den guten. Das habe ich gemerkt.» Sie trat vor, ihr Gesicht war jetzt im Schatten, du standest unten an der Treppe und konntest nicht mehr erkennen, wie sie dich ansah.

«Es tut mir leid … Es tut mir leid», wiederholtest du, dann liefst du in Panik davon.

«Warte», rief sie dir hinterher, dann blieb sie einen Moment dort stehen und wickelte den Bademantel enger um sich. Aus deinem Versteck hinter der Mauer sahst du, wie sie zurück ins Haus ging, sich noch einmal umdrehte, bevor sie die Tür schloss.

9

«Halt! Stehen bleiben!» So schnell du konntest, bist du den Weg an der roten Backsteinmauer hinter dem Fahrradschuppen langgerannt. Du warst schnell, trotz des holprigen Asphalts. Du wagtest nicht, dich umzublicken, zu dem Aufsichtsschüler, der dir hinterherjagte. Graeme, so hieß er. Graeme *irgendwas*. Er trug einen Cricket-Pullover. Er war groß und hatte schmale sandfarbene Augenbrauen. Er hatte dir aufgelauert, sich im Schulkiosk versteckt, von wo aus er den Fahrradschuppen im Blick hatte.

Vielleicht war er schon mehrere Stunden dort gewesen, hatte auf dem Boden gekauert, während du den Unterricht über dich hattest ergehen lassen, den Blick wie er auf die träge dahintickende Uhr gerichtet. Er hatte sich fest vorgenommen, dich zu schnappen und zum Büro des Direktors zu schleifen, um deine Vergehen dort minutiös zu Protokoll zu bringen und stolzgeschwellt dazustehen, weil er sie vereitelt hatte.

Vor dem Pausenläuten um elf hattest du das Klassenzimmer verlassen. Unter deinem Hemd trugst du eine kleine Klemmzange, und unter den Gürtel hattest du dir eine Kneifzange geschoben: Du brauchtest einen Umwerfer. Das war eins von Hunderten Teilen, aus denen ein Fahrrad bestand, das letzte Teil. Du hattest die Kette lösen müssen, um ihn zu demontieren; sie kaputt zu schlagen wäre am einfachsten gewesen, aber du hattest sie nicht kaputt geschlagen. Stattdessen hattest du die Spange am Kettenschloss geöffnet, die Kette abgenommen, den Umwerfer herausgeholt und die Kette wieder befestigt. Zumindest würde das Fahrrad so noch funktionieren, im Gegensatz zu dem einen Mal, als du einen Reifen geklaut hattest und später an einem Schüler vorbeigekommen warst, der in Tränen aufgelöst den deformierten Rahmen hinter sich herzog.

Es war ein blaues Raleigh mit Zehngangschaltung. Du hattest es an jenem Morgen entdeckt, als du den Fahrradschuppen zum zweiten Mal umrundet hattest, um kurz vor neun, als er aus allen Nähten zu platzen begann und die Räder kreuz und quer herumstanden. Du zogst die Kneifzange aus deinem Gürtel; sie hatte sich schmerzhaft und kalt in deine Haut gedrückt, sicher würde ein Abdruck zurückbleiben.

Genau so wollte der Aufsichtsschüler dich erwischen – die Hände ölverschmiert, das Werkzeug fest umklammert, die einzelnen Schrauben in deiner Tasche, schutzlos über die verstümmelte Mechanik gebeugt. Er wartete.

Du hattest nichts geahnt – wie er gedacht haben musste: Ich lasse ihn noch ein bisschen weitermachen, bis er mittendrin ist, ich werde ihn mir schnappen. Du hast nichts mitgekriegt, nicht einmal, als er nur noch wenige Schritte von dir entfernt war; erst als er auf einen Kieselstein trat und der auf dich zugehüpft kam, hast du dich umgedreht, gerade noch rechtzeitig, um seine ausgestreckte Hand über deiner Schulter zu sehen, und hast dich über den Rahmen geduckt wie eine kaputte Sprungfeder.

Du hast ihn zurückgestoßen, doch er hatte dich am Hemd gepackt und riss daran, bis die Knöpfe absprangen. Du hast ihm einen weiteren Stoß versetzt, diesmal stärker. Er verlor das Gleichgewicht, fiel in Zeitlupe über den Reifen eines Fahrrads, das hinter ihm bereitstand wie für einen Zirkustrick. Beim Fallen versuchte er, dich mitzureißen, doch dann ließ er los und streckte die Arme nach hinten aus, um den Fall abzufangen. Da ranntest du los, hörtest das Elf-Uhr-Läuten, dann die Rufe und Schreie: «Halt! Stehen bleiben!»

Du hattest einen guten Vorsprung. Du ranntest zwischen den ersten Schülern hindurch, die aus den Klassenräumen kamen, durch einen Gang mit hohen Backsteinmauern zu beiden Seiten, an dessen Ende dich ein schwarzes Stahltor von der Hauptstraße trennte; es war etwa zweieinhalb Meter hoch, mit einem Vorsprung auf halber Höhe, wo dein Fuß Halt fand. Du schwangst dich mit ein paar geübten Bewegungen darüber und sprangst auf der anderen Seite hinunter.

Du wusstest, dass er dich nicht bis nach draußen verfolgen würde. Nein, er würde zum Büro des Direktors gehen, das Fahrrad vermutlich im Schlepptau. Er würde anklopfen und warten, sich währenddessen eine Geschichte zurechtlegen, in der er der Held war. Du konntest es ihm nicht verübeln.

Du spürtest Bedauern, als du langsamer wurdest und unwillkürlich über deine Schulter zurückblicktest. Erwischt zu werden löste immer Bedauern in dir aus, doch es war nicht das Bedauern, erwischt worden zu sein. Es war Bedauern, das tiefer ging, das schwer und traurig machte und dich wünschen ließ, zu schlafen oder woanders zu sein. Du überquertest die nasse Straße. Du würdest ein paar Stunden verstreichen lassen und zur letzten Unterrichtsstunde zurückkehren. Deinen Namen wusste er wahrscheinlich nicht, aber er wusste den Rest, und es war nur eine Frage der Zeit, bis du über die Sprechanlage zum Direktor gerufen würdest. Alle würden erfahren, dass du es gewesen warst. Es würde sich wie ein Lauffeuer verbreiten, von der Schlange am Schulkiosk, über die Flure A, B und C, und im Klassenzimmer wie eine Staubwolke auf dich herabsinken, dich in ihr Getuschel, ihre verstohlenen Blicke einhüllen. Du wusstest, wie es lief.

10

«Diese Mädels aus deiner Schule, Sonny. Die haben's so richtig nötig. Schau sie dir an, den Arsch würd ich denen lecken», sagte Mick.

Er griff durch die Schürze nach seinem Schwanz, die feuchte Zungenspitze zwischen den Lippen. Du standest hinten im Laden an der Trennwand und schrubbtest mit der Stahlbürste den riesigen Hackblock sauber.

«Würdeste die besteigen? Guck mal, die da, kennste die da?», fragte er. Du unterbrachst deine Arbeit und sahst zum Eingang hinüber, darauf bedacht, nicht gesehen zu werden. Dort standen April O'Brien und zwei andere Mädchen, die du nicht kanntest. Ihr hattet in Mr. Philips' Unterricht einmal nebeneinandergesessen. Aprils Haare waren lang, braun und gebürstet. Ihre Eltern hatten eine Schultasche in London für sie gekauft, und ihre Bücher waren ordentlich in schlichtes braunes Papier eingeschlagen, das mit durchsichtigem Klebeband befestigt war.

«Diese Mädels aus deiner Schule ... so welche gab's damals noch gar nicht, als ich in der Schule war. Heilige Scheiße! Das liegt am Geld, weißte? Am Geld ... Die können sich's leisten, die richtig ranzuzüchten. Die Haut und alles – es ist einfach anders», sagte er. Seine Gedanken machten seine Gesichtszüge weich, und er war wieder ein

Schuljunge. Er wandte sich ab; was immer er auch dachte, war nur für ihn bestimmt.

Du hast weitergemacht, hast das Holz mit der Stahlbürste geschrubbt und gelegentlich einen Blick auf die Uhr geworfen. Bald würdest du rausgehen und den Gehweg fegen müssen. Die Kunden trugen das Sägemehl aus der Metzgerei unter ihren Schuhsohlen nach draußen. Du schobst es so lange wie möglich vor dir her, in der Hoffnung, dass deine Klassenkameraden dann bereits vorbeigegangen wären. Du wusstest, dass ein Hockeyspiel stattfand, das sie aufhalten würde.

Die Stahlbürste fuhr über den Block, rollte das getrocknete Blut und die Sägespäne zu akkuraten Kugeln zusammen und spuckte sie auf den Boden.

Die Messingglocke über der Eingangstür schrillte. Mick zog seinen Kamm aus der Gesäßtasche und fuhr sich damit durchs Haar.

«Guter Gott, wen haben wir denn da?», sagte er und betrat den Verkaufsraum. Du hörtest auf zu schrubben, deine Hände ruhten auf der Bürste, und du neigtest den Kopf, um zu hören, was sie sagten.

«Na, das verspricht ja ein hübscher Abend zu werden», sagte Mick.

Schweigen. Jemand dachte über das nach, was Mick gesagt hatte. Die Stammkunden hörten Mick nicht zu; sie warteten auf eine kurze Pause zwischen seinen Fragen, damit sie etwas kaufen oder ihm erzählen konnten, was ihnen passiert war.

«Ja», sagte die Stimme einer Frau. Ein englischer Akzent. «Ich glaube, da haben Sie recht», sagte sie. Sie war es.

«Darf es etwas für Ihr Abendessen sein?», fragte Mick.

Es folgte eine weitere Pause, und dein Kopf neigte sich näher dem Hackblock entgegen.

«Also», setzte sie an. «Ja, ich hätte gern ein Rinderfilet, nicht zu dick, leicht durchwachsen.» Sie hielt inne. Sie wollte noch etwas hinzufügen, bremste sich aber. «Das wäre dann alles, danke», sagte sie. Wie versteinert standest du da.

«Ich schätze, zu Hause wartet ein sehr glücklicher Mann auf Sie», sagte Mick und lachte. Es kam keine Antwort, und du wusstest, dass sie Mick verunsichert hatte. «Eine Sekunde, ich hole es nur schnell für Sie.»

Mick verließ den Verkaufsraum und lief, diesmal ohne einen Witz zu machen, an dir vorbei zu dem großen Kühlschrank weiter hinten im Raum.

Du gingst auf die Trennwand zu, legtest das Gesicht an die kalte Oberfläche. Langsam glitten deine Finger um die Türöffnung herum, und du zogst dich vorwärts, wagtest nur, mit einem Auge um die Wand herumzublicken, bis du sie sahst. Sie wirkte groß, stand in ihrem hellbraunen Regenmantel da und blickte ins Leere, wie es Leute tun, wenn sie sich unbeobachtet fühlen.

Du hörtest die Kühlschranktür zuschlagen und wichst von der Türöffnung zurück, nahmst die Stahlbürste schnell wieder an dich und sahst Mick zurückkommen, vor sich das Stück Fleisch, als wäre es ein Köder an einem Angelhaken, an dem er hinterhergezogen wurde.

«Da haben wir's schon!», sagte er. «Was halten Sie hiervon?»

Du fragtest dich, ob Mick recht hatte und ein sehr glücklicher Mann bei ihr zu Hause an dem langen dunklen Tisch saß und auf sie wartete. Es war dir nie in den

Sinn gekommen, und bei dem Gedanken daran fühltest du dich leer.

«Das sieht gut aus», sagte sie. Du hörtest das Rascheln einer Plastiktüte.

«Entschuldigen Sie», sagte sie, «arbeitet bei Ihnen vielleicht ein junger Mann? Halbtags, glaube ich. Ich weiß nicht, wie er heißt, aber sein Vater ist Bauarbeiter, sein Name ist Frank.»

«Sie meinen doch nicht Sonny? Hat er was ausgefressen?», fragte Mick.

«Nein, nein. Ganz und gar nicht. Er ist heute nicht hier, oder?»

«Doch, und ob er hier ist», sagte Mick. «Sonny?», rief er, während er bereits auf dich zukam.

«Nur wenn er nicht zu beschäftigt ist», rief sie ihm hinterher.

«Beschäftigt mit Nichtstun», sagte Mick. Er stand vor dir und flüsterte besorgt: «Die Frau da draußen hat nach dir gefragt. Was will die von dir?»

Als sie dich sah, lächelte sie freundlich, und du erinnertest dich daran, wie ihre Augen aussahen und dass sich daneben sanfte Fältchen bildeten, wenn sie lächelte.

«Hallo», sagte sie. «Ich hoffe, ich störe dich nicht.»

«Wüsste nicht, wobei, der tut sowieso nix», sagte Mick hinter der Theke und lachte, aber dann schien es ihm peinlich zu sein, dass sie ihm keine Beachtung schenkte.

«Ich wollte nur hören, ob es dir gutgeht», sagte sie und an Mick gewandt: «Er hat sich am Bein verletzt, als er ein paar Arbeiten für mich erledigt hat.» Sie sah dich die ganze Zeit über an und wirkte sehr ernst, als sie fragte: «Geht es dir gut?»

«Ja», sagtest du. Deine Oberlippe klebte an deinen Zähnen fest, als du zu lächeln versuchtest, und du wünschtest, du hättest die Schürze ausgezogen.

«Erinnerst du dich an mein Haus in der Nähe der Monkstown Road?», fragte sie mit einem angedeuteten Lächeln. Einem geheimen Lächeln.

«Ja», sagtest du. Du konntest sie nicht lange ansehen. Ihr Rock ging ihr gerade bis übers Knie und war leicht ausgestellt; darunter konntest du den Schwung ihres Unterschenkels sehen, der nackt aus dem Stiefel ragte.

«Na ja, ich werde es bald verkaufen und habe mich gefragt, ob du an den Wochenenden etwas Zeit für ein bisschen zusätzliche Arbeit hättest ... Es gibt ein paar Dinge rund ums Haus zu erledigen, und ich kenne sonst niemanden, den ich fragen könnte.»

«Sie ziehen weg?», fragtest du.

«Was? Ja, irgendwann. Ich bezahle dich selbstverständlich, und natürlich kommt es nur in Frage, wenn es dir neben der Schule oder dem Lernen nicht zu viel wird», sagte sie. «Was meinst du?»

Du warst überrascht, dass sie auf eine Antwort wartete.

«Ja», sagtest du. «Ich ... ja.»

«Bestens», sagte sie, nickte einmal, um zu zeigen, dass sie sich freute.

«Möchtest du mich anrufen und mir sagen, wann es dir passt?», fragte sie, klopfte ihre Taschen ab und sah dann zu Mick hinüber, der sich zurückgezogen hatte, aber nicht so weit, dass er euch nicht mehr hören konnte. «Hätten Sie vielleicht ...?» Ihre Hand machte eine schreibende Bewegung in der Luft.

«Ja», sagte Mick, plötzlich geschäftig, der angekaute

blaue BIC-Kugelschreiber in seiner Brusttasche blieb, wo er war. Neben der Kasse fand er einen anderen Stift. «Hier, bitte», sagte er.

Du sahst zu, wie ihre langen Finger ihren Namen auf ein Stück Papier schrieben. Sie reichte dir den Zettel, und du hieltest ihn ein Stück von dir weg, um zu lesen, was darauf stand. Warum, wusstest du nicht, aber du hattest gesehen, wie Leute das taten. Du wusstest, dass du Zeit haben würdest, um für sie zu arbeiten, und hättest ihr direkt zusagen können, kamst aber zu dem Schluss, dass es besser wäre, sie anzurufen, wo sie dir nun extra ihre Nummer aufgeschrieben hatte.

«Danke», sagte sie. «Melde dich, wenn du Zeit hast.» Sie lächelte wieder, entblößte einen kleinen dunkelbraunen Fleck an der Seite ihres Eckzahns.

«Also dann, auf Wiedersehen», sagte sie, warf Mick eine andere Art «Auf Wiedersehen» zu und verließ den Laden. Du sahst, wie sie am Schaufenster vorbeiging, vorbei an dem grob gemalten Schild mit einem lächelnden Schwein, das seinesgleichen auf einem Tablett präsentierte.

Du nahmst den Zettel mit ins Hinterzimmer, und bevor du ihn sorgfältig zusammengefaltet und in deine Gesäßtasche gesteckt hast, last du einmal ihren Namen, nicht laut, sondern für dich. Vera.

11

«Ich habe einen Job», hast du stolz verkündet.

«Du brichst die Schule ab?», fragte Sharon.

«Nein.»

«Alles versnobte Vollidioten da bei dir. Schmeiß den Scheiß einfach hin», sagte sie. Sie saß auf dem flachen Felsen, die Knie aneinandergedrückt, die Füße weit auseinander. Sie zog ihre gebleichten Haare durch die Finger.

«Du weißt schon, dass es fünfundfünfzig Pfund Stütze pro Woche gibt?», fragte sie.

«Jeder weiß das», sagtest du.

«Weißt du, wie viele Zigaretten das sind?» Ihre Stimme wurde weicher, als sie darüber nachdachte. «Viele Zigaretten», sagte sie apathisch, während sie mit den Fingern vorsichtig eine Strähne von den übrigen Haaren absonderte. Auf ihren Fingernägeln hatte sie rosa und rote Farbkleckse. Ihre Augen waren zu blass, als dass man sie blau hätte nennen können, mehr wie Blau, das jemand unter dem Wasserhahn abgespült hatte. Sie kniff ein Auge zu und hielt die Haarsträhne ins Sonnenlicht.

«Mir schleierhaft, warum dich deine Ma da überhaupt hinschickt.»

«Der Schulbus ist umsonst», hast du gesagt. «Sie sind verpflichtet, einen hinzubringen.»

«Warum? Bist du behindert, oder was?»

«Auf der Berufsschule wäre ich auch nicht besser dran», sagtest du, und sie lachte.

«Du, auf der Berufsschule? Die würden Hackfleisch aus dir machen.»

Deine Brüder waren auf die Berufsschule gegangen. Niemand hatte Hackfleisch aus ihnen gemacht. Aber du hattest gefleht, nicht dorthin zu müssen, und nach einer Diskussion zu Hause war beschlossen worden, dass du woanders zur Schule gehen konntest.

«Was ist das für ein Job?», fragte sie.

«Arbeiten für eine Frau erledigen, bei ihr im Haus.»

«Wie, als Butler?»

«Nein, Sachen reparieren.»

«Ein Handlanger», sagte sie.

Du dachtest darüber nach und warst enttäuscht. Nein, das nicht.

«Sie ist nett», hast du gesagt und sofort gedacht, du hättest es besser für dich behalten.

«Und was ist so nett an ihr?»

«Weiß nicht, sie wirkt einfach nett.»

«So ’ne feine Lady?»

«Ja, schon.»

«Wie alt ist sie?»

«Keine Ahnung.»

«Guck dich mal an!»

«Was?»

«Du bist in sie verknallt!»

«Leck mich!», sagtest du lahm.

«Gefallen dir meine Schuhe?» Sie zeigte auf ihre weißen Lack-Ballerinas.

«Ja, die sind okay», sagtest du. «Die sind hübsch.» Sie kratzte den getrockneten Schlamm von den Seiten und wischte sich den Finger am Felsen ab.

Nach der Arbeit war es noch hell genug gewesen, und du warst über den schmalen Pfad zur Katzenhöhle gegangen, durch das Brombeergestrüpp, die Kletten und Nesseln.

«Du stehst auf Frauenschuhe», sagte sie und lachte laut. «Du Obertunte.»

«Du stehst auf Männerschwänze», sagtest du. «Du Oberschlampe.»

«Du Oberschlappschwanz.»

«Du Oberschmatzmöse.»

«Du glupschäugige, dicklippige Oberschwuchtel.»

«Schlampe.» – «Tunte.» – «Schlampe.» – «Tunte.»

«Schlampe.» – «Tunte.» Schnell und laut, bis ein unmelodischer Lärm daraus wurde. Sie stürzte sich auf dich, hieb mit den Fäusten nach dir, wollte dir so richtig einen auf den Arm geben. Du hast sie an dich gezogen, als wolltest du dich so vor ihren Schlägen schützen, und ihren festen, heißen Körper gespürt. Ihr drücktet euch gegenseitig zu Boden, die Beine ineinander verschlungen. Dann warst du auf ihr drauf, und plötzlich wolltest du sie küssen, dann doch nicht und dann doch wieder. Dabei drückte ihr Schambein die ganze Zeit gegen deinen Schwanz. Mit einem Mal wurde Sharon schlaff. Du löstest den Griff um ihre Arme, und sie ließ sie zu einem Kreuz ausgebreitet liegen. Blinzelnd sah sie zu dir auf, während die Sonne auf ihr Gesicht fiel und sie um Atem rang.

«Du könntest jetzt alles mit mir machen, was du wolltest, und ich könnte dich nicht davon abhalten», sagte sie.

Es stieß dich ab und machte dich gleichzeitig an. «Und?», fragte sie.

«Was, und?», fragtest du zurück. Dein Blick fiel auf ihren Nacken, auf ihre nackte Schulter, das nicht mehr weiße Weiß ihres BHs. Du wolltest schon, hattest aber Angst, sie könnte es rumerzählen.

Dann stelltest du dir vor, wie sie sich die Zeit genommen hatte, ihr Kleid sorgsam im Spülbecken zu waschen. Vielleicht in einem T-Shirt davorgestanden und mit kalten Füßen darauf gewartet hatte, dass das Wasser im Kessel kochte. Jetzt lag das Kleid zerknautscht unter dir auf dem Boden. Du dachtest an ihre vorsichtigen Schritte bis zur Katzenhöhle. Wie sie versucht hatte, sich die Lack-Ballerinas nicht schmutzig zu machen, während sie auf Zehenspitzen über den nassen Boden lief.

Du hast an Vera gedacht. Sharon beobachtete dich lauernd, jede deiner Bewegungen und Gesten. Und in deinem ganzen Körper war diese entsetzliche Traurigkeit, und gerade als du glaubtest, weinen zu müssen, ballte Sharon Burke die Hand zu einer Jungsfaust und knallte sie dir seitlich ins Gesicht. Du bist aufgesprungen, weg von ihr.

«Scheiße, was soll das denn?», hast du gefragt und ihr die Hand hingehalten, um ihr aufzuhelfen.

«Wichser», hat sie gesagt und ist allein aufgestanden.

Du sahst ihr nach, wie sie auf den Stein zuging und sich wieder hinsetzte. Sie zündete sich eine Zigarette an. Rauchte sie bis zum Filter runter und drückte sie am Stein aus, hinterließ einen schwarzen Aschefleck. Deine Mundhöhle fühlte sich an, als würde die Zunge darin verrosten.

«Dad wartet bestimmt mit dem Essen auf mich», sagte sie und kaute an der aufgerissenen Haut um ihre Fingernägel herum. Du warst selbst überrascht, als du auf sie zugingst und dich vor sie knietest. Du nahmst ihren Fuß und zogst ihn behutsam zu dir her. Du konntest spüren, wie sich die Muskeln in ihrem Bein erst anspannten, dann entspannten. Du hast ihren Fuß auf deinen Oberschenkel gelegt und begonnen, mit dem Ärmel deines Parkas den getrockneten Schlamm von ihren weißen Schuhen zu wischen, langsam, behutsam, als würdest du mit einem Geschirrtuch weiße Porzellantassen abtrocknen. Ein Fuß, dann der nächste.

«Du kannst, wenn du willst», sagte sie. «Ist mir egal.» Als du zu ihr aufblicktest, wischte sie sich mit einer Faust die Tränen ab.

Eine Amsel landete ganz in der Nähe auf einem Brombeerstrauch. Du sahst zu, wie sie den Kopf senkte und ein bisschen herumpickte, bevor sie davonflog. Es dämmerte, und es war kälter geworden.

«Ich seh auch besser zu, dass ich mein Abendessen krieg», sagtest du.

«Ja», sagte sie.

Ein paar Wolken zogen von Westen heran, schwarz und schwer. Die Geräusche des frühen Abends waren zu hören, dein Atmen und das gelegentliche Knirschen der Steine unter deinen Füßen, wenn du das Gewicht verlagertest. Sharon stand auf, machte ein paar Schritte und blieb dann eine oder zwei Sekunden auf der Stelle stehen. Du dachtest, sie würde sich umdrehen und etwas sagen oder machen, doch dann ging sie weiter. Du hast dich vom Boden hochgestemmt, auf den flachen Felsen. Er barg noch das bisschen Wärme, das er ihr geraubt hatte. Sie ging, ohne zurückzublicken, und war bald zwischen den wild wuchernden Brombeerbüschen verschwunden.

12

Zwei Tage hast du gewartet, bevor du Vera anriefst; das schien dir die richtige Dauer zu sein. Es war schwierig zu warten. Dann fragtest du dich, ob du zu lange gewartet hattest, und ranntest nach der Arbeit zur Telefonzelle.

Fickt die Bullenschweine, hatte jemand mit einem Messer in den cremeweißen Lack der Telefonzelle geritzt. Danach war die Klinge mit Sicherheit stumpf gewesen. *Briten raus*, *IRA* und *Micky und Bonner, wahre Liebe* stand dort in derselben Handschrift, mit blauer Tinte geschrieben, entweder von Micky oder von Bonner.

Der schwarze Plastikhörer lag schwer in deiner Hand, und du hörtest deinen eigenen Atem in der Hörmuschel. Du hast die Nummer von dem zerknautschten Stück Papier abgelesen, obwohl es nicht nötig war. Sorgsam hast du die Zahlen eingetippt und gewartet. Es klingelte viermal, dann hob sie ab: «Hallo, hier ist Vera.»

«Hallo … ich bin's, Sonny.» Du warst so aufgeregt, es klang fast, als würdest du singen.

«Ich bin zurzeit nicht zu Hause. Bitte hinterlassen Sie eine Nachricht, und ich rufe Sie zurück.»

Es war ein Anrufbeantworter, und mit Anrufbeantwortern kanntest du dich nicht aus. Das langgezogene Piepen und die Leere, die du ausfüllen solltest. Panisch hast du auf die B-Taste gedrückt, um das Gespräch abzubrechen. Der Apparat gab ein metallisches Klacken von sich, als er deine zehn Pence wieder ausspucken sollte, tat es aber nicht. Die Leitung war tot. Du hast den Hörer wieder auf die Gabel gehängt und bist in der Telefonzelle stehen geblieben, unsicher, was du tun solltest. Du hattest keine Münzen mehr.

Nervös hast du an den dicken Ledergurten herumgefummelt, die die Tür zuhielten, während jedes vorbeifahrende Auto die Telefonzelle erzittern ließ. Du hast dich umgedreht und einen alten Mann gesehen, der mit dem Rücken an die Wand gelehnt dastand und ungeduldig herüberstarrte.

Zu Hause hast du sorgsam eine Seite aus einem Schulheft herausgetrennt, nach einem Stift gegriffen, ihn wie einen Meißel auf die Seite gepresst und daran gedacht, wie dein Vater versucht hatte, einen Preis für Mr. Murphy zu notieren. An dem Punkt, an dem er Mr. Murphys Namen hätte schreiben müssen, hatte er gezögert und fragend in die Gesichter um sich herum geblickt, doch keiner hatte geholfen. Du hattest den Namen, Murphy, auf einen Zettel geschrieben und später neben seinen Sessel gelegt.

Du hast Vera geschrieben, dass du am Samstag zum Arbeiten vorbeikommen würdest. Der Briefkastenschlitz war schwergängig, und deine suchenden Finger trafen dahinter auf Widerstand – ein Zugluftstopper, wie zwei ineinander verschränkte Kehrbesen. Das dünne Papier knitterte und knickte, und es schien eine Ewigkeit zu dauern, bis du es durchgeschoben hattest.

In der Nacht zuvor warst du zwischen Schlaf und Halbschlaf hin und her gedriftet, ein ruheloses Karussell – Aufregung, Angst, Aufregung. Sorgfältig hast du dich im Dunkeln angezogen, dann hast du dich an den Küchentisch gesetzt und darauf gewartet, dass das erste Licht durch die Wolken bricht. Vor sieben hörtest du, wie deine Mutter die Schlafzimmertür öffnete, ihre sanften Schritte zum Badezimmer, und stahlst dich zur Hintertür hinaus.

Mühsam bist du die wenigen Stufen bis zu Veras Haustür hochgestiegen. Deine Hände in den Hosentaschen fühlten sich feucht und schwer an, kalt rieben deine Finger aneinander, während sie sich abwechselnd zur Faust schlossen und wieder öffneten. Du hast auf die Klingel gedrückt und deutlich das Läuten auf der anderen Seite der dicken Tür gehört. Das Haus wirkte nicht vollkommen leblos, aber schläfrig und gleichgültig.

Ein Taxi kam langsam die Straße entlang auf dich zugefahren; der Fahrer hielt das Gesicht an die Windschutzscheibe, schaute nach den Hausnummern. Ganz in der Nähe blieb er stehen und fing an, das Fenster herunterzukurbeln. Du klingeltest ein zweites Mal. Die Tür ging auf, und vor dir stand Vera. Sie hielt einen Arm ausgestreckt, durchsuchte mit der anderen Hand ihre Tasche, den Blick gesenkt, bis sie einen Schlüsselbund daraus hervorzog und aufsah, überrascht, dich zu sehen. Sie blickte an dir vorbei zum Taxi, zog den Reißverschluss ihrer Handtasche zu und schüttelte leicht den Kopf.

«Ich hatte einen Brief, eine Nachricht, in den Briefkasten geworfen, wegen der Arbeit», sagtest du.

«Arbeit?» Verständnislos blickte sie dich an.

«Ich bin Sonny, aus der Metzgerei.»

«Natürlich, ja. Ja, natürlich.» Fragend blickte sie dir ins Gesicht und versuchte sich zu erinnern. «Oh, Scheiße, die Arbeit. Hatten wir heute abgemacht? Ich habe …»

Das Taxi hupte, und sie fuhr zusammen.

«Kommen Sie schon, Missus, ich hab nicht den ganzen verfluchten …»

«Hey!», brülltest du und hörtest eine vollkommen unbekannte Stimme aus deinem Mund dringen, laut genug, um euch beide zu erschrecken. «Geben Sie ihr einen Moment. Sie kommt gleich.»

Als du dich wieder zu ihr umwandtest, blickte sie dich an, als suchte sie etwas. Sie wirkte konfus und verzweifelt, wie sie ihre Tasche fest an sich drückte. Sie hatte geweint.

«Alles in Ordnung?», fragtest du.

«Ja, ja, natürlich. Ich muss bloß weg, ich hatte das ganz vergessen.»

«Kein Problem. Macht nichts, ich kann noch mal wiederkommen.»

Sie hatte ihre Tasche aufgemacht, einen Zehnpfundschein herausgenommen und hielt ihn dir hin.

«Es tut mir wirklich leid», sagte sie.

«Ich will das nicht», sagtest du.

Sie griff nach deinem Handgelenk und hielt deinen Arm fest, drückte dir den Schein in die Hand. Ihre Finger waren weich; einer ihrer Fingernägel bohrte sich in deine Handfläche.

Du konntest nicht danke sagen. Aber du bist, ohne dich von ihr abzuwenden, die Stufen hinuntergegangen und hast die Taxitür für sie geöffnet. Als sie eingestiegen war, hast du dich gebückt und den Saum ihres Mantels angehoben, damit er nicht in der Tür eingequetscht würde. Du wolltest dem Fahrer noch sagen, er solle auf sein Benehmen achten, hast es aber nicht getan. Nachdem du erst einmal darüber nachgedacht hattest, kam es dir nicht mehr über die Lippen. Durch die Autoscheibe sahst du, wie sie ihm das Fahrtziel nannte. Du gingst weg, als würdest du irgendwo dringend erwartet, das verklingende Motorengeräusch des Taxis im Ohr. Als du nichts mehr hörtest, wandtest du dich wieder um.

Du bliebst so lange auf der Treppe vor dem Eingang sitzen, bis du vor Kälte zu zittern begannst. Zu Hause würde erst geheizt werden, wenn es draußen dunkel war. Auf der Hauptstraße floss ein beständiger Strom aus Autos dahin; ein Paar kam vorbei, das sich durch die Handschuhe an den Händen hielt. Der Mann trug eine Zeitung unter den Arm geklemmt und warf dir einen warnenden Blick zu.

Behutsam strichst du den Zehnpfundschein glatt und zogst die Ecken zwischen Daumen und Zeigefinger gerade, faltetest ihn zweimal und standest auf, um ihn durch den Briefkastenschlitz zu schieben. Doch dann hieltest du inne und stecktest dir den Schein in die Tasche. Du gingst ums Haus herum zu dem Weg, der dahinter verlief, folgtest den Schritten, die du mit deinem Vater gegangen warst, als ihr den Sand und den Zement dorthin getragen hattet. Niemand war auf dem Weg. Du suchtest die Fenster der umliegenden Häuser nach Gesichtern ab. Als die Luft rein zu sein schien, zogst du dich auf die Gartenmauer hoch, sprangst runter und gingst über den schmalen Pfad durch den Garten zur Hintertür. Die Fenster waren alt, und es wäre ein Leichtes gewesen, sie zu öffnen und wieder zu schließen, ohne dass es aussah, als wären sie aufgebrochen worden, doch das war gar nicht nötig, denn noch bevor du die Hand nach der Klinke an der Hintertür ausstrecktest, wusstest du, dass nicht abgeschlossen war. Ein leises Klicken, und schon standest du im Haus, in der dunklen Küche.

In deiner Körpermitte spürtest du ein starkes Brennen, und die Welt war weit weg. Du stelltest fest, dass du gleichzeitig in dir drin sein und dich beobachten konntest. Auf dem langen Esstisch stand ein einzelner Teller mit ein paar Toastbrotkrümeln darauf. Daneben eine Tasse Tee, auf der sich ein gelber Film gebildet hatte, wie ein Halbmond. In einem großen Keramikaschenbecher lagen vier zerdrückte Zigarettenstummel, an denen noch so viel Weiß übrig war, dass sie deinen Vater über den ganzen Abend gebracht hätten.

Du tipptest dir mit dem Finger an die Zunge und fuhrst damit durch den Aschenbecher; die Asche blieb wie Kohle an deiner Haut kleben. Als du dir den Finger in den Mund stecktest, schmeckte es nach nichts, nur der Teer brannte ein wenig.

In der Mitte des Tischs lagen zwei Stapel Bücher neben einer schwindelerregenden Anzahl von Gewürzen: unbekannte Aromen in fröhlichen Farben und unterschiedlichen Größen. Dann bemerktest du die Dosen mit den Medikamenten. Vier davon, aus Plastik, mit weißen Etiketten.

Einmal täglich. Zweimal täglich. Vor den Mahlzeiten. Nach den Mahlzeiten.

Vera Hatton. Ihr Name auf jeder Dose, dazu die medizinischen Begriffe, die du nicht verstandest.

«Vera Hatton», sagtest du laut und stelltest die Dosen wieder an genau dieselbe Stelle zurück. Denn daran erinnern sich die Leute – wo genau sie etwas hingestellt haben. Sie vergessen alle möglichen Sachen, aber wenn man einen Gegenstand auch nur fünf Zentimeter von der Stelle entfernt abstellt, wo man ihn weggenommen hat, sagen sie: «Da hatte ich das nicht hingestellt.»

Der Flur und das Wohnzimmer im vorderen Teil des Hauses gingen nach Süden raus und waren lichtdurchflutet. Du wusstest, dass dahinter das Meer lag, zu Füßen eines kleinen Hügels, zum Teil hinter Dächern versteckt. Du legtest eine Hand auf die Lehne des blauen Sofas. Das Licht auf deinem Gesicht fühlte sich warm an.

Oben am Treppenabsatz gingst du auf eine offene Tür zu, durch die mehr Licht in den Flur fiel, du bliebst im Türrahmen stehen und sahst dich so langsam um, dass es einer Liebkosung glich. Die schweren schokoladenbraunen Vorhänge, die du von draußen gesehen hattest, waren geöffnet. Ihr Bett war altmodisch, aus schlichtem Holz. Vielleicht Mahagoni, dunkel, rechts und links auf das Kopfende war – kaum noch sichtbar – je eine blassblaue Blume gemalt. Die Dielen wirkten so gut wie nackt, abgesehen von Resten weißer Farbe und einem Läufer neben der Seite des Betts, auf der sie schlief. Am Fußende eine ordentlich zusammengefaltete rote Wolldecke, deren Quasten auf der zerknüllten Bettdecke lagen.

Hier waren die Wände übersät von Bildern und Fotos, einige gerahmt, andere nicht. Ein Foto zog deinen Blick an, du gingst über die quietschenden Holzdielen in das Zimmer hinein. Ein kleines Bild, von der Sonne ausgeblichen. Ihr Gesicht, ein wenig jünger als jetzt, lächelnd. Du standest so nah davor, dass von deinem Atem das Bild beschlug.

Jetzt machte sich die schlaflose Nacht bemerkbar, und du fühltest dich erschöpft. Du sahst zu ihrem Bett hinüber. Du hattest Goldlöckchen immer für dämlich gehalten, weil sie im Bett der Bären geschlafen hatte. Natürlich waren die nach Hause gekommen und hatten sie dort entdeckt.

Du lehntest den Kopf an ihr Kissen. Ihr Geruch hing daran, der Geruch, den ihre Haare und ihr Körper abgaben, wenn sie im Schlaf zusammengerollt war. Trotzdem hast du nicht gewagt, dich hinzulegen.

Du gingst den gleichen Weg durch das Haus zurück, den du gekommen warst, und als du sicher sein konntest, dass alles so war, wie du es vorgefunden hattest, zogst du die Hintertür zu, bis du das Klicken des Schlosses hörtest.

In Seapoint liefst du am Strand entlang, schlugst die Zeit tot, bis der Baumarkt öffnete. Der Strand war fast menschenleer. Lautlos und träge schwappte das Meer ans Ufer, hinter der weißen Wolkendecke war kein Stück Himmel zu erkennen. Sie schienen am Horizont ins Meer zu fallen. Der behaarte Mann mit dem breiten Kreuz kam aus dem Wasser. Du hattest ihn vorher schon einmal gesehen; er war wuchtig wie ein Seelöwe.

Einmal hattest du mit deiner Mutter hier gestanden und beobachtet, wie das Postboot von Holyhead herübergefahren kam. Du hattest sie gefragt, wie lange das Postboot schon in Betrieb war. Seit hundert Jahren, hatte sie gesagt und dann, dass sie es nicht wüsste. Auf dem Weg dorthin hattest du eine Zeitlang ihre Hand gehalten, auch wenn du dich allmählich zu alt dafür fühltest. Du hattest sie noch etwas anderes fragen wollen, aber dann war es dir nicht mehr eingefallen; es hatte mit deinem Vater zu tun, aber du wusstest, dass du nicht fragen solltest, auch wenn sie es dir nicht ausdrücklich verboten hatte. Sie hatte nie gesagt: «Das darfst du nicht über deinen Vater fragen.» Du hattest nie verstanden, wie die Leute es anstellten, einem alle möglichen Dinge mitzuteilen, ohne ein Wort zu sagen.

13

Nur ein paar Stunden später bist du zurück zu dem Weg hinter Veras Haus gegangen und über die Mauer in ihren Garten gesprungen. Hast zwei Farbdosen aufgestellt. Beim Abkratzen der alten Farbe lauschtest du die ganze Zeit, ob du sie kommen hörtest. Die Fensterbänke waren einmal rot gewesen und davor schwarz, und bereits jetzt kam es dir vor, als wäre es eher ein Traum als eine Erinnerung, früher am Tag in ihrem Haus gewesen zu sein.

Am späten Nachmittag hast du dein Arbeitstempo gedrosselt. Sie war noch nicht zurück, und du warst fast fertig. Du hattest ein paar Stellen frei gelassen, damit du einen Grund hattest, noch zu bleiben, wenn sie kam. Die Fensterbänke sahen eindeutig besser aus; die Farbe war fast perfekt getroffen. Deine Hand war ruhig gewesen, und du hattest die Linien gerade gezogen. Du warst mit deiner Arbeit zufrieden. Das war alles, woran du dich klammern konntest, als du hörtest, wie die Eingangstür geöffnet und wieder geschlossen wurde. Du hörtest ihre Schritte bis in die Küche und erkanntest ihre leicht verzerrte Silhouette durch die alte unebene Glasscheibe.

Du wolltest gerade ans Fenster klopfen, damit sie wusste, dass du da warst, und nicht erschrak. Deine Hand war schon zur Faust geballt, der Knöchel des Mittelfingers zum Klopfen bereit. Aber du zögertest noch. Sie war ein verschwommener Fleck aus Eile und Entschlossenheit. So als müsste sie dringend auf die Toilette – der Körper übernimmt die Führung, und alles, was nicht der angestrebten Erleichterung dient, wird nebensächlich.

Sie zog ihren Mantel aus und legte ihn über einen Stuhl; dann holte sie eine Schüssel aus einem der Küchenschränke und stellte sie auf den Tisch. Sie hat Hunger, dachtest du, sie hat bloß Hunger. Sie hatte das Frühstück vergessen, so wie sie dich vergessen hatte, und vergessen worden zu sein fühlte sich ein bisschen besser an.

Wieder hobst du die Hand an die Fensterscheibe, zögertest aber immer noch, weil sie in diesem Augenblick die erste braune Medikamentendose öffnete und auskippte. Du hörtest jede einzelne winzige Tablette klackernd in die Keramikschüssel fallen, wie Nägel auf einen Fliesenboden. Sie öffnete die zweite Dose, dann eine dritte.

Der Riemen ihrer Handtasche hing über demselben Stuhl wie ihr Mantel. Du hörtest, wie der Reißverschluss aufgezogen wurde. Sie holte eine mehrfach zusammengefaltete Plastiktüte heraus. Sie legte sie auf den Küchentisch und faltete sie auseinander, griff hinein und förderte eine weitere braune Dose daraus zutage.

Als würde sie deine Anwesenheit plötzlich spüren, blickte Vera zur Hintertür. Du gingst in die Knie, überzeugt, dass sie als Nächstes zum Fenster schauen würde.

Unter der Fensterbank spürtest du, wie sich die Kälte der feuchten Hauswand an deinen Rücken drückte. Die Stirn zwischen den Knien und die Hände in den Haaren, massiertest du dir mit den Fingerspitzen die Kopfhaut, und in deinem Kopf entstand ein lautes Kratzen.

Am Tag davor warst du auf dem Heimweg von der Metzgerei an ein paar Jungs vorbeigekommen, die um einen toten Hund herumgestanden hatten. Einer von ihnen pikte ihm mit einem Stock in den Kopf. Die Jungen sagten kein Wort. Du fragtest dich, ob der Kadaver draußen liegen bleiben und dort verwesen würde – oder würde jemand vorbeikommen und ihn entfernen? Wer? Wer würde kommen? Du stelltest dir ein Ödland voller toter Tiere vor, Hunde, Katzen, Fische, deren Schillern verblasste, wie bei einem Kieselstein, den man vom Strand mit nach Hause nimmt.

Du blicktest durch den Garten zu der Mauer hinüber, die dein Vater repariert hatte, zu dem kleinen, nun wieder geraden Tor, das halb offen stand. Für solche Sachen hatte er ein Händchen. Du hast das Gewicht von einem Fuß auf den anderen verlagert und gespürt, wie die feuchte Farbe wie ein Klettverschluss an deinem Rücken zog. Deine Mutter würde dich umbringen.

Du hörtest ein kratzendes Geräusch, Stuhlbeine, die über die Steinfliesen gezogen wurden. Wasser lief, kaltes Wasser, aus dem frisch gestrichenen Rohr direkt zu deiner Linken. Es lief eine ganze Weile. Ob sie, ein Glas in der Hand, am Spülbecken stand? Du hörtest das gleiche kratzende Geräusch, sie setzte sich wieder hin. Und dann Stille, abgesehen vom gelegentlichen Tröpfeln neben dir.

«Alle Achtung, das sieht ja wirklich viel besser aus.» Das sollte sie zu dir sagen, nachdem sie den ersten Schock überwunden hatte, dich in ihrem Garten anzutreffen. Nachdem du ihre Aufmerksamkeit auf deine Arbeit gelenkt hättest, wäre sie begeistert. Du hättest nach einem Besen gefragt, um die abgekratzten Farbsplitter zusammenzukehren; sie hätte ihn dir gebracht und auf einer gemeinsamen Tasse Tee und einem Sandwich bestanden. Du hättest die Farbsplitter weggekehrt, und sie hätten wie Feenstaub in der Luft getanzt.

Drinnen blieb es still, sogar das Tröpfeln neben dir hatte aufgehört, abgesehen von einem winzigen Tropfen, der nicht schwer genug war, um sich vom Rand des Rohrs zu lösen. Du standest auf, und das Blut schoss dir in den Kopf, dir wurde schwindelig. Du hieltest das Gesicht nah an die Fensterscheibe, kniffst die Augen zusammen und blicktest in die schummrige Küche hinein. Vera saß sehr still und aufrecht am Tisch und rauchte. Sie hielt die Ellbogen fest an den Körper gedrückt und die Zigarette auf Augenhöhe. Eine durchgehende blaue Rauchlinie stieg wie der Faden einer Marionette auf. Es war etwas so Alltägliches, wie sie dort am Küchentisch saß und eine Zigarette rauchte, dass du glaubtest, dich geirrt zu haben.

Erst jetzt klopftest du an die Fensterscheibe. Vera rührte sich nicht. Du klopftest noch mal, diesmal fester. Sie bewegte die Hand nur so weit, dass der Filter ihrer Zigarette ihren Mund berührte. Eine gemächliche Rauchschwade.

Du gingst zur Hintertür und drücktest den Riegel auf, tratest über die Türschwelle und standest vor ihr. Ihre Zigarette war heruntergefallen und brannte sich in die Tischplatte. Ihr Blick war verschleiert, und obwohl ihre Augen noch geöffnet waren, befand sie sich so weit dahinter, dass nichts zu erkennen war.

«Vera», sagtest du in den Raum hinein. «Vera», wiederholtest du. Die Schüssel vor ihr war leer, das große Glas Wasser ebenfalls. Wie angewurzelt standest du am Eingang zur Küche. «Kann ich Ihnen helfen?», fragtest du. Sie blinzelte zweimal träge, und ihre Augen blickten zu dir auf.

«Ich …» Sie hielt inne, und ein Ellbogen rutschte unter ihr weg, keilte zur Seite aus, stieß das Glas zu Boden, wo es zerbrach. Sie stand auf, schwankte und blickte auf ihre Hände hinunter; ihre Finger umschlossen immer noch die Form des Glases, und sie sagte: «Oh.» Sonst nichts. Sie blickte dich an, erst verwirrt, dann verängstigt. Dann sackte ihr Körper langsam unter ihr weg, wie wenn man ins Meer springt, mit den Füßen zuerst, die Arme seitlich ausgebreitet, und darauf wartet, dass das Wasser einen auffängt.

Sie schlug auf dem Boden auf, die Augen bereits geschlossen, du standest ihr gegenüber, die Hände ausgestreckt und leer.

Du hast gesehen, wie sich ihr Brustkorb hob und senkte, hast dich aber neben sie gekniet und das Ohr vor ihren Mund gehalten, bis du ihren Atem gespürt hast. Du bist ins Wohnzimmer gerannt, hast ein paar Kissen zusammengerafft und bist damit zurück zu ihr, hast sie ihr unter den Kopf geschoben, der auf dem kalten Boden lag.

«Vera», sagtest du; es war ein Flüstern. «Vera», sagtest du noch einmal. Dein Blick schweifte über ihren Hals, ihr entblößtes Schlüsselbein, die weiße Haut, die sich darüber spannte.

Eine Frauenstimme fragte dich, um was für eine Art Notfall es sich handelte, und als du zögertest, half sie dir auf die Sprünge: «Polizei oder Krankenwagen?»

«Krankenwagen», sagtest du und fügtest hinzu: «Bitte.»

Nachdem du ihr die Adresse genannt und aufgelegt hattest, ranntest du vom Flur die drei Stufen zur Küche hinunter und bliebst vor Vera stehen, unsicher, was du als Nächstes tun solltest.

Sie atmete flach, und ihre Haut fühlte sich unter deiner Hand klebrig und kalt an. Sie starb. In all der Aufregung war dir das gar nicht in den Sinn gekommen. Aber sie versuchte zu sterben und könnte jeden Moment damit Erfolg haben; ihr Atem könnte einfach aufhören. Deine Hand könnte, genau jetzt, auf der Stirn von etwas liegen, das tot war.

Auf den Fliesen sahst du ein paar Tropfen Blut. Sie musste sich an einer Scherbe des zerbrochenen Glases geschnitten haben; wo, war nicht zu erkennen. Dir war übel, und eine Träne lief dir über die Wange. Überrascht strichst du dir mit den Fingerspitzen übers Gesicht, um dich zu vergewissern, obwohl du die Träne eindeutig auf deiner Haut gespürt hattest, dabei hättest du schwören können, dass du rein gar nichts fühltest.

Es klingelte. Du liefst zur Tür und öffnetest sie mit einer Dringlichkeit, von der sich die Sanitäter nicht anstecken ließen. In wenigen Augenblicken hatten sie Vera hochgehoben und wie eine Stoffpuppe auf die Krankentrage verfrachtet. Einer von ihnen packte die leeren Medikamentendosen ein. Während sie Vera festschnallten, stellten sie dir Fragen. War sie gegen irgendetwas allergisch? Welche Blutgruppe hatte sie? Was für eine Krankengeschichte?

«Ich weiß nicht», sagtest du so oft, dass du schließlich anbotst: «Sie heißt Vera.»

«Ja», sagte einer der Sanitäter. «Das habe ich auf der Pillendose gelesen.» Doch dann schienst du ihm leidzutun, denn bevor er auf den Fahrersitz stieg, sagte er mit angedeutetem Lächeln zu dir: «Das wird schon wieder mit ihr.»

Ein paar Nachbarn waren aus ihren Häusern gekommen, standen auf den Stufen davor und blickten herüber. Das Blaulicht streifte ihre Gesichter, bevor der Krankenwagen in Richtung Dun Laoghaire davonfuhr.

Veras Haustür stand weit offen. Du stiegst die Stufen hinauf und machtest die Tür hinter dir zu.

Du hast die Scherben in der Küche zusammengekehrt und die Kissen zurück ins Wohnzimmer gebracht. Nach kurzem Zögern nahmst du die Schüssel vom Tisch und entdecktest darin noch ein paar vereinzelte bunte Pillen. Du fragtest dich, ob sie so was wie Beweismittel waren, doch dann warfst du sie in den Müll, spültest die Schüssel und stelltest sie zum Trocknen hin.

Von dem Lack auf dem Küchentisch war nicht mehr viel übrig: Im Laufe der Jahre hatten sich Einkerbungen gebildet und waren schwarz angelaufen. Du bemerktest, dass du mit einem Fingernagel in einer Kerbe herumgekratzt und einen Abdruck hinterlassen hattest. Veras heruntergefallene Zigarette hatte ein Loch in den Tisch gebrannt, das nur mit Sandpapier und einem Nachmittag Arbeit zu entfernen wäre.

Ein aufgeschlagenes Buch lag dort, wo Vera gesessen hatte. Sie musste es von dem kleinen Bücherstapel genommen und gelesen haben, während sie geraucht und gewartet hatte, dass die Tabletten wirkten. Hatte es bloß ganz oben auf dem Stapel gelegen? Oder waren dies die Worte, die sie als Letztes im Kopf haben wollte, ihr Abschiedsbrief?

Du hast überprüft, ob überall das Licht aus war, und die Hintertür zugezogen, ohne sie zu verriegeln, dann bist du über die Mauer gesprungen. Das Buch nahmst du mit.

14

Du hattest noch nie ein Buch besessen, und dieses Buch war ein richtig gutes, da warst du ganz sicher, mit seinen abgegriffenen Seiten und dem Duft alten Papiers. Auf dem Buchumschlag stand in dicken roten Buchstaben der Name des Autors, T. S. Eliot, und darüber das einfache Wort *Gedichte.* Ein perfekt kreisförmiger dunkler Fleck durchschnitt das Wort.

Du sahst Vera vor dir, wie sie eines Abends zu Hause auf dem blauen Sofa saß, eine Decke über den Knien, vielleicht brannte ein Feuer im Kamin. Sie strich sich eine Haarsträhne hinters Ohr, beugte sich vor und stellte ein Glas Rotwein, zur Hälfte ausgetrunken, auf das Buch, das sie zu Ende gelesen hatte. Es hinterließ einen Fleck.

Du saßt am Küchentisch und legtest das Buch wagemutig vor dich hin. Deine Mutter machte Abendessen, im Radio liefen die Nachrichten. Die Jungs waren im Zimmer nebenan, der Fernseher auch. Als du nach Hause gekommen warst, hatte sich deine Mutter beherrscht und nicht gefragt, wie viel du verdient hattest, aber sie wollte es wissen; sie war wütend, weil sie nachfragen musste.

«Was ist das?», fragte sie.

«Das ist ein Buch.»

«Das sehe ich auch, aber was für ein Buch ist es?»

«Gedichte», sagtest du.

«Gedichte?» Durch ihre geschürzten Lippen stieß sie die Luft aus, machte ein ploppendes Geräusch. «Was für Gedichte?»

«Bloß Gedichte.»

«Wo hast du das her?»

«Von ihr.»

«Von wem?»

«Von der Frau, für die ich gearbeitet habe.»

«Sie hat dir das geschenkt?»

«Ja.»

«Was soll das, warum schenkt sie dir ein Buch?»

«Weiß nicht.»

«Natürlich weißt du das. Sie hat es dir schließlich geschenkt, oder nicht?»

Sie kam herüber und nahm das Buch in die Hand, blätterte durch die Seiten. «Wie heißt sie?»

«Vera», sagtest du.

«Verflucht, Vera, Vera *was*?»

«Hatton, glaube ich.»

«Also Protestantin.»

«Keine Ahnung.»

«Von mir aus kann sie sein, was sie will, Hauptsache, sie bezahlt dich. Hat sie dich bezahlt?»

«Ja, klar.»

«Wie viel? Wie viel hat sie dir gezahlt?»

«Sie gibt mir das Geld nächste Woche.»

«Verdammt, wusste ich's doch. Du Dummkopf, sie hat dich nicht bezahlt. Sag mir die Wahrheit.»

«Sie bezahlt mich nächste Woche … Gib mir das Buch zurück.»

Sie ging mit dem Buch in der Hand ins Wohnzimmer und hielt es hoch, um es deinen Brüdern zu zeigen.

«Seht euch das an», sagte sie. «Er arbeitet einen ganzen Tag lang für sie und kriegt dafür ein Buch!»

Sie kam wieder in die Küche, gab dir das Buch aber nicht zurück. Suchend blätterte sie durch die Seiten.

«Ich wüsste zu gern, was die damit bezweckt, Bücher an junge Kerle zu verschenken. Eine Frechheit ist das! Wie alt ist sie? Wie alt sie ist, will ich wissen!»

«Ich weiß es nicht.»

«Aber ich weiß Bescheid. Die macht sich über dich lustig, lacht sich kaputt. Herr im Himmel. Ein Buch.» Sie schleuderte das Buch auf den Tisch, es rutschte über die Tischplatte und fiel über die Kante auf den Boden, wo es mit einem dumpfen Knall landete. Der Fleck auf dem Buchdeckel zeigte nach oben; jetzt war es ein ganz gewöhnlicher Fleck, als wäre das Buch irgendwie beschädigt und nichts Besonderes mehr.

Als deine Großmutter gestorben war, vor deiner Geburt, hatte man deiner Mutter, die damals selbst noch sehr jung war, gesagt, sie solle zum Haus ihrer Mutter gehen und etwas als Erbe einfordern. Als sie dort ankam, schritt sie mit ihren Brüdern langsam das bescheidene Haus ab. Sie nahm eine große Pflanze mit. Ein Fleißiges Lieschen. Mehr konnte sie nicht tragen.

Ihre Brüder waren schlau gewesen, waren mit Fahrzeugen gekommen und hatten die wenigen Antiquitäten im Haus mitgenommen, alles, sogar die Fensterdekoration. Viel war es nicht, aber genug, dass man einen kleinen Lieferwagen hätte füllen können. Genug, dass sich deine

Mutter auch Jahre später noch daran erinnerte und sich schwor, dass man sie nie wieder zum Narren halten würde.

Du fandest es schrecklich, dich unter den Augen deiner Mutter zu bücken, um das Buch aufzuheben. Und dass es dir wichtig war. Aber du musstest dich bücken, also tatest du es. Du warst entschlossen.

Du hast dich hingesetzt und die erste Seite aufgeschlagen. Die Wörter waren so klein gedruckt, dass du spürtest, wie du die Augen zusammenkniffst und die Nase krauszogst, während du mit dem Finger über die Sätze fuhrst. Dort stand das Wort «Liebe», und es gab dir Hoffnung. Wie entsetzlich musste es für Vera sein, von Fremden hin und her geworfen zu werden. Eine Träne brannte an deinem Augenlid, beim nächsten Blinzeln würde sie herauskullern und als dicker Tropfen auf den Tisch platschen. Dann wüsste deine Mutter, dass dir das Buch etwas bedeutete; sie wüssten es alle. Du standest auf und gingst durch den Dampf und die düsteren Radionachrichten hindurch, raus aus der Küche.

«Na, damit bist du ja weit gekommen», rief deine Mutter dir hinterher. «Wer braucht denn heute noch Bücher! Mit den blöden Dingern kann man im Winter höchstens heizen.»

Raus und durchs Wohnzimmer, die Treppe hoch. Das Bad war der einzige Zufluchtsort, und du hast dich dort eingeschlossen. Bist auf den Boden gesunken und hast deinen Atem beruhigt. Langsam, langsam, sagtest du dir. Es hatte dich im Griff. Die Scheißtränen fingen an zu fließen, und du beugtest den Kopf so weit zurück, bis es weh tat. In einem plötzlichen Wutanfall schleudertest du das Buch quer durch den Raum; der alte Buchrücken brach durch, und lose Seiten regneten herab. Langsam, langsam, rot und schwarz und gelb. Deine Mutter hatte vermutlich recht – Bücher waren nichts für Jungs, die Fleisch zerhackten.

15

Sharon saß in der Katzenhöhle auf dem bequemen Felsen, als wäre sie damit verschmolzen.

«Was ziehst du denn für 'ne Fresse?», sagte sie und versuchte, sich nicht anmerken zu lassen, dass sie nicht mit dir gerechnet hatte.

Du hocktest dich auf den nächstgelegenen trockenen Stein. Der schartige Felsbrocken über euren Köpfen schirmte die Sonne ab.

«Machst du blau?», fragte sie.

Du hieltest das Buch in der Hand; du hattest den Buchrücken mit Klebeband geflickt, aber es war zwecklos. Die Seiten lagen lose und ungleichmäßig übereinander.

«Bloß ein paar Stunden», sagtest du. «Hast du Kippen?»

«Ja.»

«Gib mal eine.»

«Leck mich.»

«Jetzt komm schon, ich zahl sie dir auch zurück.»

Sie wandte den Blick ab und tat, als wärst du gar nicht da, reckte die Nase in die Luft, als wäre sie was Besseres. Es war eins ihrer Spielchen, die mochtest du eigentlich.

«Jetzt sei nicht so geizig», sagtest du. Sie trug Jeans; der Anblick ihrer zerschrammten braunen Beine und das gelegentliche Aufblitzen ihrer Unterhose fehlten dir.

«Wenn ich dir eine gebe, krieg ich zwei zurück.»

«Geht klar», sagtest du und hieltest die Hand auf. Sie öffnete ihre schwarze Bomberjacke, entblößte das orangefarbene Futter, als sie eine Zwanzigerpackung John Player herausholte.

«Wo hast du die her?»

«Verdammt, bist du 'n Bulle, oder was?», fragte sie und gab dir eine Zigarette.

«Hast du die ganze Packung gekauft?»

«Geschenkt gekriegt», sagte sie.

«Von wem?»

Sie gab keine Antwort. «Was ist das?»

«Ein Buch», sagtest du und wiegtest es in den Händen, dann hast du es auf den nassen Boden fallen lassen und dir die Zigarette angesteckt.

«Wo hast du das her?»

«Von der Frau, für die ich arbeite.»

«Ach ja?»

«Ja.»

«Von deiner Freundin.»

«Sie ist nicht meine Freundin.»

«Komisch – der Typ, der mir die Kippen gekauft hat, hat das Gleiche gesagt.»

Einen Moment herrschte Stille, und man hörte den Regen von vorher ungleichmäßig von den Ästen und Blättern der Bäume tropfen. Der Rauch deiner Zigarette stieg hoch in die dunstige Luft auf. Du hast zu Sharon hinübergesehen und bemerkt, dass sie die Hände abwechselnd zur Faust ballte und wieder öffnete.

«Was machst du eigentlich schon so früh hier?», fragtest du.

«Ich hab hier in aller Ruhe gesessen und geraucht, bis du aufgetaucht bist.»

«Ach komm, du freust dich doch.»

«Einen Scheiß tu ich.»

«Ich behalt's auch für mich.»

«Danke.» Ihr Blick blieb an deinem Gesicht hängen. «Zeig mir mal das Buch.» Als du es vom Boden aufhobst, klebten etwas Schlamm und ein Blatt an der Rückseite. Du hast es an deiner Jeans abgewischt und ihr gereicht.

«Hatte sie kein neues, das sie dir schenken konnte?» Sharon lachte, ihr lachtet beide, dann blätterte sie zügig durch das Buch, formte beim Lesen die Wörter mit den Lippen.

«Kannst du das lesen?», fragtest du.

«Natürlich kann ich das lesen, ich hab zwar keine Ahnung, was der da für 'nen Scheiß zusammenfaselt, aber lesen kann ich's. Du etwa nicht?»

«Klar kann ich», sagtest du.

«Im Lesen war ich immer gut, ich mochte das, Bücher und so», sagte sie vorsichtig. Sie verriet dir ein Geheimnis, und dir wurde bewusst, dass ihr euch ähnlich wart, was das anging, auch wenn du nicht wie sie sein wolltest.

«Und, liest du immer noch?» Du warfst deine Zigarette auf den Boden, und sie erlosch.

«Nee.»

«Und warum nicht?»

«Ist halt so.»

«Ich kenne niemanden, der liest.»

Sharon warf das Buch zur Seite, und es landete neben dir. «Dann hast du ja nicht viel davon, oder?», sagte sie, zuckte mit den Schultern und wandte den Blick ab. Sie begann, an den Fingernägeln zu kauen, besann sich aber und verbarg die Hände tief in den Taschen.

«Könntest du dir vorstellen, mein Freund zu sein?», fragte sie langsam und vorsichtig.

«Was?» Aber du hattest sie gehört.

«Ich frag dich nicht, ich würd dich nicht mal mit der Kneifzange anfassen. Ich will nur wissen, ob du dir, rein theoretisch, vorstellen könntest, mein Freund zu sein?»

Du sahst sie an; sie war ein Fliegengewicht für den Felsen. In dem Moment wurde dir klar, wie die Leute dich sahen – in der Schule und in der Metzgerei, selbst Vera, als sie dich angesehen und freundlich gelächelt hatte, wissen wollte, ob du ein paar Arbeiten für sie erledigen könntest. Und du Dummkopf hattest dir Hoffnungen gemacht.

«Ja», sagtest du. «Könnte ich.» Sie lächelte zaghaft, aber du konntest nicht lange hinsehen.

«Willst du noch eine Zigarette?», fragte sie.

«Nein, danke.»

Sie zündete sich eine an und rieb sich mit den Fingern durchs Gesicht.

«Hast du schon mal jemand im St. Michael's besucht?», fragtest du.

«Ja, meinen Opa, vor Jahren.»

«Schwer, da reinzukommen?»

«Ist doch kein verschissener Nachtclub.»

«Ich frag ja nur.»

«Wer ist denn krank?»

«Niemand», sagtest du.

«Du bist so bescheuert.» Widerstrebend zog sie an ihrer Zigarette, als bereute sie es, sich so schnell die nächste angezündet zu haben.

«Lass mich mal ziehen», sagtest du. Sie hielt dir die Zigarette hin; sie war feucht von ihrer kalten Spucke, und das törnte dich an. Wenn du es dir mit ihr vorstelltest, war es immer hart und schnell, animalisch, ging es nur um Befriedigung, und es bedeutete nichts, weil ihr lieblos wart, weil ihr bloß Fleisch wart.

«Du hast sie nassgelutscht», sagtest du.

«Wenn du sie nicht willst, gib sie mir zurück.»

Sharon blieb noch eine Weile, aber das Gespräch versandete. Du dachtest, dass die Stille sie nervös machte, aber konntest gerade nicht anders. Sie richtete sich auf, und bevor sie ging, bestand sie darauf, dir noch eine Zigarette dazulassen. Du hobst das Buch auf und wischtest es sauber.

16

Mrs. O'Neill züchtete die schönsten Osterglocken, das sagten alle; bereits im Februar begannen sie in langen gelben Reihen in ihrem Vorgarten zu blühen. Du hast eine Handvoll aus dem Beet gerissen, feuchte Erde fiel von den Knollen. Du hattest es so eilig gehabt, sie in die Finger zu kriegen, dass gleich mehrere Blumen in deinem Strauß geknickt waren. Du hast sie fest umklammert, während du über die Küstenstraße zum Krankenhaus liefst. Doch bevor du reingingst, hast du sie unter ein geparktes Auto geschleudert und dir die Hände an deiner Jeans abgewischt.

Du entferntest dich vom Empfangsbereich und irrtest durch die langen Krankenhausflure. Auf der Schwesternstation im zweiten Stock wusste man etwas mit Veras Namen anzufangen und schickte dich zur Überwachung.

Vera war blass. Ihre Augen waren geschlossen, ihre Lippen zusammengekniffen und trocken, und du stelltest dir vor, wie ihr die ausgedörrte Zunge am Gaumen klebte.

In ihrem Zimmer standen insgesamt acht Betten, in zwei ordentlichen Viererreihen; Veras Bett war am weitesten von der Tür entfernt. Es war Besuchszeit, und auf der Station wimmelte es vor Eltern, Kindern, Luftballons und Limo mit orangefarbenem Etikett. Man hatte einen Stuhl neben ihr Bett gestellt; du warst nicht der Erste, der darauf saß.

Du sahst sie an, ihr Körper war reglos, nur ihr Brustkorb hob und senkte sich, saugte das bisschen Luft in sich auf, das sie zum Überleben brauchte.

Du hattest das Buch mitgebracht, um ihr daraus vorzulesen, doch als du es aus deinem Mantel herausholtest, eine Seite aufschlugst und dich zu ihr vorbeugtest, fühltest du dich befangen. In den Filmen hattest du es gesehen, Leute lasen geliebten Menschen mit sanfter Stimme etwas vor, aber du warst umringt von Gesprächen, Aufregung, Erleichterung.

Du nahmst die ersten Zeilen eines Gedichts und last sie flüsternd, murmelnd vor. Langsam, Wort für Wort, als bahntest du dir den Weg über nasse Felsen. Dein Blick schwenkte zwischen Vera und dem Buch hin und her.

Sie drehte den Kopf in deine Richtung, kniff die Augen zusammen, öffnete sie langsam und nahm deinen Anblick in sich auf. Du warst eine Kuriosität, und du gingst ihr auf die Nerven.

«Hör auf damit», sagte sie. «Was auch immer du da zu tun glaubst, hör auf damit.»

«Das ist T. S. Eliot.»

«Ich weiß, wer das ist.»

«Ist er denn nicht Ihr Lieblingsautor?»

«Nein, ist er nicht.»

«Ich dachte …» Du blicktest auf das Buch und auf deine lädierten Finger, die den Buchrücken umklammerten.

«Wer bist du?», fragte sie.

In dem Moment fragtest du dich, ob es nicht besser gewesen wäre, Sharon das Buch zu schenken, sie zu ermutigen, wieder mit dem Lesen anzufangen, wo sie es doch so gern getan hatte. Aber wozu? Sharon hätte es nicht gelesen, außerdem war das blöde Buch sowieso Mist.

«Sonny», sagtest du.

«Sonny?» Der Name sagte ihr nichts.

«Aus McCann's Metzgerei.»

«Sonny», sagte sie vage. «Ich dachte schon, du wärst dieser junge Priester. Gott sei Dank.»

«Ich war es – ich habe Sie gefunden.» Nun sah sie dich an, sah dich richtig an. Ließ dich wissen, dass sie sich an dich erinnerte. Dass sie dir nicht dankbar war, weil du sie gefunden hattest, dass ein Teil von ihr dich hasste.

Eine Familie trat an das Bett gegenüber. «Mama!», rief ein Kind, und ein Erwachsener mahnte: «Sachte, sachte, deine Mama muss sich noch schonen.» Die Mutter setzte sich im Bett auf, ein Erwachsener half ihr, die Kissen unter ihrem Rücken zurechtzuschieben. Einer der Männer drehte sich um und lächelte Vera zu; sein Blick streifte kurz die Formen ihres Körpers unter der Decke.

«Hilf mir auf», sagte Vera und reckte dir den Ellbogen entgegen.

«Was?»

«Hilf mir auf, ich geh eine rauchen.»

«Dürfen Sie das denn?»

«Ist mir scheißegal», sagte sie und erntete ein paar missbilligende Blicke der Patienten und Besucher, die nah genug waren, um sie zu hören.

Du standest auf, und als sie die Hand auf deine Schulter legte, um sich aus dem hohen Bett zu hieven, bemerktest du, dass deine Hand sich von selbst auf ihre gelegt hatte. Und als sie vom Bett herunterrutschte, streifte ein Teil ihres Körpers harsch deinen. Ihre Füße fanden den Weg in ihre Hausschuhe, sie wickelte den Bademantel fest um sich und ging vor dir her.

Auf dem Flur begegnete Vera einer Krankenschwester, die sie mit Namen grüßte und kurz stehen blieb, um zu fragen, wie es ihr ging. «Schon besser, Mary», sagte Vera und berührte sie wie zum Trost am Arm.

«Freut mich sehr», sagte die Krankenschwester, «oben haben sich alle Mädels nach Ihnen erkundigt. Die werden sich freuen, dass Sie wieder auf den Beinen sind.» Ihr Blick fiel auf dich; unsicher warst du ein paar Schritte hinter Vera stehen geblieben und hast dort gewartet. Dann blickte die Krankenschwester wieder zu Vera hinüber, um zu sehen, ob ihr einander vorgestellt würdet. Wurdet ihr nicht.

Im Raucherraum roch es nach verbranntem Plastik. «Willst du auch eine?», fragte Vera, als sie sich eine Zigarette angezündet hatte und eine erste Rauchschwade ihrem Mund entströmte. Die Schachtel fühlte sich groß in deinen Händen an – amerikanische Zigaretten, Camels.

Ihr saßt nebeneinander auf grünen Plastikstühlen und blicktet aus dem Fenster direkt auf den nassen Parkplatz. Das orangefarbene Licht der Straßenlaternen spiegelte sich schwach darin.

«Hast du ans Abschließen gedacht, als du gegangen bist?», fragte sie.

«Ja.»

«Gut.»

«Ich habe noch ein bisschen aufgeräumt.»

«Aufgeräumt?»

«Bloß ein paar Glasscherben weggekehrt und die Schüssel weggestellt und so.» Da bemerktest du, dass auf ihrem blauen Bademantel *Saint Michael's Hospital* aufgestickt war. Gleiches galt für ihren Schlafanzug und die Hausschuhe – alles vom Krankenhaus zur Verfügung gestellt. Niemand hatte sie besucht.

«Ich habe die Wand draußen gestrichen, die Küchenwand.»

«Ich kann dir jetzt dafür kein Geld geben», sagte sie.

«Nein … deshalb habe ich das nicht gesagt … nur damit Sie sich nicht wundern.»

«Mich wundern», sagte sie und streifte die überhängende Asche am Rand eines überfüllten Aschenbechers ab. «Männer haben eine deutlich höhere Erfolgsquote als Frauen, wusstest du das, Sonny?»

«Erfolgsquote?»

«Bei Selbstmord.»

«Nein, das wusste ich nicht.»

«Es stimmt jedenfalls, und deshalb glauben die meisten Leute, dass ein Selbstmordversuch bei einer Frau bloß ein Hilferuf ist.»

Sie beobachtete, wie ein alter Mann die schwere Tür aufdrückte; in Hausschuhen schlurfte er über den glänzenden Boden an euch vorbei. Er setzte sich ans hintere Ende des Raums und richtete eine Fernbedienung auf einen Fernseher, der hoch oben an der Wand montiert war. Die Batterien schienen leer zu sein: Er drückte auf allen Knöpfen herum, ohne dass der kleine Bildschirm zum Leben erwachte. Da saß er dann und gab sich geschlagen, die Fernbedienung auf dem Schoß.

Vera wandte sich dir zu, nahm einen letzten Zug an ihrer Zigarette und sagte: «Bei mir ist es kein Hilferuf, ich will keine Hilfe. Verstehst du?»

«Ja», sagtest du.

«Warum hast du das Buch mitgebracht?»

«Es lag aufgeschlagen auf dem Tisch, als ich Sie gefunden habe.»

«Du warst draußen und hast die Wand gestrichen?»

«Ja.»

«Hast du mich beobachtet?»

«Ja.»

«Durchs Fenster.»

«Ja.»

Der alte Mann schüttelte die Fernbedienung, zog an der Rückseite, versuchte, die Abdeckung zu öffnen. Seine Fingernägel machten ein klickendes Geräusch.

«Muss man nicht einen Abschiedsbrief hinterlassen?», hast du gefragt.

«Wem?»

«Keine Ahnung.»

«Ich auch nicht.»

«Gibt es denn niemanden?»

«Nicht so jemanden», sagte sie. Ihre Finger begannen, langsam auf dem Deckel ihrer Zigarettenschachtel herumzuklopfen. «Warum liest du mir nicht ein Gedicht vor – gibt es eins, das dir besonders gut gefällt?»

«Nein, so gut kenne ich sie nicht.»

Sie schnalzte missbilligend mit der Zunge und forderte dich auf, das erste Gedicht zu lesen. Der alte Mann schmiss die Fernbedienung auf den Boden, stand auf, ging zur Tür und sagte: «Was für ein verschissener Saftladen.» Vera lächelte, und als du zu lesen begannst, schloss sie die Augen.

Einige Gedichte später hast du sie verstohlen beobachtet, während du so tatest, als würdest du die Seiten durchblättern; sie hielt die Augen immer noch geschlossen, aber du glaubtest nicht, dass sie schlief. Ihre Handflächen lagen flach auf ihrem Schoß, und unter ihrem Bademantel konntest du die strammen Oberschenkel erahnen. Schließlich sagte sie: «Danke»; es war mehr ein Flüstern.

Sie warf einen Blick auf die Uhr hinten an der Wand, und dir wurde klar, dass sie auf das Ende der Besuchszeit gewartet hatte, damit sie in ihr Zimmer zurückkehren konnte, und dass sie erleichtert war, dich nicht länger um sich haben zu müssen.

«Tschüs», sagte sie, nachdem du ihr die schwere Tür aufgehalten hattest. Du blicktest ihr hinterher, als sie über den langen Flur davonging. Ihre Hände steckten in den Taschen, und sie blickte keinmal zurück.

17

Auf dem Weg nach Hause sagtest du dir, dass du nur kurz ihr Buch zurückbringen würdest. Du bist über die Gartenmauer geklettert und hast das Haus durch die nicht verriegelte Hintertür betreten. Es war später Nachmittag, und du wärst gern länger geblieben, wurdest aber in der Metzgerei erwartet. Du legtest das Buch zurück auf den Stapel auf dem Küchentisch, konntest aber nicht gehen, ohne ein anderes zu nehmen.

Du standest im Wohnzimmer neben dem blauen Sofa und sonntest dich in deinem Mut. Bücherregale erstreckten sich über die gesamte hintere Wand sowie links und rechts vom Kamin. Zunächst erkanntest du kein System, die Bücher wirkten wild durcheinandergewürfelt. Doch dann wurde dir klar, dass sie nach Ländern sortiert waren. Irische und englische Autoren. Russische, französische und amerikanische. Du wähltest ein Buch aus, *Reise nach Sondervorschrift, Zuglauf überwacht*. Es war klein genug, um es problemlos zu verstecken.

Spät am Abend hocktest du allein im Schuppen, ein Stück Pappe zwischen dir und dem Betonboden und in Badetücher eingewickelt, die neben der Waschmaschine darauf gewartet hatten, an die Reihe zu kommen. Erst als du es bequem hattest, schlugst du das Buch auf.

Zuerst hattest du es an deinem üblichen Ort versteckt, unter dem Waschbecken im Bad; später hattest du es dir vorn in die Hose geschoben und den Teil, der oben rausragte, unter deinem Pullover verborgen, als du die Treppe runtergingst. Du hattest dich an den Tisch gesetzt und zu Abend gegessen, das Buch wie einen Sprengstoffgürtel an dir befestigt.

Erst als du hörtest, wie dein Vater den Fernseher ausschaltete, fiel dir auf, wie lange du dort draußen gesessen hattest, und du fragtest dich, ob er enttäuscht war, dass du dich nicht zu ihm gesellt hattest. Du konntest dich nicht von dem Buch losreißen. Als du sicher warst, dass im Haus alle schliefen, hast du dich aus den Badetüchern gewickelt und bist reingegangen, hast dir einen Tee gemacht und das Feuer geschürt, das nur noch schwach glomm. Du hast dich in seinen Sessel gesetzt und dir sogar eine Zigarette angesteckt. Du bist nur schleppend vorangekommen, aber kurz bevor sich am Himmel die erste Spur von Licht abzeichnete, hattest du die letzte Seite erreicht. Du hast das Buch zugeklappt und mit der Hand darüber gestrichen, so wie sie es vielleicht tun würde – so wie sie aus der Stille auftauchen würde, verändert. Du dachtest an sie und an die vielen Regale voller Bücher, die sie besaß, sie musste das Gefühl zehnfach, hundertfach erfahren haben.

«Bist du die ganze Nacht hier unten gewesen?», fragte deine Mutter, als sie dich aufweckte, aber es war noch zu früh für sie, um sich aufzuregen.

«Nein», sagtest du.

«Hast du geraucht?», fragte sie mit einem Blick auf den Aschenbecher, der neben dem Sessel auf dem Boden stand.

«Nein, Dad muss ihn dort stehengelassen haben.»

«Dein Vater lässt seinen Aschenbecher nie dort stehen.»

«Letzte Nacht offenbar schon, frag ihn halt, wenn du mir nicht glaubst.»

Sie blickte dich einen Moment lang an, das Gesicht und die Augen morgendlich müde, dann ging sie in die Küche, und du hörtest, wie sie den Teekessel füllte und aufsetzte. Sie war verärgert und bot dir keine Tasse Tee an.

Du sahst den Tag vor dir – die nasse Straße zur Schule, im Klassenzimmer möglichst unsichtbar sein, in der bangen Erwartung, dass dein Name aufgerufen würde, und er würde aufgerufen werden. Am Nachmittag um vier zur Metzgerei, der Rückweg nach Hause. Dein Leben war einfach und übersichtlich, so viel stand fest.

Das Buch war zwischen dich und das Polster des Sessels gerutscht. Du stecktest es zurück in deine Jeans, und als du aufstandest, durchfuhr ein dumpfer Schmerz deinen ganzen Körper. Du gingst nach oben ins Badezimmer, um das Buch zu verstecken, aber dann hast du es dir anders überlegt.

Du verließt das Haus, deine Schultasche aus Stoff zog an deiner Schulter. Du hattest dich so lange im Bad eingeschlossen, dass einer der Brüder an die Tür gehämmert hatte.

Erst als dein Daumen den kalten Stahlriegel an Veras Hintertür hinunterdrückte, kam dir der Gedanke, dass man sie entlassen haben könnte. Es machte dir Angst, hielt dich aber nicht davon ab, den Riegel ganz hinunterzudrücken und die Tür aufzustoßen. Du bliebst in der Küche stehen, sahst dich um, ob sich etwas verändert hatte, auch wenn du glaubtest, dass Vera so schwerelos in dem großen Haus lebte, dass es kaum zu erkennen gewesen wäre.

Du gingst am langen Esstisch vorbei und erlaubtest deinen Fingerspitzen, über das Holz zu fahren. Ein lebloser Geruch begann sich auszubreiten. Das Haus sandte die ersten Wogen der Verlassenheit aus.

Du bist die drei Stufen zum Flur hochgestiegen, links zum Wohnzimmer abgebogen, hast eine Regalreihe nach der anderen nach dem abgegriffensten Buch durchsucht. Du hast dir keine unmittelbaren Sorgen gemacht, dass Vera es noch mal versuchen könnte. Noch nicht. Das kanntest du von zu Hause. Es war wie mit dem Wasserkessel; nachdem das Wasser darin gekocht hatte, musste man erst kaltes Wasser nachschütten und ihn wieder aufsetzen.

Du hast das zweite Buch zurückgestellt und nach einem weiteren Ausschau gehalten. Da waren viele über die Irische Nationalgalerie. Du fandest eine kleine Bronzeplakette, auf der man Vera für ihre Mitarbeit dort dankte.

Du warst noch nie in der Nationalgalerie gewesen, obwohl du wusstest, wo sie war. Vor einem Jahr war eine Schulexkursion dorthin angeboten worden; du hattest dem Besuch entgegengefiebert und Geld für die Busfahrt gespart. Doch dann erfuhrst du, dass es im Café ein Mittagessen für die Schüler geben sollte, für das man bezahlen musste, und letzten Endes warst du an dem Tag sowieso krank.

Langsam tratest du vom Regal zurück, einen Stapel Bücher auf dem Arm, dann legtest du dich aufs Sofa und zogst eine Decke über dich. Weg von dem dunklen Morgen und dem Wind, der durch die Eschen und Kastanien fuhr, die draußen aufgereiht standen. Weg von dem prasselnden

Regen hinter dem Fenster mit den zugezogenen Vorhängen. Das Zimmer ein kühler und stiller Zufluchtsort.

Am späten Nachmittag war dir eiskalt; du warst nur wenige Male vom Sofa aufgestanden, um pinkeln zu gehen. Du hast gesehen, wie spät es war, dir *Silas Marner* gegriffen und bist auf direktem Weg zur Metzgerei gerannt, ohne vorher zu Hause vorbeizuschauen. Am Abend hast du dich wieder in den Schuppen zurückgezogen und dich durch die Buchseiten gearbeitet.

Um Mitternacht wurde dein Vater neugierig, was du dort triebst. Er kam durch die Küchentür und blickte auf dich herab, wie du in die Badetücher gehüllt mit dem aufgeschlagenen Buch auf dem Boden hocktest. Er schaute dir eine Sekunde lang in die Augen, dann wandte er den Blick ab.

«Pass auf, dass dich deine Mutter nicht mit ihren Handtüchern erwischt», sagte er und schloss die Tür hinter sich.

«Bist du gekommen, um mir vorzulesen?», fragte Vera.

«Wenn Sie möchten ... Wenn Sie ein Buch dahaben», sagtest du, während die schwere Tür hinter dir zufiel. Im Raucherraum brannte kein Licht, und Vera saß als L-förmige Silhouette auf einem grünen Stuhl, ausgespart vom Licht der Straßenlaterne, das durch das große Fenster hereinfiel.

Zuerst warst du an ihrem leeren Haus vorbeigegangen, hattest aber zu große Angst gehabt hineinzugehen und warst der Straße weiter gefolgt, bis zum Krankenhaus. Du hattest draußen gewartet, durch die Glastür die Oberschwester beobachtet, bis sie ihren Posten verlassen hatte, warst den dämmrigen Flur entlang- und die Treppe hochgegangen. Auf dem Weg warst du an vereinzelten späten Besuchern vorbeigekommen, die zur Intensivstation gegangen oder von dort zurückgekommen waren; ihre gedämpften schwierigen Gespräche hatten von den sterilen Wänden und Fußböden widergehallt. Durch die Tür zu Veras Zimmer sahst du, dass ihr Bett leer war, am Fußende türmten sich das Laken und die rosa Decke zu einem Berg.

«Ich konnte nicht schlafen», hast du gesagt, bist auf sie zugegangen und hast dich neben sie gesetzt.

«Bist du gekommen, um mich zu sehen, oder besuchst du jemand anders?»

«Ich bin hier, um Sie zu sehen.»

«Und was hättest du gemacht, wenn ich geschlafen hätte?»

«Weiß nicht, gewartet … Sie aufgeweckt.»

Sie lächelte und reichte dir die Packung Zigaretten, die sie in der Hand hielt.

«Weißt du, was ich jetzt für mein Leben gern hätte?», sagte sie. «Toastbrot mit richtiger Butter und Marmelade. Und dazu anständigen Kaffee.» Sie trug keine Hausschuhe, und auf dem großen Zeh, der dir am nächsten war, befand sich ein Rest roter Nagellack. «Ich habe eine Furzerin auf dem Zimmer. Ich weiß nicht, welche Frau es ist, aber sie … furzt ununterbrochen.»

Du lachtest, und es schien ihr zu gefallen.

«Und eine andere Frau, etwa in meinem Alter, hat einen Haufen Rotzgören, die jeden Tag um sie rumkrabbeln. Ich glaube, sie ist gar nicht krank, sondern gönnt sich bloß eine Auszeit. Sobald die Blagen weg sind, holt sie eine Zeitschrift raus und entspannt sich sichtlich.»

«Haben Sie Kinder?», fragtest du, aber das gefiel ihr nicht. Ein langes Stück Asche fiel unbemerkt zu Boden.

«Haben Sie kalte Füße?», fragtest du.

«Nein. Warum bist du hier, Sonny?»

«Weiß nicht.»

«Bist du in mich verknallt oder so was?»

Du wandtest den Blick ab und spürtest, wie du rot wurdest.

«Du brauchst dich deswegen nicht zu genieren.»

«Ich weiß nicht, was das bedeutet.»

«Es bedeutet, du musst mehr lesen. Bin ich nicht ein bisschen zu alt für dich?» Sie sah dich an, und du hieltest ihrem Blick stand.

«Nein», sagtest du.

«Tja, wenn du auf so was stehst ... Was war mit dem Wein, der Rotwein, für wen war der?»

«Für mich.»

«Nur für dich?»

«Ja.»

«Ein bisschen zu vornehm für deine Gefilde, oder nicht?»

«Meine Gefilde?»

«Hör mal, wenn du hier den Dummkopf spielst, suche ich mir andere Freunde. Ja, deine Gefilde, die Gegend, in der Jugendliche keinen Rotwein trinken.» Sie zündete sich eine weitere Zigarette an, und die kleine Flamme erhellte ihr Gesicht. Du sahst zu, wie sie die Flamme mit den Händen abschirmte und den Mund darauf zubewegte.

«Warum sind Sie nach Irland gezogen?»

«Ich mag Regen.»

«Sie müssen den Scheißregen lieben.»

«Wen kümmert's, Sonny. Ganz im Ernst. Es ist bloß eine Geschichte.»

«Mich kümmert's», sagtest du.

«Okay, dann denk du dir eine Geschichte aus, und wir glauben sie beide.»

Du wusstest nicht mehr weiter. Du hattest wirklich keine Ahnung, wie du mit ihr reden solltest. Wäre sie Sharon gewesen, hättest du sie einfach geschubst, sie hätte dich zurückgeschubst, und damit wäre die Sache erledigt gewesen. Doch ihr habt in dem dunklen Raum, in der Stille gesessen und geraucht. Du warst froh, dass dir die Dauer einer soeben entzündeten Zigarette blieb, jeder Zug rieselte dahin wie rosa Sand in einer Sanduhr. Die Stille zwischen euch war genug. Du hast sie beobachtet, erst verstohlen, dann hast du deinem Blick erlaubt, sich offen hier und dort niederzulassen, wie es dir beliebte, und sie zeigte keine Anzeichen von Unbehagen. Sie war wunderschön, deine Vera. Und vielleicht gewohnt, dass man sie betrachtete.

Da wandte sie sich um und sah dir direkt in die Augen, ihr Blick hielt dich eisern im Griff, nahm dich genau unter die Lupe. Deine Augen, deine Nase, deinen Mund und dein Kinn.

«Du bist zu jung, um einsam zu sein. Wo sind deine Freunde?», fragte sie.

«Wo sind Ihre?»

Sie blickte dich weiter an und schien etwas sagen zu wollen; doch da wurde sie von Schritten abgelenkt, die über den Flur herangeeilt kamen. Dann Stille, und die schwere Tür schwang auf.

«Ach, hier sind Sie, Vera», sagte eine Krankenschwester, die kaum den Türrahmen ausfüllte. Hinter ihr sahst du ein dunkles Kreuz an der Wand hängen. Es machte dir Angst; das Kreuz hatte dir schon immer Angst gemacht.

«Ja», sagte Vera. «Mein Neffe ist zu Besuch – aus Wexford.»

«Na, wenn das so ist», sagte die Krankenschwester.

«Wir stören Sie doch nicht?»

«Es verstößt natürlich gegen die Regeln, das wissen Sie ja. Er sollte um diese späte Stunde wirklich nicht mehr hier sein. Den anderen Frauen könnte unwohl zumute werden.»

«Natürlich», sagte Vera.

«Gut, ja.» Die Krankenschwester nickte einmal bestimmt, und die Tür fiel hinter ihr zu.

«Das ist dann wohl dein Signal zum Abmarsch», sagte sie.

«Was hat sie gegen Leute aus Wexford?», hast du gefragt und bist aufgestanden. Sie lächelte, und du warst nicht sicher, ob es nur Einbildung war, weil du es dir wünschtest, oder ob sie wirklich enttäuscht wirkte, dass du gingst.

«Danke für den Besuch», sagte sie.

«Kein Problem», sagtest du, als du vor ihr standest. Sie blickte mit einem kleinen Lächeln zu dir auf.

«Und jetzt verschwinde besser, bevor den Frauen unwohl zumute wird.»

18

In deiner Schultasche hattest du zwölfeinhalb Gramm frischen Tabak und ein paar Blättchen. Du fingst an zu drehen und reichtest Sharon den Tabak.

«Du gehst noch weg?»

«Ja, ich fahre zur Nationalgalerie.»

«Wohin?»

«Zur Nationalgalerie, in Dublin. Wo die ganzen Bilder hängen.»

«Was für Bilder?»

«Gemälde.»

Sie zündete ihre Zigarette an, suchte mit den Augen den Boden zu ihren Füßen ab.

«Ja … aber wozu?»

«Himmel, was weiß ich, einfach weil sie da ist, nehme ich an … und nicht hier. Ich war noch nie dort, du?»

«Nein. Und ich geh auch nicht hin.»

«Und warum nicht?»

«Darum.»

«Die Frau, für die ich arbeite, hat früher dort gearbeitet.»

«Warum heiratest du sie nicht?»

«Willst du nicht mitkommen, im Bus mit mir hinfahren?»

«Nee.»

«Ich lad dich auch ein.»

«Darum geht's nicht, ich will einfach nur nicht hin.»

Ihr habt dagesessen und noch zwei, vielleicht drei Zigaretten geraucht. Habt den Tabak zwischen euch hin- und herwandern lassen. Du hast gewusst, dass sie irgendwie verletzt war und dass es deine Schuld war, auch wenn du es nicht erklären konntest. Als du aufgestanden bist, um zu gehen, hast du ein bisschen Tabak aus der Packung genommen und ihr zusammen mit ein paar Blättchen gegeben. Du hast gesehen, dass sie zögerte, es anzunehmen, und warst froh, als sie es doch tat, wie um dir zu verzeihen, dass du sie dort allein zurückgelassen hast.

«Bis dann», hast du gesagt.

«Wo ist sie?»

«Was, die Galerie?»

«Ja.»

«In der Stadt.»

«Das weiß ich, aber wo genau?»

«Beim Merrion Square Park.»

«Ich frag nur so», sagte sie, und bevor du gingst: «Danke, dass du mich gefragt hast und so.»

An der Bushaltestelle Temple Hill wimmelte es vor alten Leuten, die sich an ihren Einkaufstrolleys mit Schottenmuster festklammerten, die Rente sicher versteckt, gerüstet für einen Tag in der Stadt. Langsam kamen sie angezuckelt, einer nach dem anderen, außer Atem, man drehte sich um und kommentierte das Wetter, damit sich die Neuankömmlinge willkommen fühlten. Sie waren gebrechlich, und Liebenswürdigkeit war ihre letzte Zuflucht.

Du dachtest, dass es schön sein musste, eine Oma oder

einen Opa zu haben. Deine Großeltern waren tot – du hattest sie nicht gekannt und konntest sie nicht vermissen.

Als der Bus kam, brauchten sie eine halbe Ewigkeit, um einzusteigen. Der Fahrer war jung und ungeduldig; er beschleunigte rasant und kam ruckartig zum Stehen, das war sein Stil. Die Passagiere wurden nach vorn geschleudert und dann zurück in den Sitz gedrückt, während der Bus durch Booterstown fuhr und die Strecke an der amerikanischen Botschaft vorbei. Schweigend tauschten die alten Leute ängstliche und enttäuschte Blicke aus.

Als du draußen auf dem Fußweg standest, fühlte sich die Luft gut und belebend an. Die Menschenmengen, der weiße Himmel und die vorbeieilenden Körper lenkten dich ab. Du warst so zerstreut, dass du die Abzweigung verpasst hast, doch statt dir den Fehler einzugestehen und einfach umzukehren, nahmst du den Umweg, bogst rechts auf die Lower Fitzwilliam Street ab und dann noch einmal rechts, bis du den Merrion Square Park einmal umrundet hattest und vor der Galerie standest.

Es war ein prächtiges Bauwerk. Wahrscheinlich Portland-Kalkstein, dachtest du. Es fühlte sich gut an, das zu dir selbst zu sagen – als wüsstest du Bescheid. Vor langer Zeit hattest du deinen Dad sagen hören, dass die Briten ihre großen Gebäude gern aus Portland-Stein erbauten, aber du wusstest nicht, woher er das wissen sollte, ohne dass jemand es ihm gesagt hatte. Und wer hätte es ihm sagen sollen?

Das Gebäude jagte dir Angst ein. Sie wurden absichtlich so konstruiert – die breiten Stufen, die Säulen, die geraden Linien. Der Wachmann direkt hinter der Eingangstür warf dir diesen gewissen Blick zu; er erkannte dich als einen der seinen. Der Eintritt war frei, aber du trautest der Sache nicht.

Du gingst vom Empfang weg, nach links durch einen breiten erleuchteten Gang, und machtest dich bereit, dass man dir sagen würde, du hättest dort drin nichts zu suchen, machtest dich bereit, so zu tun, als würde dir das wirklich gar nichts ausmachen. Doch niemand hielt dich auf, und mit einem Mal standest du in einem Saal, groß wie eine Kirche, in dem riesige goldgerahmte Gemälde hingen. Zwei massive Eichentreppen am hinteren Ende luden dich ein, tiefer in die Galerie vorzudringen. Nun fühltest du dich sicher, du wusstest nicht, warum, aber als du die Hände aus den Taschen zogst, zitterten sie nicht. Niemand beobachtete dich. Du hattest den ganzen gewaltigen Raum für dich allein, und selbst als du den Kopf in den Nacken legtest, konntest du die Decke nicht vollständig sehen. Du drehtest dich langsam im Kreis, deine Schritte quietschten und drückten gegen den alten Holzboden.

Du sahst Vera vor dir, so deutlich, als wäre sie gerade hereingekommen, wie sie sich beim Gehen den Regenmantel aufknöpfte, vielleicht ihre Handschuhe abstreifte, einen Finger nach dem anderen herauszog, sich die Haare von den geröteten Wangen strich, wo der Wind sie hingepustet hatte, wie sie das Personal im Vorübergehen grüßte.

Du gingst langsam durch die Säle, doch schon bald wurden die großen Kriege und die englischen und spanischen Perückenträger uninteressant, und im zweiten oder dritten Saal hast du dir allmählich eingestanden, dass dir langweilig war und du Lust auf eine Tasse Tee und eine Zigarette hattest. Dann entdecktest du einen spanischen Mönch kurz vor dem Hungertod, er litt Qualen, und das Bild fesselte dich. Du last, was neben den Gemälden geschrieben stand, doch bald dachtest du dir selbst Geschichten dazu aus.

Ein älteres Paar stand flüsternd vor einem Gemälde, als wüssten sie etwas darüber, und du fühltest dich mutig genug, um dich in ihre Nähe zu stellen und ihnen zuzuhören, gingst langsam darauf zu, als wäre dein Blick von demselben Bild angezogen worden. Du spitztest die Ohren, doch alles, was du hörtest, war Sharon Burkes heiseres Krakeelen, das plötzlich durch den Raum hallte.

«Heilige Scheiße, Sonny. Dein Dad würde puterrot anlaufen, wenn er dich hier sehen könnte.»

Ungläubig wandte sich das ältere Paar um. Die Frau griff nach dem Arm ihres Partners und zog ihn weg.

Sharon kam auf dich zu, eine zerknitterte Tüte Cheese-and-Onion-Chips in der Hand und den Wachmann auf den Fersen. Sie stellte sich neben dich und sagte: «Behalt's für dich, aber ich glaub, der Schlappschwanz in Uniform ist in mich verknallt.» Sie blickte über die Schulter zum Wachmann hinüber und fing an zu lachen.

«Halt's Maul», sagtest du, «sonst fliegen wir hier beide in hohem Bogen raus.» Das verunsicherte sie, und was immer sie da gerade angetrieben hatte, es war schlagartig verschwunden. Sie wandte den Blick von dir ab, sah an den Wänden zu den Bildern hoch und griff in ihre Chipstüte.

«Jetzt reg dich mal ab», sagte sie. «Ich hab extra fünfundzwanzig Pence für den Bus ausgegeben.»

Da hast du bemerkt, dass sie sich geschminkt hatte und ein weißes Baumwollkleid unter ihrer Bomberjacke trug. Sie war nach Hause gegangen, um sich umzuziehen, und sie hatte es deinetwegen getan. Ein dumpfes Unwohlsein war in deiner Brust, und du wolltest etwas Nettes sagen, aber konntest nicht, und sie spürte das und sagte: «Wusst ich's doch, dass hier bloß beschissene Bilder rumhängen, ich wusste, ich hätte nicht herkommen sollen.»

In dem Moment kam der Wachmann näher. «Die kannst du hier drin nicht essen», sagte er.

«Ach, leck mich», sagte Sharon. Da hast du ihr die Chipstüte aus der Hand gerissen, sie am Arm gepackt, herumgeschwungen und von dem Wachmann weggezogen.

«Alles in Ordnung», sagtest du, aber er lief euch trotzdem hinterher.

Im nächsten Saal fragte Sharon: «Und was soll man hier machen?»

«Keine Ahnung, die Bilder angucken.»

«Ich hab sie mir schon angeguckt.»

«Dann guck sie dir noch mal an.»

«Warum, sehen sie jetzt anders aus?»

«Halt's Maul.»

«Komm schon, Sonny, das ist öde. Ich will hier weg.»

«Dann geh doch.»

«Komm mit, verfluchte Scheiße, ich bin extra den ganzen Weg hierhergekommen.»

Du wolltest ihr gerade sagen, dass du nicht gehen wolltest, dass du bleiben wolltest, aber in dem Moment sagte der Wachmann: «So, das reicht jetzt, noch ein Schimpfwort, und ihr fliegt raus.»

Suchend sahst du dich nach einem Ausgangsschild um und strecktest bereits die Hand nach Sharon aus, als etwas anderes von dir Besitz ergriff; du schautest dem Wachmann ins Gesicht, der selbstsicher in seiner blauen Uniform dastand, die eng geschnittene Mütze saß perfekt auf seinem

Kopf, der dunkle Mützenschirm warf einen Schatten bis unter seine Augen.

«Was haben Sie gegen sie?», fragtest du.

«Komm mir bloß nicht frech, du Welpe. Sie verstößt gegen die Regeln. Und jetzt raus, alle beide.»

«Ich will wissen, was Sie gegen sie haben. Sie verfolgen sie nämlich schon, seit sie reingekommen ist. Sie haben sich auf den ersten Blick eine Meinung über sie gebildet.»

«Raus», sagte er, löste das Walkie-Talkie von seinem Gürtel und schaltete es ein.

«Sie war noch nie hier – woher soll sie die Regeln kennen? Sie könnten sie ihr einfach freundlich erklären, anstatt ihr wie ein Spanner hinterherzuschleichen und zu hoffen, sie bei irgendwas zu erwischen.»

Dein Mund war inzwischen ausgetrocknet, die Worte klebten darin fest.

«Komm», sagte Sharon. «Lass uns einfach gehen.» Die Angst stand ihr ins Gesicht geschrieben, ihre schmalen Schultern hingen herab. Du gingst auf den Ausgang zu, dann fiel dir etwas ein, und du bliebst stehen.

«Ich muss noch in den Souvenirladen», hast du zu Sharon gesagt. Du hast dich wieder zum Wachmann umgedreht und ihm zugebrüllt: «Ich gehe jetzt in den Souvenirladen; Sie können mir dahin folgen, wenn Sie wollen.» Das tat er, zusammen mit dem zweiten Wachmann, der neben ihm aufgetaucht war. Sie wichen Sharon und dir nicht von der Seite, während ihr schweigend in der Schlange standet und du unter den Blicken aller das Buch bezahltest.

Draußen kreischte Sharon: «Das war der Oberhammer!» Sie zündete sich eine Zigarette an, und während ihr der Rauch aus der Nase strömte, brüllte sie noch einmal: «Der Oberhammer!»

Du blicktest zu den beiden Wachmännern zurück, die ganz oben auf der Treppe standen, flankiert von zwei riesigen Säulen.

Auf der Rückfahrt im Bus warst du schweigsam. Kurz vor deiner Haltestelle sagte Sharon: «Wir sollten irgendwas machen, irgendwas anderes. Ich bin zu aufgedreht, um jetzt nach Hause zu gehen.»

Der Bus war so gut wie leer. Ihr hattet euch oben hingesetzt, und als der Bus jetzt an einer roten Ampel hielt, konntest du zu deiner Linken direkt in einen Imbiss hineinsehen. Ein alter Mann saß allein vor einem dampfenden Teller Pommes frites, blickte aus dem Fenster auf den Verkehr hinaus, und du hocktest dort und sahst ihn an.

«Ich steige hier nicht aus», sagtest du zu Sharon.

«Und warum nicht?», fragte sie, und du spürtest, wie sie dich forschend ansah.

«Einfach so; ich steige erst an der nächsten Haltestelle aus.»

«Gehst du zu dieser Frau?»

«Ja.»

«Hast du das Buch für sie gekauft?»

«Ja.»

«Ich komme mit.»

«Nein, lass mal.»

«Doch, ich komme mit.»

«Ich will nicht, dass du mitkommst.»

Sie stand auf, genau in dem Moment, als der Bus über

ein Schlagloch fuhr, und wurde ein Stück nach vorn geschleudert; sie richtete sich auf und drängte sich unsanft an dir vorbei. Deine Knie berührten ihre, direkt unterhalb ihres bezaubernden Kleids. Und nachdem sie gegangen war und der Bus weiterrumpelte, wünschtest du, du hättest ihr zumindest einmal gesagt, wie hübsch sie aussah.

19

Du hast an Veras Haustür geklingelt, allerdings mehr zur Sicherheit. Du wusstest ja, dass sie nicht da war, was dir den Mut verlieh, fest auf die Klingel zu drücken und das metallische Schrillen rücksichtslos durchs ganze Haus dringen zu lassen. Als die Klingel verstummte, verdichtete sich die Stille drinnen. Du bist einen Schritt von der Tür zurückgetreten, hast dich auf der obersten Stufe umgedreht und in den Himmel geblickt. Es würde noch zwanzig Minuten hell bleiben, allerhöchstens eine halbe Stunde.

Du hast das Buch mit den Gemälden hervorgeholt, das du gekauft hattest; es steckte immer noch in der hübschen Papiertüte mit dem Schriftzug der Nationalgalerie, die sie dir mitgegeben hatten. Einige der Gemälde in dem Buch hattest du gerade selbst gesehen, und das gab dir das Gefühl, dich auszukennen. Es hatte vier Pfund und fünfundzwanzig Pence gekostet. Du hattest zehn Pfund aus deinem Versteck genommen, eins neunzig für den Tabak ausgegeben, den du mit Sharon geteilt hattest, und zwölf Pence für die Blättchen. Dazu kam das Busgeld.

Es war das erste Buch, das du je gekauft hattest. Es gehörte dir, und du hättest es mit nach Hause nehmen und dort verstecken können, und jedes Mal, wenn du es dir hättest ansehen wollen, hättest du bloß die Badezimmertür verriegeln und es herausholen müssen. Später, als Vera tot war und das Buch bloß ein Buch, berührten dich die Gemälde immer noch.

Ein Vogel saß allein auf einem nackten Eschenzweig, reglos, eine schwarze Statue, und von deiner erhöhten Position auf der Treppe bekamst du ein deutliches Gefühl für seine Größe: riesig, riesig wie in einem Zeichentrickfilm.

Du überlegtest, Vera im Krankenhaus zu besuchen und deine Entdeckung mit ihr zu teilen, aber es hatte zu regnen begonnen, und außerdem hatte dich der Mut verlassen. Du wusstest, die Hintertür war nicht abgeschlossen, und du wusstest, wie es sich anfühlte, dich in ihr Haus zu schleichen, raus aus dem Regen.

Du bist zu dem Weg hinter ihrem Haus gegangen, hast die Fenster der Nachbarn im oberen Stock überprüft, dann bist du über die Mauer gesprungen und über den nassen Pfad bis zur Tür gelaufen. Du kanntest die Küche mittlerweile gut, hattest sie dir eingeprägt wie das Gesicht eines Menschen.

Die Stufen hinauf in den Flur; ein schwacher Streifen grünes Licht schien durch das Buntglas über der Eingangstür und überzog in winzigen Mustern die Wand. Du hast dort gestanden und darauf geblickt, hast gewusst, dass die Farbe verschwinden würde. Wie oft musste Vera hier gestanden haben, während der dunkle Abend nahte, und sich gefürchtet haben.

Es machte dich traurig, sie dir allein dort vorzustellen.

Bis dahin hattest du widerstanden, in ihr Schlafzimmer zurückzukehren, hattest dich mit der Küche und dem Wohnzimmer begnügt, doch ihr ungemachtes Bett lockte dich, der Geruch nach tiefem Schlaf, die Bücher auf dem Boden, achtlos verstreute Kleider: Dort war mehr von ihr als in jedem anderen Zimmer im Haus, und das machte es zu deinem Lieblingszimmer. Unter ihrem Kissen lag ein Stück dunkler Stoff, und als du ihn aufhobst, fühlte er sich weich an und glitt geschmeidig durch deine Finger. Du hieltest ihn ins Licht, und er entfaltete sich zu einem Nachthemd, zur Form ihres Körpers.

Als du dich auf die Bettkante setztest, gaben die Federn ein bisschen nach, nicht viel. Du sahst dich um, und dir wurde klar, dass dieser Raum ihr Geheimnis war, dass du nicht hier sein solltest. Es war nicht falsch, das nicht, es war mehr als das. Du konntest es spüren, obwohl dir die Worte dafür fehlten; eine Art Bedauern. Nicht das Bedauern, wenn man klaut und danach verprügelt oder verfolgt wird, oder das Bedauern, wenn deine Mum in Tränen aufgelöst war, oder wenn sich deine Brüder hinter seinem Rücken über euren Dad lustig machten. Es war eine neue Art von Bedauern, von der du wusstest, dass sie dir bleiben würde.

Da klingelte es, ein durchdringendes, aggressives Geräusch schrillte durchs Haus, dröhnte noch in deinen Ohren, nachdem es schon lange verklungen war. Hektisch sahst du dich im Raum nach etwas um, das du berührt oder bewegt hattest. Wieder klingelte es, und diesmal sprangst du auf. Du bist aus dem Zimmer geschlichen und über den Flur im oberen Stock, bist stehen geblieben und hast atemlos zur Eingangstür hinuntergeblickt. Dahinter hörtest du Schritte, dann hämmerte plötzlich jemand gegen die Holztür.

Du warst sicher, es war die Polizei. Ein Nachbar musste gesehen haben, wie du über die Mauer hinter dem Haus gesprungen warst, und sie alarmiert haben. Du schlichst die Treppe hinunter, lautlos, auf die Hintertür zu, obwohl du dir bereits ausmaltest, davor die dunkle Gestalt eines Polizisten zu sehen, der dort Posten bezogen hatte und auf dich wartete.

«Scheiße, Sonny, es schüttet wie aus Eimern!» Du ranntest zur Vordertür, und davor stand eine regendurchtränkte Sharon.

«Was zum Henker machst du hier?», fuhrst du sie an.

«Ach, halt den Mund, ich bin klatschnass», sagte sie und versuchte, sich an dir vorbeizuschieben.

«Du kannst hier nicht reinkommen.»

«Geh mir aus dem Weg», sagte sie, einen nassen Fuß bereits auf der Treppenstufe, Regen tropfte aus ihren hellen Haaren. Dann stand sie im Flur, die Rückseite ihres Mantels hinterließ einen feuchten Streifen an der Wand hinter ihr.

«Mach die Tür zu, ich frier mir den Arsch ab.»

«Du kannst nicht hier sein.»

«Warum nicht?»

«Weil es eben so ist, verflucht noch mal.»

«Und was machst du hier?»

Doch du gabst ihr keine Antwort. Sharon grinste.

«Arbeitest du für deine versnobte Freundin? Hallo, Missus? Hey, Missus?» Sharons Stimme dröhnte durch das leere Haus. «Ich würd sie gern kennenlernen, sie muss der Oberknaller sein.»

«Sie ist nicht hier.»

«Nicht?»

«Ich passe auf das Haus auf – sie hat mich darum gebeten.»

«Hat sie das?»

«Ja, hat sie.»

«Aber Schlüssel hat sie dir keine gegeben?»

«Was?»

«Schlüssel, Schlüssel hat sie dir nicht gegeben? Bist du deshalb über die Mauer geklettert? Jetzt mach die Scheißtür zu und hör auf, dich wie ein Arschloch zu benehmen.» Sie drängte sich an dir vorbei und bog ins Wohnzimmer ab. Du folgtest ihr.

«Nicht aufs Sofa, du machst es ganz nass.»

Die Schminke lief ihr in Schlieren übers Gesicht, und sie ließ ihre nasse Bomberjacke von den Schultern zu Boden gleiten. «Herrgott, Sonny. Krieg dich mal wieder ein, du führst dich auf wie 'ne hysterische Mutti.»

«Was willst du hier? Du sollst abhauen, hab ich gesagt.»

«Wo ist sie, Sonny?»

«Das geht dich nix an.

Sharon ging zum Bücherregal, fuhr mit der Hand über die Buchrücken.

«Dafür können sie dich einlochen. Sechs Monate, Einbruchdiebstahl. So 'nen hübschen Kerl wie dich würden sie im Mountjoy Prison lieben.» Sie zog ein beliebiges Buch aus dem Regal heraus und warf es nach dir. Es traf dich am Hals und tat weh.

«Hast du das hier gelesen?», fragte sie.

«Lass das.»

Sie zog ein anderes heraus und warf es nach dir.

«Hast du das hier gelesen?»

«Bitte», sagtest du. Deine Stimme hatte diesen furchtbaren Klang, weil ein bis dahin unbekanntes Gefühl wie ein Streichholz in dir aufloderte. Das veränderte etwas in ihr; sie blickte auf das dritte Buch hinunter, das sie in der Hand hielt, und schob es langsam zurück.

«Du warst heute nett zu mir, Sonny, nicht wahr? Hast mich verteidigt und so.»

«Denke schon», sagtest du. Durch ihr nasses weißes Kleid konntest du ihren Körper deutlich erkennen.

«Du glaubst, du kennst sie, bloß weil du hier bist, aber du irrst dich», sagte sie.

«Das weiß ich.» Was Sharon sagte, war richtig – die Erkenntnis durchfuhr dich wie ein Blitz. Aber du wusstest, was du fühltest, und das war ebenfalls richtig.

«Ganz schön schräg, oder? Dass du hier bist und so?»

«Kann sein.»

«Wo ist ihr Fernseher?»

«Sie hat keinen.»

«Dämliche Kuh.» Sie blickte zur Decke hinauf, zu dem maroden Stuck hoch über ihrem Kopf. «Gehört das alles ihr?»

«Ja, ich glaub schon.»

«Einer Person?»

«Ja.»

«Heilige Scheiße.» Sharon lief aus dem Zimmer, ihre regennassen Turnschuhe machten schmatzende Geräusche. Sie stieg die Stufen zur Küche hinunter, blieb atemlos dort stehen und strich sich die Haare aus dem Gesicht.

«Heilige Scheiße», sagte sie wieder. Sie blickte dich einmal an, aber bloß weil du dort standest. Du hast ihr ernstes Gesicht betrachtet, ihren Mund, der sich bewegte, ihre Augen nahmen die entfernten Ecken des Raums ins Visier.

Du sahst ihren Nacken, als sie wieder an dir vorbeikam. Dort, wo ihre Haare aufhörten, hatte der Regen ihr Kleid auf der Rückseite verfärbt; das Weiß war zu einem Blaugrau geworden, das sich wie die Landkarte eines unbekannten Ortes nach unten ausdehnte.

Im Flur blickte sie die Treppe hoch und setzte einen Fuß auf die unterste Stufe; die Muskeln ihres Oberschenkels spannten sich an. Vorsichtig umfassten ihre Finger das Geländer, sie zögerte zunächst. Du wolltest nicht, dass sie nach oben ging, hieltest sie aber nicht auf. Während du zusahst, wie sich ihr Körper bewegte, Schritt für Schritt, gestandest du dir ein, dass es eine einsame Sache war, in ein Haus einzubrechen, und dass du froh über Sharons Gesellschaft warst. Sie blieb vor dem Balkon im ersten Stock stehen, ging durch den Flur und stieß vorsichtig drei der vier Türen auf, hinter denen sich leere Zimmer befanden, die nackten Dielen sauber gefegt. Vor Veras Schlafzimmer hielt sie die Tür mit ausgestrecktem Arm auf und blieb dort stehen. Und obwohl du nicht «Geh da nicht rein» sagtest, spürtest du, dass sie erkannte, was du erkannt hattest, das gleiche Geheimnis, und sie zog die Tür ohne ein Wort zu.

Der Rundgang durchs Haus hatte Sharon irgendwie beruhigt. Ihr habt euch nebeneinander auf den Teppich gesetzt, den Rücken an das blaue Sofa gelehnt.

«Ich versteh's nicht», sagte sie. «Dich, dich verstehe ich nicht. Du kriegst richtig Ärger, weißt du das?» Dein Blick streifte ihre kalten Beine, von den Oberschenkeln bis zu den Waden. Sie hatte die Arme selbstbewusst über dem Bauch verschränkt. Du hast hinter dich gegriffen, nach Sharons Jacke, die immer noch feucht war, und sie über euch beiden ausgebreitet.

«Wo ist sie?»

«Im Krankenhaus.»

«Was hat sie denn?»

«Weiß nicht.»

«Schläfst du in ihrem Bett?»

«Nein.»

«Ich würd dich umbringen, wenn du das tätest.»

Mit einem Mal warst du müde, und dein Kopf sackte nach vorn, auf deine Knie. Du hast überlegt, die Hand auszustrecken und ihre nackten Beine zu berühren.

«Du hältst dich für was Besseres, stimmt's?», fragte sie. «Du willst was Besseres sein als alle anderen, oder? Du bist ein Snob, stimmt's?» Aber du hast dich gar nicht für was Besseres gehalten. Du warst wie Sharon, du warst Sharon.

Der Regen schien aufgehört zu haben, und der Wind ebbte ab, als der Nachmittag dunkler wurde. Das kalte Haus umgab euch beide; du machtest die Augen zu. An deinem Arm und deiner Schulter spürtest du Sharons Wärme; sie drückte sich an dich, suchte auch nach Wärme. Wärst du anders gewesen, großmütig, hättest du den Arm um sie gelegt und sie zu dir hingezogen, um es euch beiden behaglich zu machen. Stattdessen bliebt ihr jeder für sich, kalte Luft kribbelte um euch herum, und selbst als Sharon die Hand ausstreckte und auf deine legte, deinen Zeigefinger fest mit der Faust umschloss, gingst du nicht darauf ein.

Als du aufwachtest, war es stockdunkel, dir tat der Nacken weh, und du spürtest das Gewicht von Sharons Körper an deinem. Ihren langsamen und gleichmäßigen Atem. Es schien spät zu sein, und du warst verwirrt. Du hörtest deutlich, wie ein Schlüssel im Schloss herumgedreht wurde – das Geräusch hatte dich aufgeweckt. Dann hörtest du, wie die Haustür aufging und gebieterisch zugeschlagen wurde. Eine Deckenlampe tauchte den Raum in grelles Licht, und du sahst Vera, die in einem nassen Regenmantel dastand und eine dünne Plastiktüte mit ein paar Einkäufen in der Hand hielt. Später würde dir wieder einfallen, dass du eine Flasche Milch und Butter gesehen hattest. Eine Packung Schokoladenkekse. Aber kein Brot; sie hatte das Brot vergessen, und wenn sie Hunger bekäme, würde sie ratlos auf die Butter blicken, weil alle Läden zuhatten.

«Guter Gott!», rief Vera. Erschrocken wich sie zurück. Du sprangst auf. Sharon blickte sich genauso verwirrt um wie du zuvor.

«Ich bin's, Sonny, alles in Ordnung, ich bin's bloß, Sonny.»

«Scheiße, Scheiße, Scheiße!», rief Vera, stieß dabei ruckartig die Luft aus, rang um Atem. Sie hatte sich zuerst die freie Hand vor den Mund geschlagen und sich dann über ihren Einkäufen zusammengekrümmt. Sie keuchte, und du dachtest, sie müsste sich vielleicht übergeben. Sharon rappelte sich auf; ihr war beim Schlafen der Rock hochgerutscht, und sie zog ihn zu den Knien hinunter. Sie sah so abgerissen aus, dass du dich für sie geschämt hast, für euch beide.

«Was macht ihr hier? Was zum Teufel macht ihr in meinem Haus?»

«Wir haben nicht … nichts», sagtest du.

«Raus! Raus hier!», brüllte Vera. Ihre Haare fielen nach vorn, bedeckten einen Teil ihres Gesichts. Sie sah müde aus, ausgelaugt, als wäre etwas vom Krankenhaus an ihr haften geblieben, als sie über die Monkstown Road nach Hause gefahren war.

«Meine Jacke», sagte Sharon und bückte sich. Sie hob sie vom Boden auf und ging schnell an Vera vorbei, den Kopf gesenkt, und dann raus aus der Tür. «Verzeihung Missus», sagte sie.

Dann wart ihr allein, und Vera schaute dich an. Deine ganze Aufmerksamkeit wurde auf ihr Gesicht gelenkt, und du sahst, dass ihre Wimpern feucht waren; doch da war keine Träne, und du fragtest dich, ob sie sie unauffällig weggewischt hatte, als du ihr einen Augenblick den Rücken zugewandt hattest.

«Raus», sagte sie jetzt sanfter.

«Wir haben nicht … Es tut mir leid», sagtest du.

«Wenn ich dich noch einmal in der Nähe meines Hauses erwische, rufe ich die Polizei.» Sie hatte sich wieder gefasst, und ihre Stimme klang fremd.

«Die Polizei?» Du hast gespürt, wie sich dein Gesicht zu einer Frage verzog.

«Ja, die verfluchte Polizei. Ihr habt mir einen Wahnsinnsschrecken eingejagt», sagte sie.

«Ja», sagtest du.

«Geh mir einfach aus den Augen.»

Du hast es so lange wie möglich hinausgezögert, dann bist du an ihr vorbei und auf den dunklen Flur hinaus. Du sahst Sharon in sicherer Entfernung vor dem Haus warten. Du hast die Tür zugezogen und dich in Bewegung gesetzt, Sharon lief neben dir her. Sie sagte etwas, aber du hast den Sinn ihrer Worte nicht begriffen, weil du in dem Moment nichts als Hass für sie empfandest.

20

In der Kühlkammer hinten in der Metzgerei baumelten die Rinderhälften von alten Haken. Manchmal, wenn niemand da war, hast du gegen das weiche Fleisch unterhalb der Rippen geboxt; deine Hand war von den feuchten Schlägen blutverschmiert, doch es war nicht dein Blut, und hinterher konntest du es einfach abwaschen.

Vera wollte sterben. Aber könntest du sie hierherbringen, in den kalten Raum mit den kalten baumelnden Dingern, die nichts bedeuteten, die man schlagen und essen und deren Blut man sich abwaschen konnte, ohne einen weiteren Gedanken daran zu verschwenden, dann würde sie verstehen, was es heißt, tot zu sein, und würde das nicht wollen. In deinem Traum warst du ihr Held, ihr Retter, auch wenn es eine Menge Dinge gab, die du nicht über sie wusstest.

Du hattest dir auch oft ausgemalt, deine Mutter zu retten, aber dir wurde klar, dass du aufgegeben hattest, ihr Held zu sein.

«Sonny, du kommst zu spät zur Schule, steh auf!», rief deine Mutter unten von der Treppe. Du lagst reglos da, fest in die Decke gewickelt, die Augen geöffnet. Die Vorhänge waren zugezogen, aber zu dünn, um das Licht abzuhalten. Deine Sachen lagen in einem Haufen neben dir auf dem Boden; du hattest sie letzte Nacht dort abgeworfen, als bräuchtest du sie nie wieder. Du schwangst die Beine aus dem unteren Etagenbett, und die kalte Luft fand dich. Als du die Jeans überzogst, fühlte sie sich klamm an, und dein Pullover roch nach altem Schweiß und Tabak.

«Ich bin der Nächste», sagte ein Bruder, der vor der verschlossenen Badtür stand. Also gingst du nach unten, obwohl du pinkeln musstest. Dein Vater saß am Küchentisch, vor ihm eine fast leergegessene Schüssel. Ein paar harte Cornflakes klebten am Rand, und da war noch ein kleiner Rest Milch, an den er mit dem Löffel nicht drankam. Er bestrich eine Scheibe Weißbrot mit Butter und tauchte seinen Cornflakes-Löffel in die Zuckerpackung; weiße Körnchen hüpften über den Tisch, als er den Zucker auf sein Butterbrot streute, es zusammenklappte und grob zu kauen begann. Deine Mutter stand am Waschbecken, und du spürtest den Ekel in ihrem Blick.

«Wo sind deine Brüder?», fragte sie und ging an dir vorbei, ihre Stimme schallte die Treppe hinauf. Doch du wusstest, dass sie sich dort oben verstecken würden, bis er fertig war. Deine Mutter wusste es ebenfalls und er bestimmt auch.

Du setztest den Teekessel auf, deine Hand lag auf dem stählernen Abtropfbrett, und du spürtest die Vibrationen des sich erhitzenden Wassers. Draußen vor dem Fenster schritt der kleine verwahrloste Garten geduldig durch den Frühling voran; das Gras war hoch gewachsen und der alte Steingarten vor der hohen Mauer zugewuchert. In der Mitte des Gartens hatte ein Goldregen gestanden, an dem ungefähr um diese Jahreszeit die ersten Knospen zu sehen gewesen wären, die sich später in eine Million gelber Blüten verwandelt hätten. Der Goldregen hatte deiner Mutter Angst gemacht, sie hatte gesagt, er wäre zu groß für den Garten, seine Wurzeln würden unter das Haus wachsen und das Fundament anheben. Du warst stolz gewesen, hattest dich tüchtig gefühlt, als sie dich an einem Sonntag im letzten Jahr hinausgeschickt hatte, um die Äste abzuhacken und ihn mitsamt der Wurzel auszumerzen, bis er als Kleinholz auf dem Gras gelegen hatte. Am Nachmittag hatte die sengende Sonne die Farben des Baums von Gelb über Braun in Farblos verwandelt, und nicht einmal der Seelenfrieden deiner Mutter hatte als Rechtfertigung noch ausgereicht.

Der Wasserkessel klickte, dein Vater stand auf und stapfte auf Socken aus der Küche. Nun würden sie herunterkommen, darauf bedacht, ihm auf der Treppe nicht zu begegnen. In seiner Abwesenheit keimte ein erstes zaghaftes Gespräch auf. Der Tisch war ein Schlachtfeld, die Brotkrusten, die er nicht gegessen hatte, saugten die Milch in seiner Schüssel auf. Deine Mutter würde alles wegräumen und dabei missbilligend mit der Zunge schnalzen.

Du hörtest, wie die Badtür aufging und wieder verriegelt wurde. Du warfst einen Blick auf die Uhr und stelltest fest, dass dir keine Zeit zum Pinkeln bleiben würde, bevor du losmusstest, also bist du zur Hintertür raus, durch den Schuppen, und hast schnell neben dem Kohlenverschlag gepinkelt. Ein heißer gelber Strahl, eine große Erleichterung.

Die Wohnsiedlung wirkte menschenleer; du hast den abgegriffenen rauen Riemen deiner Schultasche von deinem Hals weggehalten. Auf der Straße hast du die Tasche abgestellt, dich zu beiden Seiten umgeblickt und dir eine Zigarette angesteckt. Während der Rauch aus deiner Nase strömte, stelltest du dir vor, wie Vera dich beobachtete, dich bewunderte, wie du lässig dastandest, ein Bein nach hinten abgeknickt, die Sohle an der Mauer. Du hast dich gefragt, ob sie zu Hause war, und kurz überlegt hinzugehen, damit sie dich vielleicht durchs Fenster sehen und einen Moment später an die Tür kommen würde. Aber in Wahrheit hattest du zu große Angst.

Du zogst so fest an deiner Zigarette, dass dir schwindelig und schlecht wurde und du sie nur zur Hälfte geraucht an der Mauer ausgedrückt hast. Du hast dir den Stummel in die Tasche gesteckt und es später bereut, weil dein ganzer Parka nach Rauch stank.

Deine erste Stunde war Mathe. Du mochtest Miss Harris; sie war eine sanfte Frau und trug eine kleine Brille mit goldenem Rahmen und einer Kette an den Bügeln, und wenn sie müde war, nahm sie die Brille manchmal ab und ließ sie wie ein seltsames Medaillon von ihrem Hals baumeln. Als du das Klassenzimmer betratst, stand sie, dem Raum den Rücken zugewandt, auf den Zehenspitzen vor der Tafel und schrieb Zahlen darauf.

Wenn Miss Harris über Mathematik redete, war sie ganz verzückt, allerdings hatte sie sich angewöhnt, es zu verbergen, und du hattest geschlussfolgert, dass sie früher deswegen wohl gehänselt worden war.

Miss Harris war freundlich zu dir. Nicht alle Lehrer waren das; einige wollten sich beliebt machen, und gerade wenn du dachtest, dass sie dich in Ruhe lassen würden, stellten sie sich vor die Klasse und riefen deinen Namen auf, bis sich alle nach dir umdrehten. Sie hatten den Kümmerling des Wurfs gefunden und würden ihn aushungern.

Etwas Sonne musste durch die dichte Wolkendecke gebrochen sein, denn zwischen deinem Pult und dem Fußboden leuchtete ein wunderbarer Streifen Sonnenlicht. Deine Lider wurden schwer, und als du die Augen zumachtest, war da wohlige Wärme, rosarot, untermalt von Miss Harris' vornehmer Stimme, die an- und abschwoll, dich an Vera erinnerte und dir vergessen half, was du getan hattest, um sie nicht zu bekommen.

Da erwachte der Lautsprecher krächzend zum Leben, verstummte und krächzte erneut: «Sonny Knolls, bitte sofort zum Direktor, Sonny Knolls, zum Direktor.» Dein Blick war auf den Lautsprecher gerichtet; er war so schlagartig wieder verstummt, dass du zu deinen Klassenkameraden hinüberblicktest, um zu sehen, ob sie die Durchsage ebenfalls gehört hatten. Deine Hände hatten zu zittern begonnen. Miss Harris schob sich die Brille auf der Nase nach oben und rollte ein Stück weiße Kreide zwischen Daumen und Zeigefinger, als wäre es eine Zigarette.

«Such deine Sachen zusammen und mach dich auf den Weg, Sonny», sagte sie ernst, beinahe besorgt, und einen Moment dachtest du, dass du dir bei ihr im Unterricht wirklich mehr Mühe geben solltest.

Du hast dir beim Rausgehen den Parka übergestreift, dich mit jedem Schritt die nackten Holzstufen hinunter vom Gemurmel der Unterrichtsstunden entfernt.

Draußen schien gleißendes Licht, aber es war nicht warm, nicht warm genug, um die Nässe auf dem glänzenden Asphalt verdunsten zu lassen, der wie ein Kanal dalag zwischen dem alten roten Backsteingebäude und dem neueren Flachbau, der den Großteil der Schule ausmachte. Die Schüler steckten in den Klassenzimmern fest, niemand war auf der Straße; die Schule wirkte leblos und unwirklich.

21

Die Tür zum Büro des Direktors bestand zur Hälfte aus Sicherheitsglas, und sie war ein Stück weit geöffnet, aber du hast trotzdem angeklopft. Eine gelangweilte Frauenstimme rief dich herein. Die Sekretärin saß hinter einem alten Holzschreibtisch und deutete auf eine Bankreihe. Als du einen Moment später noch einmal zu ihr hinübersahst, war sie schon wieder in ihre Arbeit vertieft.

Die Zeit stand still, und nichts war zu hören außer dem Geräusch ihres Kugelschreibers, der über die Seite glitt. Dann hörtest du draußen auf dem Flur Schritte, die Tür wurde aufgestoßen, und im Türrahmen stand der rothaarige Aufsichtsschüler, der dich verfolgt hatte. Seit jenem Tag hattest du dich so davor gefürchtet, ihn wiederzusehen, dass er dich sogar zweimal in deinen Träumen heimgesucht hatte, und jetzt warst du überrascht, wie normal es war, dass er dir dort gegenüberstand und mit seinem reinen Gesicht wissend auf dich herabblickte.

«Danke, dass Sie gekommen sind, Graeme», sagte die Sekretärin. «Nehmen Sie kurz Platz, er hat gleich Zeit für Sie.»

«Bestens, bestens», sagte er, und setzte sich nicht weit von dir auf die Bank. Er wirkte so reif und kompetent im Vergleich zu dir, obwohl er nicht mehr als ein Jahr älter sein konnte. Du fragtest dich, wie er das hingekriegt hatte. Wie war er in fast der gleichen Anzahl von Jahren so weit gekommen? Du hast ihn beobachtet; er schien dich kaum wahrzunehmen, ignorierte dich aber auch nicht so sehr, dass es etwas bedeutet hätte. Er behandelte dich mehr wie ein Möbelstück. Er hatte es sich auf der Bank bequem gemacht, saß breitbeinig da, so wie Jungs es tun, wenn sie wollen, dass man denkt, sie hätten dicke Eier.

«Na, das wird wohl ein Weilchen dauern, bis Sie sich da durchgeackert haben», sagte er mit einem Blick auf den großen Papierstapel auf dem Schreibtisch der Sekretärin.

Sie drückte die Brust raus und kicherte, dann wandte sie sich ihm mit einem strahlenden Lächeln zu.

«O ja, das kann dauern», sagte sie und hielt sich die Hand vor ihre schlechtsitzende Zahnprothese. «O ja.» Sie wandte den Blick wieder ab, peinlich berührt wegen der Vertraulichkeit. «Sie haben die vom Blackrock College am Samstag ordentlich auf die Plätze verwiesen», sagte sie, ohne zu ihm hinüberzublicken.

«Die haben aber auch wenig getan, um zu punkten», sagte Graeme, und beide lachten.

«Sie haben gut gespielt, sehr gut», sagte sie auf so schüchterne und freundliche Art, dass du nicht anders konntest, als sie zu mögen.

«Es war wirklich ein gutes Spiel. Noch ein paar von der Art, bis wir im Finale sind, das wäre nicht schlecht.»

Graeme zog sich in seine selbstzufriedenen Gedanken zurück, bis die Tür zum Büro des Direktors aufging. Sofort sprang er auf und begrüßte Direktor Burke mit festem Händedruck. Du überlegtest, ebenfalls aufzustehen, warst aber nicht dazu imstande.

«Graeme», sagte Direktor Burke. «Danke, dass Sie sich die Zeit nehmen für … für diese sinnlose Zeitverschwendung. Diesen, diesen kleinen diebischen … Ich weiß nicht, als was Sie ihn bezeichnen würden, aber ich weiß, wie ich ihn nennen möchte. Ein Scheißkerl, das ist er. Ich möchte, dass Sie mir einmal detailliert berichten, was vorgefallen ist, sobald er hier eintrifft, wenn das für Sie in Ordnung ist. Aber wenn es Ihnen zu, ich weiß nicht … unangenehm ist, finden wir eine andere Lösung.»

«Ganz und gar nicht», sagte Graeme. «Das mache ich gern – er ist schon hier.»

Er drehte sich zu dir auf deiner Bank um. Direktor Burkes Gesichtszüge verhärteten sich, als betrachtete er etwas Abscheuliches. Es wirkte leicht theatralisch und weckte in dir den Verdacht, dass er von deiner Anwesenheit gewusst und dich mit Absicht einen diebischen Scheißkerl genannt hatte.

«Hier rein mit Ihnen», sagte der Direktor und ging voraus. Graeme war vor der Tür stehen geblieben und wartete dort, sodass du an ihm vorbeigehen musstest, bevor du das Büro betratst, und obwohl du dir fest vornahmst, ihm dabei nicht in die Augen zu sehen, tatest du es doch. Er grinste und formte mit den Lippen die Worte: «Du bist tot.»

Direktor Burke nahm seinen Posten hinter dem Schreibtisch ein; er war ein stämmiger Mann, dem seine Schwerfälligkeit unangenehm schien. Es wirkte wie eine intime Verrichtung, also sahst du erst zu ihm auf, als er sich erfolgreich auf seinen Stuhl gewuchtet hatte.

«Soll ich die Tür auflassen oder schließen, Herr Direktor Burke?»

«Lassen Sie sie ruhig auf, damit Luft hereinkann.»

Graeme kam durchs Zimmer, und du spürtest ihn an dir vorbeirauschen, bevor er auf einem der schlichten Holzstühle Platz nahm, die vor Direktor Burkes Schreibtisch standen.

«Mr. Knolls? Wollen Sie sich bitte zu uns bequemen?», fragte Direktor Burke, sein Blick streifte dich einmal, dann blinzelte er streng. «Gut, Graeme, dann beschreiben Sie uns bitte kurz den Tathergang.» Er wandte sich um und warf einen Blick auf die Wanduhr, die über dem großen Bücherregal hing. In dem Regal stand hinter hübsch facettiertem Glas eine Reihe dicker roter Bücher.

«Während einer Diskussion unter den Aufsichtsschülern über die Serie von Fahrrad-Vandalismus wurde beschlossen, dass wir abwechselnd hinter dem Schulkiosk Wache halten würden, um den Vandalen auf frischer Tat zu ertappen. Am Morgen des Dreiundzwanzigsten begab ich mich auf meinen Posten ...» Er hatte seine Rede einstudiert. Sie war perfekt, und du sahst Graeme vor dir, wie er, während er sich die Zähne putzte und ausspuckte, sein Spiegelbild betrachtete und die Zeilen im Geiste durchging, an ihnen feilte, bis er sich alles zurechtgelegt hatte. Seine Worte fügten sich wie zu einem Gemälde im Raum zusammen, verteilten sich in gleichmäßigen Pinselstrichen um dich herum. Graeme hatte eine angenehme Stimme, dachtest du und sahst wieder zum Bücherregal hinüber. Es war nicht aus Mahagoni, wie du zunächst geglaubt hattest, sondern aus Eiche, dunkel gebeizt, damit sie wie Mahagoni aussah. So hatte man es früher gemacht, hatte dir ein Mann erzählt, mit dem du und dein Vater einmal zusammengearbeitet hattet. Du hattest ihm zugestimmt, als er gesagt hatte, das sei Unsinn, weil Eiche ein zu schönes Holz sei, um es als etwas anderes auszugeben. Die roten Bücher waren mit goldenen römischen Zahlen nummeriert; du dachtest, dass du sie nie in die richtige Ordnung hättest bringen können, und fragtest dich, ob Direktor Burke sie selbst angeordnet hatte, als er seine Stelle damals angetreten hatte. Ob er auf einem Stuhl gesessen hatte, während seine junge Sekretärin geschäftig um ihn herumgewuselt war, bis er ungeduldig wurde und darauf bestand, es selbst zu machen.

Direktor Burke saß in der Haltung eines Priesters oder eines Richters zurückgelehnt in seinem Stuhl, die Hände stramm vor dem Bauch gefaltet, sein Kinn ruhte auf der Brust. Es stand ihm.

Du wünschtest, du hättest am Morgen Zeit gehabt, ins Bad zu gehen; nach dem Pinkeln hättest du vielleicht daran gedacht, dir die Hände mit Seife zu waschen und die rosa Nagelbürste zu benutzen. Dann hättest du jetzt nicht so hier sitzen müssen, die Hände zwischen die Sitzfläche und deine Oberschenkel geklemmt, während deine dreckigen Finger zu schwitzen begannen.

Graeme wich kein einziges Mal von der Wahrheit ab; du hattest alles getan, was er sagte, und zwar öfter, als sie wussten. Du warst der kleine Dieb in seiner Geschichte. Trotzdem fühlte es sich nicht richtig an und als wäre das, was sie dir antaten, schlimmer als dein Diebstahl. Wie Graeme dort saß und sich vor Direktor Burke aufspielte und Direktor Burke, der sich bereits eine Meinung über dich gebildet und beschlossen hatte, was er mit dir machen würde, die Tür offen stehen ließ, sodass jeder, der vorbeikam, hören konnte, was du Schlimmes getan hattest.

«Haben Sie dazu irgendetwas zu sagen?» Du hast zu

Direktor Burke aufgeblickt und gesehen, dass er dich das nicht zum ersten Mal gefragt hatte. Sein Gesicht erschreckte dich. Es war keinerlei Gefühlsregung darin zu erkennen; als er dich ansah, war dort nichts. Es war ein brutales Nichts, das dir den Atem stocken ließ. Du hattest nicht die nötige Härte, um die Dinge einfach durch dich hindurchspülen zu lassen und darüber zu lachen, so wie du es bei anderen gesehen hattest. Und du hast dieses entsetzliche Aufwallen gespürt, und alles, was du zustande brachtest, war ein heißer Tropfen am unteren Augenlid, der Beginn einer Träne.

«Ich habe nicht …», sagtest du, und das war alles, weil du jetzt begriffst, warum du da warst. Sie wollten sehen, aus welchem Holz du geschnitzt warst. Der Gesichtsausdruck des Direktors hatte sich verändert – ein wissender Ausdruck lag nun darin, und er schien sich zu freuen; du hattest ihm etwas bestätigt, das er von Anfang an geahnt hatte. Er legte die Hand auf den Tisch und schlug einen roten Aktenordner auf.

«Ich denke, Sie haben sehr wohl, Mr. Knolls», sagte er. «Danke, Graeme. Das wäre dann alles.»

Du hast gespürt, wie Graeme neben dir aufstand, doch bevor er ging, beugte er sich über Direktor Burkes Schreibtisch vor und fragte: «Darf ich?»

Du hast nicht aufgeblickt, um zu sehen, worum es ging, aber einen Augenblick später sahst du, wie man dir ein weißes Taschentuch unter die Nase hielt. Dir blieb nichts anderes übrig, als danach zu greifen und ihn anzusehen. Er war clever, und vor Direktor Burke ließ er nichts durchschimmern. Du hast das Taschentuch in der Hand gehalten, dir aber nicht die Tränen damit abgewischt, und es erschien dir wie ein klitzekleiner Sieg. Du hörtest, wie sich Graeme freundlich von der Sekretärin verabschiedete.

«Viel Glück für das Spiel am Samstag», sagte sie.

Direktor Burke lehnte sich in seinem Stuhl zurück und legte sich die Finger ans Kinn. Dann zog er schweigend eine Schublade an seinem Schreibtisch auf und holte ein Blatt Papier heraus, auf das in wichtigen fetten Buchstaben der Briefkopf der Schule gedruckt war. Er schob es auf dem Schreibtisch nach links und rechts, bis er es in Position gebracht hatte. Er zog einen teuren Kugelschreiber aus seinem dunklen Sakko hervor, drehte behutsam am Gehäuse, damit die Spitze herauskam, und begann, das Blatt mit großen geschwungenen Wörtern zu füllen. Er schien sehr lange dafür zu brauchen, die Geschichte aufzuschreiben, die von dir handelte. Es war einmal, dachtest du. Es war einmal.

Was er schrieb, erfuhrst du erst, als er innehielt, mit abwesendem Gesichtsausdruck zu dir aufblickte und fragte: «Sind Sie schon einmal vom Unterricht suspendiert worden?»

«Nein», sagtest du, aber du hattest so lange darüber nachdenken müssen, dass du hinzufügtest: «Ich glaube nicht.» Er legte seinen Kugelschreiber effektvoll auf dem Schreibtisch ab und musterte dich.

«Also sind Sie nun suspendiert worden oder nicht?»

«Nein», sagtest du, aber er erwartete mehr von dir und sah dich weiterhin an. «Ich bin noch nicht suspendiert worden», sagtest du. Er wartete noch ein wenig, bevor er wieder nach seinem Kugelschreiber griff und mit dem Schreiben fortfuhr. Du hieltest seinem Blick stand, nicht um ihn herauszufordern, sondern weil deine Tränen mittlerweile versiegt waren und du vor Erschöpfung außerstande warst, den Blick abzuwenden.

Als er mit dem Schreiben fertig war, faltete er das Blatt mit großem Geschick und sehr gewissenhaft zweimal zusammen, sodass die Ecken perfekt übereinanderlagen.

«Ich suspendiere Sie für eine Woche», sagte er. Er ließ die Wörter in der Luft schweben, während er das gefaltete Blatt in einen Umschlag schob. Seine speckigen Finger waren erstaunlich wendig.

«Allerdings werde ich dem Bildungsministerium ausdrücklich empfehlen, Ihnen einen Schulverweis zu erteilen, wenn Sie hier etwas, das nicht Ihnen gehört, auch nur anhauchen. Und die Polizei wird ebenfalls über Ihre Straftaten in Kenntnis gesetzt werden.» Er führte den Brief zum Mund, seine feuchte Zunge schoss mehrmals ruckartig heraus und leckte über den gummierten Streifen. Dann hielt er den Umschlag zwischen Daumen und Zeigefinger fest, bis er den Eindruck hatte, dass der Kleber haftete. «Ich will Sie nicht länger auf meiner Schule haben. Ich habe nichts gegen einen jungen Mann, der sich Mühe gibt und Hilfe braucht, aber Sie sind von der übelsten Sorte, Knolls, Sie bemühen sich nicht einmal. Ein Dieb und ein Faulenzer – was bringt es, Sie hierzubehalten?»

Dir wurde klar, dass es eine ernstgemeinte Frage war. Du überlegtest zu antworten: «Nichts», damit er seine Bestätigung hatte und wiederholen konnte: «Nichts», und vielleicht hinzufügen: «Rein gar nichts.»

Er nahm seinen Stift wieder auf und schrieb die Worte «Mr. & Mrs. Knolls» auf den Umschlag, in wunderschöner Schrift, wie man sie auf der Einladung zu einer Hochzeit oder einer Beerdigung erwarten würde. Es machte dir

Angst. Er schob den Umschlag mit den Fingerspitzen über den Schreibtisch auf dich zu.

«Geben Sie diesen Brief Ihren Eltern», sagte er. Selbst wenn sie ihre Brille aufsetzte, würde deine Mutter diese Schrift niemals entziffern können, und du sahst bereits vor dir, wie der Brief am Küchentisch zwischen den Händen deiner Brüder hin- und hergereicht wurde.

«Und vergessen Sie nicht, Miss Jordan Ihre Telefonnummer dazulassen, bevor Sie gehen. Ich möchte mit Ihrem Vater sprechen.»

«Wir haben kein Telefon zu Hause», sagtest du und fügtest hinzu: «Wir stehen auf der Warteliste.» Er kniff die Lippen zusammen und sog hörbar die Luft zwischen den Zähnen ein.

«Dann geben Sie ihr Ihre Adresse.»

Es war eine Erleichterung, aufzustehen und wieder das Blut durch deine Arme und Beine fließen zu spüren. Du wusstest, dass er nicht zu euch nach Hause kommen würde. Fast musstest du lächeln bei dem Gedanken daran, wie deine Mutter auf der Suche nach einer passenden Tasse und Untertasse von dem guten Porzellanservice durchs Haus wuselte und die Hoffnung nicht aufgab, einen essbaren Keks zu finden.

«Herr Direktor Burke?», sagtest du, nachdem du einen Moment in der Tür gestanden hattest. Dein Mund war trocken, und dein Hals kratzte. Er hatte wieder zu schreiben begonnen und blickte nicht auf, und du hast dich gefragt, ob deine Worte zu zaghaft gewesen waren, um sich den Weg durch den Raum bis zu ihm zu bahnen.

«Soll ich die Schule jetzt oder später verlassen … Ich meine, wann soll ich gehen, ab wann bin ich suspendiert?»

Er blickte von seinem Schreibtisch auf, und noch durch das gesamte Zimmer spürtest du den Zorn seines langsamen Lidschlags.

«Gehen Sie mir aus den Augen», sagte er, scheuchte dich an der Sekretärin vorbei, an der Bankreihe und auf den Flur hinaus, wo du vom Strom der Schüler, vom Geschrei und Gedränge, mitgerissen wurdest, als erfasste dich die endgültige Wucht eines großen Flusses, bevor du aufs Meer hinausgeschwemmt würdest.

22

Du hast in der Katzenhöhle gesessen, deine Schultasche neben dir auf dem Boden. Du hast den Briefumschlag in den Fingern gehalten und ihn hin und her gedreht. Das Papier war schwer und fühlte sich angenehm an.

Nachdem du dir die Zigarette angezündet hattest, hast du das brennende Streichholz ein paarmal schnell an dem Brief vorbeigeschwenkt. Eine Ecke war ein bisschen rußgeschwärzt, fing aber nicht Feuer. Was, wenn du den Brief einfach nicht vorzeigen würdest und so tätest, als gingst du jeden Tag zur Schule? Du nahmst einen tiefen Zug und dachtest darüber nach, da hörtest du, wie sich die Sträucher weiter unten bewegten. Du sahst Sharons weißblonden Haarschopf auf- und abtauchen wie eine Boje in grünem Gewässer, während sie sich das letzte Stück des steilen Wegs hocharbeitete.

Sie sah dich, und dir war klar, dass sie dich aus der Entfernung zuerst nicht erkannt und sich erschreckt hatte. Sie blieb stehen, warf den Kopf in den Nacken, um besser zu sehen. Dann drehte sie sich um, spuckte aus und zuckelte schnaufend vorwärts, als brächte der Aufstieg sie halb um.

Sharon hatte eine Brille; sie hatte sie dir gezeigt, als sie sie neu hatte, eine rosa Brille, kostenlos bereitgestellt vom Gesundheitsdienst. Sie hatte sie aufgesetzt und genau beobachtet, wie du sie ansahst. «Sie steht dir», hattest du zu ihr gesagt. «Leck mich», hatte sie geantwortet, und seitdem hattest du die Brille nicht mehr an ihr gesehen. Fast blind hockte Sharon stundenlang in der Katzenhöhle, bloß ihre Zigaretten und ihre Gedanken leisteten ihr Gesellschaft.

«Bin ich im Arsch», sagte sie. «Gib mir 'ne Kippe, oder es knallt.» Sie ließ sich auf den Boden plumpsen, lehnte sich mit dem Rücken an den bequemen Felsen und reckte das Gesicht zum Himmel. «Was zum Henker machst du hier?», fragte sie.

«Du wirst klatschnass, wenn du da sitzen bleibst», sagtest du. Sie drehte sich um und erwischte dich dabei, wie du auf ihre Beine blicktest, auf die Stelle, bis zu der ihr schwarzer Minirock hochgerutscht war. Mit beiden Händen zog sie den Rock wieder nach unten, lehnte die Knie aneinander und beugte sich vor.

«Du bist früh dran», sagte sie.

«Ja.»

«Du bist so gesprächig, dass dir gleich die Zunge aus'm Mund fällt.» Ihre Strumpfhose glänzte, und das Licht tanzte in einer geraden Linie ihre Beine hinauf. Schnell hatte sie sich eine Zigarette gedreht und in den Mund gesteckt, hatte die kalten Hände in die Taschen ihrer schwarzen Bomberjacke geschoben. Doch lange konnte sie die Position nicht halten, weil ihr ständig der Rauch in die Augen wehte; sie blinzelte ein paarmal, dann gab sie auf und zog eine Hand wieder raus.

«Ich bin suspendiert worden», sagtest du so beiläufig wie möglich. Als würde es dir nichts ausmachen.

«Was hast du gemacht?»

«Geklaut», sagtest du.

«Geklaut – was denn?»

«Fahrradteile.»

«Und sie haben dich erwischt? Weiß dein Vater davon?»

«Nein, es ist gerade erst passiert.»

«Du meine Güte ...», sagte sie, und du warst wirklich froh, dass sie vorbeigekommen war. So wäre es, wenn man jemanden hätte, dem man sich anvertrauen konnte; es war schrecklich, niemanden zu haben, dem man sich anvertrauen konnte.

«Du verfluchter Vollidiot!»

«Was?»

«Warum zur Hölle hast du dich erwischen lassen, Sonny?»

«Ich hab mich doch nicht mit Absicht erwischen lassen!»

«Du hast eh schon auf der Abschussliste gestanden, jetzt können sie dich rausschmeißen – sie können dich bei den Bullen verpfeifen und so.»

«Woher willst du das wissen?»

«Natürlich weiß ich das, was glaubst du denn? Jeder weiß das, verflucht noch mal.» Sie schrie dich richtig an.

«Du hast doch gesagt, ich soll die Schule hinschmeißen. Ich dachte, du würdest das verstehen.»

«Warum sollte ich das verstehen? Du bist ein noch größerer Schwachkopf als ich – wenn sie dich rausschmeißen, was machst du dann? Dann hast du es verkackt, du Idiot.»

«Scheiße, nenn mich nicht so!», hast du gerufen und gemerkt, dass dein Atem schwer ging und Angst dir den Magen zusammenzog. Sharon nahm schweigend ein paar Züge von ihrer Zigarette, dann schleuderte sie sie weg, als ekelte sie sich davor.

«Ich zisch ab», sagte sie und streckte den Rücken durch.

«Ich hock hier nicht weiter mit dir rum.» Aber du wolltest nicht, dass sie aufstand, du wolltest nicht, dass sie ging und dich allein ließ, deshalb hast du sie geschubst, bevor sie aufstehen konnte, hast sie aus dem Gleichgewicht gebracht, und sie fiel hin.

«Wichser», sagte sie und kam auf dich zugetorkelt. Sie schlug ein paarmal nach dir, und es tat weh, war wunderbar und tröstlich. Du hast sie an dich herangezogen. Und in diesem Moment wolltest du sie. Du wolltest, dass sie dich auch wollte, dass sie all deine Sehnsüchte befriedigte. Du spürtest Leere, Übelkeit und Erregung.

Ihr Gesicht bewegte sich, war verschwommen, und du hast dich auf ihren Mund konzentriert, dich vorgebeugt, deine Lippen auf ihre gedrückt. Plötzlich presste sie sich an dich. Du spürtest ihre Zunge tief in deinem Mund, ein Zahn stieß gegen einen anderen, und dein Mund war weit geöffnet, als wolltest du schreien.

Du legtest eine Hand auf ihre Brust und riebst darüber, als wäre sie etwas, das nicht zu ihr gehörte. Auf ihrem Gesicht lag ein Ausdruck von Zärtlichkeit, den du nicht begreifen konntest. Und als du sie berührtest, ließ sie dich, sie ließ dich einfach machen. Du sahst zu, wie sie deine Hose aufknöpfte, und spürtest die kalte Luft an deinem Schwanz. Ihre Finger umschlossen dich, ihre abgekauten Nägel und die vom Tabak verfärbten Finger. Wieder küsstest du sie, atemlos, wieder und wieder, die Welt schwoll zu einem einzigen lautlosen Schrei an, und aller Schmutz und Hass und Zorn strömten aus dir heraus. Du fielst vornüber, drücktest Sharon fest an dich und dachtest augenblicklich an Vera, so eindringlich, dass Sharon es gespürt haben musste.

Sie stieß dich von sich, wandte den Blick ab und setzte sich auf. Die Ellbogen auf die Knie gestützt, drückte sie die Knöchel ihrer geballten Faust so fest gegen ihre Stirn, dass es weh tun musste. Du hast dir die Hose zugeknöpft, dein feuchter Schwanz hatte alle Dringlichkeit verloren.

Du blicktest zu Sharon hinüber; die Rückseite ihrer Jacke war dreckig, ein einzelnes braunes Blatt steckte in ihren Haaren. Du brachtest es nicht fertig, dich ihr zu nähern.

«Du siehst hübsch aus», hast du wie zur Entschuldigung gesagt, aber bloß weil du nicht wolltest, dass sie das dachte, was sie dachte. Ihre Starre jagte dir Angst ein.

«Willst du eine Zigarette?», hast du gefragt, und ohne sich zu dir umzudrehen, bewegte sie den Kopf gerade weit genug, dass du sie nicken sehen konntest. Du wolltest ihr Gesicht sehen und bewegtest dich um sie herum, auf ihre andere Seite, fingst an, eine Zigarette für sie zu drehen, und sahst dabei immer wieder kurz zu ihr hinüber. Du hieltest ihr die Zigarette hin, sie griff danach, und du gabst ihr Feuer.

Sie sog den Rauch tief ein und blickte zu dir auf. «Du hast meine Strumpfhose eingesaut, du Dreckskerl.»

Sie streckte die Hand aus, griff nach einem Büschel Gras und riss es aus, wischte sich damit das Bein sauber. Sie nahm einen weiteren Zug und warf dir das Grasbüschel entgegen.

«Hier, für dich», sagte sie mit einem hohlen Lachen.

«War ich grob? Das tut mir leid.»

«Mir egal», sagte sie.

«Es tut mir leid.»

«Mir egal, hab ich gesagt. Mir doch scheißegal.» Sie sah dich an, dann wandte sie den Blick ab, schaute zum Brombeergestrüpp hinüber.

«Was ist?», fragtest du.

«Heißt das, du willst jetzt mein Freund sein?»

Du hast deine Zigarette aus dem Mund genommen und zugesehen, wie sie neben dir auf den Boden fiel.

«Ja», sagtest du. Sie sagte nichts, aber ein kleines zufriedenes Lächeln lag auf ihrem Gesicht, sie zog die Schultern einmal hoch und ließ sie beim Ausatmen fallen.

«Und kann ich es allen erzählen und so?», fragte sie.

«Ja, klar», sagtest du.

Sie sah dich an, ohne verletzt zu wirken, und sagte: «Ich schätze, das musst du jetzt sagen, oder?»

«Nein.»

«Doch, das musst du, damit ich den Leuten nicht erzähle, dass du mich in den Büschen begrapscht hast, denn das fändest du furchtbar, stimmt's? Ich könnte erzählen, dass du mich gezwungen hast, dir einen runterzuholen. Ich könnte die Bullen rufen, das fändest du richtig beschissen.»

«Ja», sagtest du und spürtest, wie deine Lider schwer wurden; dir war schlecht vom Rauch deiner Zigarette. «Als sie mich suspendiert haben. Heute. Beim Direx im Büro. Vor dem Aufsichtsschüler … Ich hab geheult.» Es war das größte Geständnis, das du ihr machen konntest, und als du dich später schlaflos im Bett gewälzt hast, wurde dir klar, was du ihr damit hattest sagen wollen – dass sie einen Typen wie dich nicht zum Freund haben wollte, nicht wirklich.

Du hast sie eine Weile angesehen; obwohl du es versucht hast, konntest du nicht erkennen, was sie dachte. Du hättest ihr noch einmal sagen können, dass es dir leidtat, aber das hätte ihr nichts gebracht, nur dir.

«Wundert mich nicht, du Weichei», sagte sie, und du sahst zu ihr hinüber, zwei Schritte von dir entfernt, und dein Blick wanderte über ihre Beine zu der Stelle, wo ihr Minirock aufhörte, die dich nur wenige Minuten zuvor so erregt hatte, wanderte weiter über ihren Hintern und Hals, ihre Hände, ihren Mund; du hattest all das gewollt. Nicht einmal die Erinnerung an irgendwelches Verlangen hatte überlebt.

23

Vor dir die vertraute Form der gekrümmten Schultern deiner Mutter; kaltes Wasser lief aus dem Hahn über ihre Hände, während sie schälte, wie immer schälte. Sie wandte sich um und sah dich an.

«Wo warst du?», fragte sie. «Ich habe gewartet, dass ich hier aufräumen kann.»

«Joe hat mich länger dabehalten», sagtest du.

Sie drehte sich wieder zum Spülbecken um und sagte: «Ich hoffe, er bezahlt dich dafür.»

Joe hatte dich nicht länger dabehalten. Nach deiner Schicht hattest du dir die Schürze ausgezogen und dich am Metallspülbecken gewaschen. Deine Hände und Unterarme waren mit Blut beschmiert gewesen, auch unter deinen Fingernägeln hatte welches geklebt, verkrustet und verhärtet, und zum ersten Mal machte dir das etwas aus, drehte es dir den Magen um. Es gab keine Seife, deshalb hast du den Arm unter den Wasserhahn gehalten und die alte Nagelbürste benutzt. Du spürtest den Schmerz der harten, kratzigen Bürste erst, als Joe dich dort entdeckte und sagte: «Das reicht jetzt, sauberer werden sie nicht!»

Du zogst einen Stuhl unter dem Küchentisch hervor, und er blieb in dem Riss im Linoleum hängen, der sich seit Jahren zentimeterweise über den Boden ausdehnte.

«Hast du Hausaufgaben auf?», fragte deine Mutter.

«Nein.»

«Wie kommt es, dass du nie Hausaufgaben machen musst?» Es war der gleiche Wortwechsel wie jeden Abend, und wie jeden Abend wurde das Thema nicht weiterverfolgt. Du fragtest dich, wie es bei anderen Leuten zu Hause war, doch dann sahst du zu deiner Mutter am Spülbecken hinüber und fandest dich gemein. Sie stellte einen Teller mit Pommes und Spiegeleiern vor dir auf den Tisch.

«Danke», sagtest du und konntest dein plötzliches Gefühl für sie nicht einmal ansatzweise begreifen. Ihr schmaler goldener Ehering war in ihren Ringfinger eingewachsen; als Kind hattest du ihn fasziniert betrachtet – wie ihre Hände durch die jahrelange Arbeit angeschwollen waren und das Fleisch zu beiden Seiten um den Ring herumgewachsen war, ihn eingeschlossen hatte, sodass sie ihn seit Jahren nicht mehr abgenommen hatte. Ob sie es gern getan hätte, hatte sie nie gesagt, und irgendwann würde man sie damit beerdigen.

Sie setzte den Teekessel auf und räumte die Kartoffelschalen aus dem Spülbecken. Dann nahm sie den roten Plastikbottich vom Abtropfbrett und drehte ihn richtig herum.

«Ich mach das schon», sagtest du schnell. Die Flasche mit dem Spülmittel in der Hand, hielt sie inne und sah dich an. Sie hatte grünblaue Augen, deine Ma, mit einem dünnen Schleier darüber, der vermutlich vom Rauchen kam.

«Du machst das?» Sie wusste, dass irgendetwas nicht stimmte.

«Ja.»

Sie lachte schnaufend durch die Nase. «Es geht bestimmt schneller, wenn ich das selbst mache.» Sie rieb sich die Hände am Geschirrtuch ab; sie rieb sich ständig auf diese Art die Hände ab.

Du könntest morgens aufstehen und so tun, als gingst du zur Schule. Stattdessen würdest du zur Katzenhöhle gehen, dort auf Sharon warten und ihr ein paar Kippen mitbringen, sozusagen als Entschuldigung. Dann könntest du zu Joe gehen und mit ihm reden. Du könntest ihn wegen der Lehrstelle fragen, und wenn er ja sagte, könntest du deiner Mutter sagen, du hättest die Lehrstelle bekommen, und dann wäre es weniger schlimm, dass du suspendiert worden warst, oder gar nicht mehr von Bedeutung. Das spendete dir Hoffnung, genug, um einen großzügigen Ring aus Ketchup auf deinem Tellerrand zu ziehen, das Brot mit einer satten Schicht Butter zu bestreichen und die Pommes draufzulegen; die Hitze der Pommes ließ die Butter genau richtig schmelzen, sie rann dir den Ärmel hinunter, also hast du den Ellbogen beim Essen in die Luft gereckt.

«Und, schmeckt es dir?», fragte deine Mutter.

«Ja», sagtest du. Es war die Wahrheit, denn jetzt sahst du, dass alles gut werden würde. Deine Tränen im Büro des Direktors waren unnötig gewesen. Und während du mit Sharon zusammen gewesen warst, hattest du nur deshalb an Vera gedacht, weil du in so schlechter Verfassung gewesen warst, außerdem konnte Sharon es höchstens geahnt, aber nicht gewusst haben. Du würdest es bei anderer Gelegenheit wiedergutmachen. Zeit heilt alle Wunden, so sagte man doch.

Du hast dir eine weitere Scheibe Brot genommen und damit deinen Teller sauber gewischt. Du hast dir vorgestellt, wie du etwas Schönes für deine Mutter kaufen würdest, nachdem Joe dich bezahlt hatte, vielleicht eine von den Porzellanfiguren, die sie so gern mochte. Bei Stanley's gab es die für zwei Pfund und fünf Pence. Du bist aufgestanden und hast den Teller zum Spülbecken getragen, hast sie erst angeblickt, auf ihre Genehmigung gewartet, bevor du ihn hineinstelltest. Als du die Hände frei hattest, schlangst du einen Arm um sie und drücktest sie scherzhaft von der Seite. Sie konnte dich nicht zurückdrücken, aber sie schmunzelte, und das war mehr als genug. Sie konnte manchmal lustig sein, auf eine trockene Art, die dir gefiel. Sie roch nach Tabak und Seife, so wie sie immer roch, so wie Mütter rochen.

24

Im Badezimmer hast du hinter verschlossener Tür dein Spiegelbild betrachtet und das Gesicht verzogen. Du hast mit verschiedenen Gesichtsausdrücken experimentiert, um zu sehen, wie cool du gucken konntest und wie es aussah, wenn du lächeltest; ein paarmal gingst du sogar so weit, dein Spiegelbild zu küssen, hast beobachtet, wie sich dein Gesicht dem Spiegel näherte, die Augen halb geschlossen und so.

«Sonny!», drang die Stimme deines Bruders von unten durch die Decke herauf. Seine Stimme klang ernst, und als er erneut rief: «Sonny, komm sofort runter!», wusstest du, dass etwas nicht in Ordnung war. Im Spiegel sahst du dein ängstliches Gesicht.

Du machtest die Badezimmertür auf und standest oben am Treppenabsatz, hieltest den Atem an und lauschtest, hörtest aber nur Gesprächsfetzen, vermischt mit Stimmen aus dem Fernseher, sodass bei dir oben bloß Lärm ankam. Du hattest dir die Schuhe ausgezogen, bevor du ins Bad gegangen warst, und als du sie auf der Treppenstufe stehen sahst, griffst du danach und zogst sie dir an. Ohne Schuhe an den Füßen war Ärger das Allerschlimmste.

Dein Vater warf dir einen Blick zu, als du das Wohnzimmer durchquertest, einen seltsamen Blick, den du nicht deuten konntest. Deine Mutter saß am Küchentisch, umringt von deinen Brüdern. Sie trug ihre Brille und hielt sich den Brief nah vors Gesicht. Sie spürten, wie du die Küche betratst. Deine Mutter legte den Brief auf den Tisch und fragte: «Was ist das?»

Du hast kein Wort herausbekommen; die glasigen Augen deiner Mutter, durch die Brillengläser vergrößert, hatten dich durch den Raum hindurch im Visier.

«Er ist suspendiert worden, weil er geklaut hat», sagte ein Bruder. «Mehr gibt's da nicht zu sagen.»

Deine Mutter stand auf, fuhr sich mit den Fingern durch die dünnen Haare. Sie richtete sich an der Arbeitsplatte auf, schlug mit den Händen auf das stählerne Abtropfbrett: Es war laut – peng, peng, peng. Dann stand sie still da, und dir fiel auf, dass selbst deine Brüder besorgt dreinschauten.

«Ich ertrag das nicht, Sonny.» Nun wandte sie sich um, ihr Gesicht war gerötet, und du hast gebetet, dass sie nicht zu weinen anfing.

«Geklaut? Was hast du geklaut?»

Doch du hast immer noch nichts gesagt.

«Sonny, antworte mir.»

«Fahrräder, Fahrradteile», sagte ein Bruder und nahm das Schreiben in die Hand, las es aber nicht noch mal, weil er es bereits auswendig kannte.

«Was soll ich bloß mit dir machen? Nichts als Ärger in diesem Haus, konntest du nicht die Finger davon lassen, du Dummkopf? Stehlen, warum stehlen?», fragte sie, und als sie auf dich zukam und dich ohrfeigte, rührtest du dich nicht.

«Was soll ich den Leuten sagen, was soll ich sagen, wenn

sie mich fragen? Es wird sich überall rumsprechen.» Die Ohrfeige war leicht gewesen, hinterließ aber ein stechendes Brennen auf deiner Wange. Sie rieb sich die Hand, als hätte sie sich weh getan, und du fragtest dich, ob der Schmerz ihr jetzt schon bewusst war oder ob sie ihn erst später bemerken würde, wenn sie ins Bett ging.

«Wer soll schon davon erfahren, Ma? Den beachtet doch eh keiner», sagte ein Bruder.

«In dieser beschissenen Wohnsiedlung weiß jeder alles. Die beobachten einen ständig. Ich ertrag das jetzt nicht, Sonny, ich ertrag das nicht.»

«Nimm ihn aus der Schule und schick ihn arbeiten», sagte ein Bruder, «ganz einfach.»

«Er kann von Glück sagen, dass er auf *der* Schule erwischt worden ist; auf jeder anderen hätte er was anderes gekriegt als einen Brief nach Hause», sagte ein Bruder. Augenblicklich sahst du dich auf der Berufsschule, umzingelt von Körpern, Stiefeln und Fausthieben. «Schreib einfach einen Brief, sag, der ganze Ärger tut dir leid und du hast beschlossen, ihn von der Schule zu nehmen, und damit ist die Sache erledigt. Wenn er nicht arbeitet, kriegt er nix zu essen.»

Deine Mutter dachte einen bangen Moment darüber nach und fragte dann: «Und wer würde den Brief schreiben?»

«Ich schreibe ihn für dich.»

«Würdest du das tun?», fragte sie.

«Ja.»

Du versuchtest zu verfolgen, was für dich entschieden wurde, und dann dachtest du, dass du den Brief liebend gern selbst geschrieben hättest. Nur um der Wörter willen, eins nach dem anderen, in einer geraden Linie, die alle zusammen das aussagten, was du beschlossen hattest.

«Wenn Joe ihn allerdings nicht nimmt, hast du ein Problem, was anderes gibt's für ihn nicht.»

Deine Mutter sah deinen Bruder an; diese Möglichkeit hatte sie gar nicht in Betracht gezogen. Dann blickte sie dich an. «Siehst du, was du uns für Ärger machst, was du für Ärger ins Haus bringst? Herrgott, Sonny, ich könnte dich umbringen.» Ihr Blick irrte durch die Küche; gerade war ihr etwas Wichtiges wieder eingefallen. Nachdenklich presste sie die Lippen zusammen. Sie ging auf die Tür zu. «Und natürlich darf ich mich wieder mal um alles allein kümmern, weil dieser Versager bloß faul da rumsitzt.» Sie hatte ihre Stimme wiedergefunden. Und kam richtig in Fahrt. «Dein Sohn ist suspendiert worden, weil er geklaut hat, und du bleibst auf deinem faulen Hintern sitzen, als ginge dich das alles nichts an», brüllte sie in die Dunkelheit des Wohnzimmers hinein. «Wenn die Polizei erst mal hier an die Tür klopft, geht es dich sehr wohl was an.»

Und das war's, damit hatte sie ihn. Hinter dir hörtest du, wie der *Evening Herald* zusammengeknüllt und auf den Boden geworfen wurde. Angst blitzte in den Augen deiner Brüder auf, und deine Mutter verstummte. Du spürtest einen gewaltigen Stoß an deiner Schulter; er schubste dich in die Küche hinein, du bist gestolpert und auf dem Boden gelandet. Du hast aufgeblickt, und da stand er, sein Gesicht knallrot. Du hast dich aufgerappelt.

«Was hast du geklaut?», fragte dein Vater, seine Stimme klang heiser und so wütend, dass sein ländlicher Akzent durchschlug. «Was du gestohlen hast, habe ich gefragt.» In der kleinen Küche war kein Platz, um ihm auszuweichen, und du spürtest bereits, wie sich die Kante der Arbeitsplatte in deinen Rücken bohrte.

«Muss ich noch mal fragen?», sagte er.

«Fahrradteile», sagtest du.

«Zeig sie mir. Wo hast du sie?»

Dein Blick folgte ihm, als er auf die Küchentür zuging und sie aufriss.

«Los, komm schon!», rief er.

Du gingst an ihm vorbei und ducktest dich ein wenig, obwohl er dich nie schlagen würde, nicht auf diese Weise.

Du standest bebend im dunklen Schuppen. Hast dich zu ihm umgedreht und nur seine massigen Umrisse im Türrahmen wahrgenommen.

«Wo?», fragte er und hieb dir mit der Handkante auf die Schulter. Du bist gegen die Wand gekracht. «Wo?», fragte er.

«Da», sagtest du und zeigtest auf das Fahrrad.

«Was davon?», fragte er. Du hast zum Fahrrad hinübergeblickt. Was davon? Den Rahmen hattest du nur ein bisschen gestohlen. Du hattest ihn an einem Bushaltestellenschild angekettet gesehen, in der Nähe von Deansgrange; das Rad hatte lange dort gestanden, von Dieben zerpflückt, der Sattel, die Reifen und die Kleinteile – alles abmontiert. Übrig geblieben war nur das dicke Kettenschloss, mit dem das Stahlgerippe am Bushaltestellenschild festgemacht war. Dort, wo jemand versucht hatte, es mit Hammer und Meißel aufzubrechen, war das Schloss voller Kerben. An einem Sonntagabend hattest du die Dunkelheit abgewartet. Du hattest dir den Rahmen mit dem Kettenschloss über die Schulter gehängt, festgestellt, dass es nicht schwer war, und warst damit am Bushaltestellenschild hochgeklettert.

Oben angekommen, hattest du einfach das Kettenschloss über das Schild gezogen und warst mit dem befreiten Rahmen wieder runtergerutscht. Du hattest das Rad nach Hause getragen und dann langsam, Abend für Abend, mit einer kleinen Metallsäge am Kettenschloss gesägt und gezählt, wie oft das Sägeblatt drübergefahren war. Es waren mehrere tausend Mal, bis die Kette zu deiner stillen Befriedigung vom Rahmen abfiel. Danach fingst du an, die Supermarktparkplätze nach ausrangierten und vergessenen Teilen abzuklappern. Die Ausbeute war nicht schlecht: Die Lenkstange, das Schutzblech und die Fahrradkette fanden alle auf diesem Weg zu dir. Aber das gute Zeug? Das gute Zeug wurde von den Eltern deiner Klassenkameraden gekauft, in schicken Fahrradläden, die du nur betreten hattest, um zu sehen, wie die einzelnen Teile zusammengehörten. Man war dir auffällig durch den ganzen Laden gefolgt. Mit jedem Besuch wurdest du schärfer überwacht, bis dir der Verkäufer sagte, du solltest dich nicht mehr blicken lassen, ohne was zu kaufen. Daraufhin hast du begonnen, dir die Räder im Fahrradschuppen der Schule anzuschauen. Dir fiel ein Puma-Rad mit zehn Gängen auf, dessen Sattel schief war. Das störte dich, also rücktest du ihn gerade. Und als du merktest, wie lose er war, warfst du einen kurzen Blick über deine Schulter, zogst ihn mühelos vom Rad ab und stecktest ihn in deine Tasche.

«Alles davon», sagtest du.

«Was?», fragte dein Vater.

«Alles davon ist gestohlen.»

«Herr im Himmel», sagte er und sah dich an, als wollte er dich schlagen, stattdessen schoss er vor, griff sich das Fahrrad und schleuderte es wie ein Kissen durch den

Schuppen. Es donnerte mit solcher Wucht gegen die Betonwand, dass es einen Moment in der Luft zu schweben schien, wie in einem Cartoon, bevor es zu Boden krachte. Die vorderen Gabeln bogen sich zur Seite weg, und aus dem verunstalteten Vorderrad ragten wie winzige Antennen einige Speichen heraus.

Dein Vater fand seinen Vorschlaghammer. Er lag auf dem Boden neben der Wasserwaage und zwei stumpfen Stahlmessern, deren Griffe mit orangefarbener Kordel umwickelt waren. Mit seiner guten Hand hob er ihn auf, ging in die Hocke, schwenkte ihn hoch über den Kopf und schlug mit aller Gewalt zu, dass die Mittelstange brach. Es war ein befriedigendes Geräusch, wie Stahl auf Stahl trommelte. Als er fertig war, richtete er sich auf, außer Atem, musterte dich einmal von Kopf bis Fuß, dann warf er den Vorschlaghammer beiseite und ging an dir vorbei, ging siegreich durch die Stille der Küche hindurch. Selbst aus dem Schuppen hörtest du seine schweren Schritte, die Treppe hoch und bis ins Bett. Er würde dort stundenlang wachliegen, in die Dunkelheit blinzeln, warten, bis es für die anderen Zeit wurde, ins Bett zu gehen, und dann wieder aufstehen.

Du hast zu dem Fahrrad hinübergesehen. Du warst kein einziges Mal darauf gefahren. Es war nicht mehr deins; es diente bloß noch als Beweis für irgendetwas.

Als du zurück in die Küche kamst, behutsam die Tür hinter dir zuzogst, schaute niemand dich an oder sagte etwas. Deine Mutter hatte dir den Rücken zugekehrt.

25

Du gingst die O'Connell Street hinauf, bis zum Gresham Hotel, wo dir ein riesenhafter Nachtportier vorübergehend das Gefühl von Sicherheit verlieh; wie ein alter Zenturio auf der Stadtmauer hatte er davor Posten bezogen, trug einen edlen langen schwarzen Wollmantel, Handschuhe und eine dunkle Kappe. Hinter ihm sahst du funkelnde Kronleuchter und dicke, flauschige Teppiche. Niemand, den du kanntest, war je hier abgestiegen, aber wie deine Mutter erzählte, hatte eine Tante dort einmal ihren Nachmittagstee getrunken; noch Monate später hatte sie vom Duft edler Parfüms geschwärmt und erzählt, wie sie ohne ihre Handtasche zur Toilette gegangen war und sich geschämt hatte, weil sie der Klofrau keine Münzen dalassen konnte.

Wenige Schritte vor dem Nachtportier bliebst du stehen und hieltest dich an einer Straßenlaterne fest, um nicht umzufallen. Du hattest eine Flasche Malibu intus, die du aus dem Schrank im Flur genommen hattest, bevor du einen letzten Blick auf das Fahrrad geworfen und dich unbemerkt rausgeschlichen hattest. Auf dem Weg hierher war dir zwar aufgefallen, wie sehr du schwanktest, aber du hattest nichts dagegen tun können. Du hast deinen Tabak rausgeholt und begonnen, hoch konzentriert eine Zigarette zu drehen. Am Ende der O'Connell Street stand wie ein Leuchtturm das Ambassador-Kino, ein letztes Lichtsignal vor der Schwärze Nord-Dublins.

«Wollen Sie auch eine?», hast du den Nachtportier gefragt und die unförmige Zigarette in die Luft gehalten, bevor du sie dir in den Mund gesteckt und angezündet hast. Der Portier lächelte leicht, aber auf eine Art, die dich wissen ließ, dass seine Geduld mit dir begrenzt war. Er war etwa so alt wie dein Vater, aber sein Leben war anders verlaufen, das verrieten dir seine weichen Gesichtszüge.

«Sind Sie Nichtraucher?», fragtest du.

«Wohl einen über den Durst getrunken?», fragte er mit dem gleichen Akzent, mit dem du sprachst, allerdings war seiner ein wenig abgemildert.

«Ja, ich hab einen ... übern Durst getrunken.»

Er stellte sich neben dich, wandte sich aber dem Hoteleingang zu, um die Glastüren im Blick zu behalten.

«Bist du dafür nicht ein bisschen jung?», fragte er. «Ich hoffe, du bist auf dem Weg nach Hause?» Er schob die Finger in seine Handschuhe, zog das Kalbsleder fest um seine Finger.

«Ich weiß nicht, ich glaub nicht.»

«Wo willst du denn in so einer ungemütlichen Nacht hin?»

«Bloß ein bisschen durch die Gegend spazieren.»

«In deiner Verfassung bist du ein leichtes Opfer.»

«Für wen?»

«Egal für wen, du bist eins.»

«Schon möglich», sagtest du. «Aber ich bin in jeder Verfassung ein leichtes Opfer.»

«Mag sein», sagte er. «Geh einfach auf dem schnellsten Weg nach Hause.»

«Es ist aber das einzige Licht auf der O'Connell Street», sagtest du mit Blick auf den blass beleuchteten Gehsteig.

«Nicht das einzige», sagte er.

«Das einzige von der Art.»

«Da könntest du recht haben.»

«Ich hab eine Freundin, eine Frau, die ist oft hier zu Besuch, Vera, Vera Hatton? Kennen Sie sie?»

«Vielleicht vom Sehen.»

«Sie ist Engländerin», sagtest du.

Er lachte. «Das grenzt es nicht gerade ein», sagte er.

«Sie ist schön, sie ist wahnsinnig schön.» Deine Zigarette war heruntergebrannt, und du warfst sie auf den nassen Bürgersteig, der ihr Glimmen verschlang.

«Ich werde nie hier übernachten», sagtest du, und als sich eure Blicke begegneten, konntest du sehen, dass ihm unbehaglich zumute war.

Du hast dich von der Straßenlaterne abgestoßen, zurück in die Richtung, aus der du gekommen warst. Das Gehen fiel dir noch schwerer als zuvor, ein- oder zweimal rutschte dein Fuß über die Bordsteinkante, und du bist auf die Straße gestolpert. Ein Stück weiter hast du dich umgedreht und seine winzige Gestalt erkannt, einen Arm in die Luft gereckt, um ein Auto herbeizuwinken, vermutlich ein Taxi.

Du bliebst stehen und versuchtest, scharf zu sehen. Es war ein Polizeiwagen, der neben ihm anhielt. Der Nachtportier steckte den Kopf durch das heruntergelassene Fenster, sagte etwas und deutete dabei auf dich. Es dauerte einen Moment, bis es bei dir klick machte – bis du das

Blaulicht sahst, das sanft über die Wände der umliegenden Gebäude strich – und du losranntest, in eine unbekannte Straße einbogst. Langsam fuhr der Wagen an dir vorbei, ohne dass die Polizisten deinen zusammengekauerten Körper in dem dunklen Hauseingang entdeckt hätten. Du bist weitergerannt, zurück über die Brücke, wo ein paar verstreute Lichter über die dunkle Oberfläche des Flusses streiften.

Prostituierte standen entlang des Kanals, und als du an ihnen vorbeikamst, wirkten ihre Gesichter verzerrt, Gold glitzerte im Licht der Autoscheinwerfer.

Ein Stück weiter war die Promenade menschenleer, abgesehen von einer Frau, die wie eine Seiltänzerin über die Bordsteinkante auf dich zubalanciert kam. Als sie dich sah, ging sie zu einer Bank in der Nähe.

«Kann ich mich dazusetzen?», fragtest du, als du näher kamst.

«Setz dich», sagte sie. Sie war Ausländerin. Sie hatte einen Akzent, den du aber nicht zuordnen konntest. «Hast du Geld?», fragte sie, blickte forschend an dir vorbei auf die leere Straße.

«Nein, kein Geld, aber ich will nicht … Sie wissen schon», hast du gesagt und dich so schwungvoll auf die Bank gesetzt, dass die hölzernen Balken euch einen Moment leicht auf und ab hüpfen ließen.

Sie blickte zu einem vorbeifahrenden Auto hinüber. Zwei große Männer saßen auf den Vordersitzen und schauten durch die Scheibe in eure Richtung. Das Auto hielt an, blieb einen Moment stehen, dann überlegte es sich der Fahrer anders und fuhr weiter.

«Polizei», sagte sie.

«Echt?»

«Guck nicht so erschrocken. Ja, das ist die Polizei.»

Dann war es still, still genug, um das sanfte Strömen des Kanals zu hören, dessen schwarzes Wasser auf das Meer zufloss.

«Ich hab zehn Pfund», sagtest du in die stille Nacht hinein, und eine Sekunde lang schien es, als hätte sie dich nicht gehört, und du warst nicht sicher, ob du den Mut aufbringen würdest, es zu wiederholen. Dann bewegten sich bloß ihre Augen, sahen dich an, ohne dich anzusehen.

«Gib her», sagte sie. Du hast dich an ein paar Münzen und Kleinkram vorbei bis zu dem alten Geldschein getastet und ihn herausgezogen. Ohne dich anzusehen, nahm sie ihn zwischen ihre leuchtend lackierten Fingernägel und steckte ihn mitsamt ihrer Hand in die Tasche.

Du blicktest die leere Straße entlang und dachtest, dass du diese Straße noch nie bei Tag gesehen hattest und wie anders sie tagsüber aussehen musste mit den Baumreihen, den kleinen Bänken und dem Kanal. Hübsch.

«Was willst du für die zehn Pfund?» Sie begann, ihren Mantel aufzuknöpfen und atmete schwer aus, wie ein Mann, der vom Tisch aufsteht, um zur Arbeit zu gehen, aber nicht zur Arbeit gehen will. Dein Blick glitt über sie, Knopf für Knopf. Du sahst ihre nackten Brüste.

«Zehn Pfund sind nicht viel. Für zehn Pfund kriegst du nicht viel.» Als sie sich zu dir vorbeugte, wurde ihr Geruch intensiver, sie legte eine Hand um deinen Nacken, umklammerte ihn mit den Fingern, bis es weh tat.

Über ihre Schulter hast du gesehen, wie die Zivilstreife gemächlich auf dich zugefahren kam. Du hast sie gesehen, und es war dir egal, obwohl noch Zeit gewesen wäre, um dich von ihr loszureißen und dich in Sicherheit zu bringen, aber du wolltest nicht in Sicherheit sein, also hast du die Hand ausgestreckt und ihre Brust umfasst; ihre Haut fühlte sich heiß und klebrig an.

Als sie das Auto sah, stand sie schnell auf, setzte zu einem langsamen Lauf über die Straße an, verschwand im Schatten der Bäume, ließ dich allein auf der Bank zurück.

Die Autotür ging auf, zwei uniformierte Polizisten kamen heraus und auf dich zu. Einer von ihnen blieb stehen, stellte einen Fuß auf den Bordstein, den anderen ließ er auf der Straße stehen, er stemmte eine Hand in die Hüfte und blickte dem Mädchen nach.

«Laufen kann sie ja», sagte er mit schwerem, ländlichem Akzent.

Der andere Polizist lachte. «Die ist wie 'n Bumerang – gib ihr ein paar Minuten, und sie kommt zurück.»

Als sie näher kamen, wolltest du aufstehen; das hatte man dir so beigebracht. Doch deine Beine fühlten sich kraftlos an, und dein Kopf rollte hilflos hin und her.

«Und was ist mit dir los?», fragte der Polizist zu deiner Rechten, aber du hast nicht schnell genug geantwortet für seinen Geschmack; sein polierter Stiefel glänzte wie ein Klappmesser und trat zu. Ein stechender Schmerz durchfuhr dein Schienbein, und du kipptest auf der Bank vornüber.

«Entschuldigung, Sir», sagtest du.

«Was mit dir los ist, habe ich gefragt.»

«Ich war auf einer Party, Sir, und es gab Wein, und ich habe welchen getrunken, und dann ist mir schlecht geworden, und ich habe mich hingesetzt, und die Dame hat versucht, mir zu helfen, Sir.»

«Ja, sah ganz danach aus, als hätte sie dir geholfen», sagte der andere Polizist, aber jetzt in einem anderen Ton, vermutlich weil du seinen Kollegen mit «Sir» angeredet hattest.

«So, und nun hoch mit dir und ab nach Hause, ich will dich hier nicht noch mal sehen.»

«Ja, Sir», hast du gesagt und bist aufgestanden. Du schwanktest, taumeltest nach vorn, auf die Polizisten zu und landetest hinter ihnen auf den Knien, auf dem Boden. Über dir hörtest du einen der Polizisten sagen: «Für so was hab ich echt keine Zeit.»

«Ja, aber was will man machen», sagte der andere. «Wirf ihn hinten rein.» Du spürtest ihre Hände an deiner Schulter und wurdest hochgezogen.

«Wenn du mir ins Auto kotzt, wird das die schlimmste Nacht deines Lebens, das schwöre ich dir.» Du wurdest auf die Rückbank des Polizeiwagens gestoßen und spürtest, wie der Motor startete. Der Polizist auf dem Fahrersitz sagte: «Wir sind kein verfluchtes Taxiunternehmen … Es wäre einfacher, ihn über Nacht einzusperren.»

«Dafür müssten wir Tatvorwurf gegen ihn erheben. Trunkenheit und Erregung öffentlichen Ärgernisses, nehme ich an.»

«Gut, bringen wir ihn auf die Wache und entscheiden dort», sagte er und legte den Gang ein. Das Auto setzte sich in Bewegung.

«Der diensthabende Polizist wird noch da sein.» Das änderte etwas. Der Wagen kam zum Stehen, sie blickten einander an, und einer der beiden sagte: «Das muss ich nicht unbedingt haben. Wo wohnst du?», fragte er. Als du keine Antwort gabst, drehte er sich auf seinem Sitz um und blickte dich aus dunklen Augen an.

«Meine Eltern sind verreist», hast du gesagt.

«Und wo wohnst du solange? Du musst doch irgendwo übernachten.» Als du nicht geantwortet hast, sagte der andere Polizist, dass du seine Geduld strapazieren würdest.

«In Monkstown», hast du da gesagt. «Ich übernachte bei meiner Tante an der Montpelier Parade.»

26

Die Straßen waren nass und leer, und die Straßenlaternen leuchteten wie Fackeln. Ballsbridge, Donnybrook und weiter raus nach Blackrock. Über die Küstenstraße nach Monkstown. Das Auto roch nach Schweiß und noch etwas anderem, Pisse vielleicht, aber nicht stark. Die beiden Polizisten schwiegen. Ab und zu kam eine statische Stimme über Funk, aber sie schienen damit zufrieden, sie zu ignorieren, bis der Polizist auf dem Beifahrersitz sich schließlich übertrieben schwerfällig vorbeugte und den Ton leiser stellte.

Polizisten konnte man nicht trauen. Jeder wusste das. Schweine wurden sie genannt. Die Prostituierte war ein Schwein für sie. Und du? Warst selbst ein Schwein.

Von der Monkstown Road aus konntest du Veras Haus auf der anderen Seite der alten Steinmauer sehen. Du hast gewartet. Hast abgewartet, ob hinter ihrem Schlafzimmerfenster Licht brannte, zwei nach oben, eins zur Seite.

Dunkelheit.

Du bist tiefer in deinen Sitz gesunken und hast den Kopf auf die Brust sinken lassen.

«Welches Haus ist es?», fragte der Polizist und drosselte das Tempo. Wie großmäulig du die Polizisten vorhin angelogen hattest.

«Das Haus», sagtest du. «Da.» Sie hielten an, die Scheinwerfer erleuchteten ein Stück Straße.

«Sie wird mich umbringen», hast du gesagt. «Kann ich allein reingehen? Es kommt auch nie wieder vor.»

«Jetzt sind wir extra den ganzen Weg hierhergekommen, da wollen wir auch sichergehen, dass du wohlbehalten ankommst.»

Einer der Polizisten stellte sich vor deine Tür und wartete, bis der andere Polizist das Auto umrundet hatte, bevor er sie öffnete.

«Raus mit dir», sagte er, aber du hast dich nicht gerührt. Du bist sitzen geblieben, ein nutzloser Klumpen ohne Plan, und er hat hereingegriffen, die Haare in deinem Nacken gepackt und dich daran auf den nassen Gehweg gezerrt.

«Glaubst du, ich kann mir leisten, Zeit mit dir zu verschwenden?», hörtest du ihn sagen. «Setz deinen Scheißhintern in Bewegung!» Du spürtest, wie sich eine Hand grob unter deinen Arm schob, in deiner Achsel festhakte und dich vorwärtsstieß, bis zu der Steintreppe. Der eine Polizist hielt dich an Ort und Stelle, während der andere zielstrebig die Stufen hinaufstieg und die Türklingel betätigte. Er trat einen respektvollen Schritt zurück und stand plötzlich aufrecht da, wartete. Jetzt erst fiel dir auf, dass er seine flache Polizeimütze aufgesetzt hatte und sehr schneidig aussah.

Du hast zu ihrem Schlafzimmerfenster hinaufgeblickt und gewartet, dass Licht anging, hast auf ein Lebenszeichen gewartet. Nichts. Der Polizist streckte die Hand aus, um ein zweites Mal auf die Klingel zu drücken, doch bevor er seinen Finger zurückziehen konnte, schwang die Tür auf, und dort stand sie. Einen Moment lang herrschte herrliche Stille. Du hast versucht, ihr Gesicht zu erkennen, konntest aber nur die Konturen ausmachen. Sie hatte nicht geschlafen. Sie hatte euch aus der Dunkelheit beobachtet.

Der Polizist, der dich festhielt, räusperte sich, bevor er zu sprechen begann.

«Kennen Sie diesen jungen Mann?»

Vera hatte es nicht eilig, ihm zu antworten, und du hättest dich klein zusammenrollen und in dem Raum zwischen den Wörtern verstecken können.

«Ja», sagte sie schlicht.

«Er behauptet, er sei Ihr Neffe.»

«Mein Neffe», sagte sie, und du meintest, ein Lächeln erkennen zu können, und hattest Hoffnung.

«Wir haben ihn am Kanal aufgelesen. Betrunken. Er behauptet, er sei auf einer Party gewesen und hätte dort getrunken, aber er war am Kanal, wir haben ihn am Kanal aufgegabelt.»

«Am Kanal», sagte Vera.

«Er war nicht allein. Wir sind bereit, die Angelegenheit auf sich beruhen zu lassen, wenn Sie uns versichern können, dass er sich dort nicht mehr blicken lässt.» Er hielt dich immer noch im Griff, entweder um dich zu stützen oder am Weglaufen zu hindern.

Als Vera vortrat, fiel das Licht von der Hauptstraße auf sie. Sie war schön, deine Vera, selbst dann noch, als ihre Hand dir ins Gesicht schlug.

«Er wird sich dort nicht mehr blicken lassen», sagte sie zu den Polizisten. Du spürtest, wie sich der Griff des Polizisten lockerte. Vorsichtig, um Gleichgewicht bemüht, gingst du durch die Tür.

«Gute Nacht», hörtest du den Polizisten hinter dir sagen, und du wusstest, dass er die Geschichte später auf der Wache zum Besten geben würde: «Na, die hat ihm ordentlich eine gezimmert», würde er sagen und sich vor Lachen ausschütten.

Im Flur hast du gewartet, dass sich deine Augen der Dunkelheit anpassten, so wie ihre es tun mussten, wenn sie nachts im Haus umherging. Du erkanntest die Umrisse ihres Körpers; sie stand dir zugewandt, die Hände hinter dem Rücken, die Schultern an die geschlossene Tür gelehnt.

«Was willst du?», fragte sie, als könntest du keine Antwort geben, die sie aus der Ruhe brächte. Es war so eine einfache Frage.

«Nichts», sagtest du mit einem Schulterzucken, dann spürtest du Enttäuschung wie Dunst in dir aufsteigen. Sie bewegte sich vorwärts, und einen Augenblick glaubtest du, sie käme auf dich zu. Stattdessen hörtest du das metallene Geräusch des Riegels, die Tür wurde aufgezogen, Nachtluft strömte herein und fand dich.

«Ich weiß es nicht», sagtest du. «Ich weiß nicht, was ich will.» Du gingst auf die Stufen zu. «Sagen Sie es mir.»

«Raus», sagte sie.

Du hast nach draußen geblickt, auf die glitschigen menschenleeren Straßen, die hohen Bäume. «Ich will bleiben, das will ich. Ich will bleiben», hast du zu ihr gesagt. «Bitte.»

Zum ersten Mal konntest du sie klar erkennen. «Mach die Tür zu», sagte sie. «Und warte im Wohnzimmer.» Sie ging an dir vorbei die Treppe hoch und verschwand.

Das Licht der Straßenlaternen drang durch die Ritzen im schweren Stoff der Vorhänge. Du bist um das Sofa herumgegangen und hast dich gesetzt, hast ihren leisen Geräuschen im oberen Stock gelauscht. Ein Rumpeln, das du nicht einordnen konntest; vielleicht wurde ein Schrank geöffnet. Ihre Schritte waren sacht und bedächtig, und du konntest sie nachverfolgen, aus dem Schlafzimmer bis zur anderen Seite des Hauses, wo du Wasser laufen hörtest.

Sie erschien im Türrahmen, mit einem kleinen Stapel Decken auf dem Arm. Du bist aufgestanden, als sie die Decken auf der Armlehne ablegte.

«Danke», sagtest du. Sie legte ein Kissen ans eine Ende, wandte sich um und sah dich an.

«Du stinkst», sagte sie. «Den Gestank kriege ich nie wieder aus meinem Sofa raus.» Sie stand in der Tür und wartete. «Komm mit.»

Du bist ihr die Treppe hinauf gefolgt und zum Badezimmer. Du hörtest, wie das Wasser abgedreht wurde, und dann noch ein paar vereinzelte Tropfen. Als du das Bad betratst, kniete sie vor der Wanne und strich mit den Fingern durchs Wasser.

Das Bad war nicht hell erleuchtet, aber nach der Dunkelheit in den anderen Räumen wirkten die beiden Glühbirnen zu beiden Seiten des Spiegels grell.

«Deinen Mantel kannst du da an die Tür hängen», sagte sie und richtete sich auf. Beinahe reglos blieb sie stehen und sah dich an.

Du hast deinen Parka ausgezogen, schüchtern den Blick von ihr abgewandt und den Haken gefunden. Du hast so getan, als wolltest du dich vergewissern, dass der Parka richtig hing, damit sie Zeit hatte, dir zu sagen, dass sie dich jetzt allein lassen würde oder dass du sie nicht beim Schlafen stören solltest, wenn du fertig wärst, oder eins der Dinge, die du von ihr zu hören erwartetest. Doch als du dich umwandtest, stand sie unverändert da.

«Zieh dich aus», sagte sie.

Du sahst verängstigt aus, das wusstest du, und dein Gesicht lief rot an. Du hattest keine Ahnung, womit du anfangen solltest; du hast an deinem Gürtel herumgezupft, ihn geöffnet, dann mit dem obersten Knopf an deinem Hemd weitergemacht. Du hast auf deine Hände geblickt, deine Fingernägel und gesehen, dass sie fast schwarz waren, und es fühlte sich vollkommen falsch an: Sie schienen nicht zu dir zu gehören. Mit einem Mal fühlte es sich an, als wäre alles voneinander abgetrennt.

Du hast einen Knopf geöffnet, dann den nächsten, und als du dich trautest, zu Vera hinüberblicken, ihr versehentlich in die Augen sahst, war es unmöglich zu erahnen, was sie dachte.

Du hast dir das Hemd ausgezogen, und es fühlte sich an, als würdest du einer Frucht die Schale abziehen, und das, was sich darunter verbarg, war zart und weiß und konnte mit dem bloßen Daumennagel zerquetscht werden.

«Wirf es ruhig auf den Boden», sagte sie.

Du hast das Hemd fallen lassen, dich dann gebückt, deine Schnürsenkel gelöst und dir die Stiefel von den Füßen gezogen. Als du den Knopf an deiner Jeans aufgemacht hast und anfingst, den Reißverschluss nach unten zu ziehen, traf dich die Erkenntnis; du blicktest zu ihr auf und wusstest, dass sie dich bestrafte.

Du hast dir die Jeans die Beine runtergeschoben, bis zu den Knöcheln, ungeschickt deine Füße daraus befreit, als hättest du dich noch nie selbst ausgezogen. Du hast dich aufgerichtet, in Unterhose vor ihr gestanden und dir die Hände vor den Schwanz gehalten. Du dachtest an die Nachtluft und daran, wie du ziellos umhergewandert warst. An dein Bett zu Hause, an die kalten Decken und die Atemgeräusche der Brüder. Du zogst dir die Unterhose aus und standest nackt vor ihr.

Sie wandte sich halb der Badewanne zu und forderte dich auf hineinzusteigen, also gingst du an ihr vorbei und hast erst einen, dann den anderen Fuß ins Wasser getaucht. Es war heiß, gerade so heiß, dass es nicht mehr weh tat. Du hast dich in die Wanne gelegt, gespürt, wie das Wasser um deine Oberschenkel und deine Hüften wirbelte, die aufwallende Erregung.

Sie griff nach einem Stück Seife und einem Waschlappen und kniete sich so nah neben dir hin, dass du jede kleine Hautunreinheit, jedes Fältchen und jedes Haar erkennen konntest. An ihrem linken Ohr hatte sie zwei Ohrlöcher. Sie rollte den Ärmel hoch und tunkte die Seife ins Wasser. Sie wickelte den Waschlappen um die Seife, befahl dir, dich vorzubeugen, und als du deine Knie umschlangst, begann sie, mit dem Waschlappen über deine Schulter und deinen Rücken zu fahren; dein Schwanz drückte gegen deinen Bauch.

«Lehn dich zurück», sagte sie.

Du warst nicht sicher, glaubtest aber zu hören, dass ihre Stimme sanfter klang. Als sie den Arm ausstreckte, um deine andere Schulter zu waschen, strich der Stoff ihres Bademantels über dein Gesicht. Du hast dorthin geblickt, wo der Bademantel sich öffnete, und den Ansatz ihrer weißen Brust gesehen. Du wolltest die Hand nach ihr ausstrecken, sie zu dir heranziehen und das Gewicht ihres Körpers spüren. Ihre langen Finger tauchten in das Wasser, und sie musste es gespürt haben.

«Nicht», sagte sie, und du spürtest die plötzliche Kälte des erleuchteten Raums. Sie betrachtete dich mit diesem eigenartig leblosen Gesichtsausdruck, als wärst du eine Kuriosität oder ein Ausstellungsstück.

Am Waschbecken nahm sie ein Handtuch vom Haken und trocknete sich die Hände ab. Sie begutachtete ihr Spiegelbild, beugte den Kopf ein Stück vor und rieb sich die Augen, als wäre sie plötzlich müde.

Du blicktest an dir herunter; das Wasser schwappte dir über die Brust, und darunter schlackerte dein schlaffgewordener Schwanz in deinem Schamhaar.

Sie öffnete eine kleine grüne Cremedose, die sie vom Rand des Waschbeckens genommen hatte, und tauchte einen Finger hinein. Während sie in den Spiegel blickte, trug sie die Creme auf ihr Gesicht auf, und von dort, wo du lagst, rochst du sie. Es war ihr Geruch – er kam aus einer kleinen grünen Dose.

Vera strich sich noch einmal mit den Händen übers Gesicht, dann drehte sie den Deckel wieder auf die Dose.

«Ich gehe jetzt ins Bett», sagte sie und warf dir einen Blick zu. «Mach das Licht aus, wenn du fertig bist.»

Sie sah dich noch einen Moment an, bevor sie das Badezimmer verließ. Sie ließ die Tür einen Spalt offen, und du hörtest ihre Schritte, die sich über den Flur auf ihr Schlafzimmer zubewegten, wo sich die Tür fest hinter ihr schloss.

Als du aufstandest, schien das Wasser an dir herabzustürzen. Der Spiegel war fast vollständig beschlagen und reflektierte nur hier und dort einen kleinen Teil von dir. Diesen Teil, aber nicht jenen, gab hier etwas preis, dort nicht.

Als du deine Jeans anzogst, blieb sie an deinen Beinen kleben. Du hast deine Unterhose zu einem Ball zusammengerollt und in dein Hemd gewickelt, dann hast du beides in die geräumige Tasche deines Parkas gesteckt. Du gingst zurück zur Badewanne und blicktest auf den feuchten Schmutzfilm, den du hinterlassen hattest und der am Boden erstarrt war, abgestorbene Haut und Haare. Ihr hattet etwas miteinander geteilt, so flüchtig es auch sein mochte, das spürtest du. Du drehtest den Wasserhahn auf, und das warme Wasser spülte die Reste weg.

An der Treppe hast du dich am Geländer festgehalten und gelauscht. Sie kannte ihr Haus und musste wissen, dass du dort standest. Sie musste gehört haben, wie du das Licht ausgemacht und dich bemüht hattest, nicht gehört zu werden, während du auf den Flur hinaustratst. Du fragtest dich, ob sie die Augen geöffnet hatte und lauschte, was du als Nächstes tun würdest, aber du nahmst an, dass sie es bereits wusste.

Du gingst über den Flur und spürtest den kalten Türknauf in deiner Hand, drehtest ihn herum und drücktest die Tür auf. Sie lag im Bett, die Augen geöffnet, wirkte nicht im mindesten überrascht.

«Ich will nicht auf dem Sofa schlafen, ich will hier schlafen, bei dir.» Du hast nicht auf eine Antwort gewartet; du bist zu ihrem Bett gegangen, hast dich erst abgewandt und deine Jeans aufgemacht, dich auf den Rand gesetzt und sie abgestreift. Als ihr Protest ausblieb, hast du dich getraut, dich unter die Decke geschoben und ihr das Gesicht zugewandt. Sie sah dich an. Du spiegeltest dich in ihren Augen wider, die selbst aber nichts preisgaben.

Sie beugte sich zum Lichtschalter und knipste das Licht aus, und im dunklen Schlafzimmer strecktest du die Hand nach ihr aus. Sie war nackt und ihre Haut unter der Decke warm. Deine Hände auf ihrem Körper fühlten sich rau an. Sie war überraschend zart in deinen Armen, und du zogst sie an dich, spürtest, dass sie dir entgegenkam.

Ihr Atem veränderte sich, wurde tiefer. Du spürtest, wie sich die warme Luft an deinem Ohr bewegte, als wärst du in ihrem Bett ein anderer. Ihre Hüfte drückte gegen deine. Und als sie dich mit trockener, hungriger Stimme aufforderte, sie zu küssen, warst du überwältigt, und du hast sie geküsst, spürtest ihren Kuss mitsamt dem heißen Atem darin.

Sie kniete sich über dich, nahm deinen Schwanz und führte dich in sich hinein. Sie senkte sich herab, und du spürtest sie überall um dich herum. Du hast die Hand nach ihrem Gesicht ausgestreckt, aber sie war zu weit entfernt. Sie war irgendwo in der Dunkelheit, nirgendwo wirklich.

In einem schwindelerregenden Rausch hast du dich aufgesetzt, die Arme um ihre Taille geschlungen, dein Gesicht zwischen ihren Brüsten, und laut gestöhnt. Sie bewegte die Hüften ein paar weitere Male, langsamer, ohne die vorherige Dringlichkeit. Ihre Finger fuhren durch dein Haar, und schon spürtest du, wie das Gewicht ihres Körpers von dir genommen wurde, erst ein Bein, dann das andere, während sie von dir herunterstieg. Sie saß dort auf der Bettkante, atmete langsam, sonst war sie still und reglos.

Die Zeit verging, vermutlich nicht besonders viel, aber dir kam es endlos vor; du wolltest die Hand nach ihr ausstrecken, brachtest es aber nicht fertig. Schließlich wandte sie sich um, griff nach einer Zigarette, und du versuchtest, ihr Gesicht zu erkennen, während sie an der Zigarette zog und die Spitze zum Brennen brachte. Noch immer spürtest du den Schweiß an deinen Oberschenkeln, wo sie auf dir gesessen hatte, das Zimmer war erfüllt von Rauch und Sex, und deine Verwirrung hing atemlos über dir.

Sie hielt dir ihre Zigarette an die Lippen, ließ dich einmal daran ziehen, bevor sie sie ausdrückte. «Du solltest unten schlafen», hörtest du sie sagen.

Sie hatte dir den Rücken zugewandt, und du spürtest, wie ihre Seite des Betts in die Dunkelheit davonsegelte, dich allein dahintreiben ließ.

Draußen auf der Monkstown Road fuhr ein später Wagen vorbei, vielleicht das einzige Geräusch bis zum Morgengrauen, wenn sich die Dieselzüge und Autos wieder in Bewegung setzen würden. Du bist nicht nach unten gegangen, um dort zu schlafen, sondern hast die Hand nach ihr ausgestreckt und sie behutsam am Rücken berührt, mit den Fingern über ihre Haut gestrichen, wolltest sie in ihren Träumen daran erinnern, dass du immer noch da warst, eine Hand an ihrem Rücken, die andere nah an deinem Mund, damit du ihr Geschlecht riechen konntest und wusstest, wo du gewesen warst.

27

Du hast den Großteil der Nacht wach gelegen und sie betrachtet, hast dem Heben und Senken ihres Atems gelauscht, als wäre Schlaf eine gefährliche Sache. Die gemächlichen Sekunden, jede langsam herangereift und träge, und du hast hilflos auf die jeweils nächste gewartet. Du sahst, wie die Luft von Schwarz zu Schwarzblau wechselte, nach und nach trat ihr blasses Gesicht scharf hervor.

Sie hatte angefangen, sich im Bett zu wälzen, als draußen auf der Straße der Stoßverkehr einsetzte. Es war nicht das typische Wälzen wie kurz vor dem Aufwachen, aber du konntest nicht länger warten. Du zogst die Decke zurück und spürtest die Wärme ihres Körpers entweichen. Du hast den Kopf an ihre Brüste gedrückt, deine Stirn strich über ihren Bauch, und deine Wange blieb einen Moment auf dem warmen Bett aus dunklem Haar liegen, bevor du ihre Knie auseinanderschobst.

Sharon Burke hatte dir vom Lecken erzählt. «Die Miezen lieben es, das macht sie total scharf», hatte sie gesagt. «Aber du darfst sie danach nicht sofort küssen, da stehen sie nämlich gar nicht drauf. Mit dem Muschigeschmack im Mund.»

Du spürtest die Konturen ihres Fleischs, glatt und warm. Doch selbst als ihre verschlafenen Finger deinen Nacken fanden, dich navigierten und du ihren Atem im trübblauen Raum hörtest, warst du unsicher. Du wolltest sie befriedigen, warst zu bemüht, warst sicher, es vermasselt zu haben, als sie dich beiseitestieß und mit ihrem Zeigefinger das tat, was du nicht gekonnt hattest, und dich erst, als sie so weit war, aufforderte, dich auf sie zu legen.

Später war sie vom Bett aufgestanden, hatte sich in ihren Bademantel gehüllt, den Gürtel bereits einmal fest zugeknotet und wollte gerade einen weiteren Knoten machen. Du lagst noch in ihrem Bett, als du wie nebenbei fragtest: «Darf ich's noch mal versuchen?» Und du dachtest, dass du ihren nackten Körper unter dem Bademantel kanntest, zwar nicht in- und auswendig, aber zumindest ein bisschen. Sie warf dir bloß einen Blick zu und verließ gemächlich das Zimmer, nahm die Luft mit sich.

Du hörtest sie pinkeln und dann den Wasserhahn im Bad laufen. Der Gedanke an morgendlich kaltes Wasser ließ dich erschaudern. Du trugst jetzt eine unerwartete Last, in einer spitzen Schatulle irgendwo zwischen deinen unteren Rippen und deinem Mageneingang. Erlöst von Sex und Verlangen, fühlte sich das, was von dir übrig war, an, als könnte es zu Staub zerfallen, wenn Vera dich auch nur anlächelte. Du hast auf dem Bett gesessen und auf das Geräusch der Badezimmertür gewartet und ihrer Schritte auf dem Flur, bevor sie die Treppe hinunterging.

«Mir geht es nicht gut», sagte Vera, aber das wusstest du, selbst du, der so wenig wusste. Du hast am Küchentisch gesessen, es roch nach frischem Kaffee, und du hast versucht so zu tun, als hätte dich das, was geschehen war, auf keine Weise verändert, weder geringfügig noch stark. Sie stellte eine Tasse vor dich, und du hast sie mit beiden Händen umfasst, obwohl du keinen Durst hattest. Du sahst zu ihr auf, hieltest ihrem Blick nur einen Moment stand, bevor du wieder wegschautest. Du spürtest, wie die Hitze durch die Keramiktasse hindurch an deinen Handflächen brannte.

«Das mit der Polizei und so tut mir leid», sagtest du. Sie saß dir gegenüber und blickte dich an, ihre vollen Lippen nah am Rand ihrer Tasse.

«Gibt es sonst noch etwas, wofür du dich entschuldigen willst?» Und du hast daran gedacht, wie du in ihr Haus eingebrochen warst, und an Sharon und all die Sachen, von denen Vera nichts wusste. Du hast daran gedacht, wie unbeholfen du dich am Morgen an ihrem Geschlecht zu schaffen gemacht hattest und was für ein entsetzliches Gefühl das für sie gewesen sein musste, während du dich vergessen und gedacht hattest, dass sie dasselbe fühlte wie du.

«Ich mache eine Liste», sagtest du. Und meintest, sie ein wenig grinsen zu sehen; du sahst, wie sich neben ihren Augen kleine Lachfältchen bildeten.

«Entschuldige dich nicht», sagte sie.

«Hast du Angst?», fragtest du.

«Angst? Wovor sollte ich Angst haben?»

Du konntest ihr den Grund nicht nennen, hast sie bloß angesehen, bis sie begriff.

«Oh, verstehe. Du versuchst, feinfühlig zu sein.» Sie blickte ins Leere, als ob sie sich an etwas erinnerte. «Wir sind zwei Buchstützen, du und ich, weißt du, was ich meine? Wenn du denkst, denkst du vorwärts, du denkst an die Zukunft. Ich denke rückwärts, ich denke …» Sie stellte ihre Tasse auf dem Tisch ab, ohne dir zu sagen, was sie dachte.

«Danke für den Kaffee», sagtest du nach einer Weile.

«Kein Problem, gern geschehen ... Und nein, nein, ich habe keine Angst.»

Du wolltest sagen, dass das gut war oder dass du froh darüber warst oder so etwas, aber du warst so unsicher.

«Was denkst du?», hast du schließlich gefragt. Das hattest du vor ein paar Tagen im Fernsehen gesehen. In einer amerikanischen Talkshow, wo sich die Leute ständig gegenseitig gefragt hatten, was sie dachten. Sie rieb sich mit den Händen über Gesicht und Stirn, als wollte sie sich zwingen aufzuwachen.

«Das geht dich nichts an», sagte sie und lächelte. Alles an ihr war traurig, ganz besonders wenn sie lächelte.

«Warum bist du nicht verheiratet?»

«Du bist morgens wohl 'ne Quasselstrippe?»

«Was hast du erwartet, wenn du mit Frischfleisch vögelst?»

«O Gott, ich glaube, mir wird übel.» Sie lehnte sich auf ihrem Stuhl zurück, nahm eine Zigarette aus der Schachtel und ließ sie zwischen ihren Fingern baumeln, dann griff sie nach einer Scheibe Brot, riss die Kruste ab und legte etwas Käse darauf.

«Wie alt bist du?», fragte sie, aber es interessierte sie nicht wirklich. «Nein», sagte sie dann.

«Nein?»

«Nein, du darfst mich nichts fragen.»

«Warum nicht?»

«Weil das hier nicht so was ist.»

«Und was ist es dann?»

«Ich weiß nicht, vermutlich eine sehr schlechte Idee.»

«Ich erzähle dir nichts, also von daher ...»

«Das brauchst du nicht, ich weiß es auch so.»

«Ich könnte dich überraschen.»

«Dann mal los, überrasch mich, erschreck mich so, dass ich mir in die Hose mache!» Sie lachte, als erinnerte sich ihr Körper an ein altes Lachen, und da wusstest du, dass sie auf eine Schule wie deine gegangen war und gut gerochen hatte, schön gewesen war und beliebt.

«Du hast recht, ich glaube nicht, dass ich dich überraschen kann», hast du gesagt.

«Du bist ein anständiger Kerl, das ist immer eine Überraschung ... Ich hatte zwei, wenn du es wissen musst.»

«Zwei Ehemänner?»

«Ja, zwei. Als ich zum ersten Mal geheiratet habe, war ich jung, kaum älter als du. Erst war es schön, dann traurig. Aber vor allem schnell vorbei. Beim zweiten Mal war es auch erst schön, dann traurig, und es hat lange gedauert.» Du wusstest, dass sie das nicht zum ersten Mal erzählte.

Sie stützte die Ellbogen auf dem Tisch auf, ließ den Kopf sinken und fuhr sich mit der Handfläche über den Nacken.

«Kann es jemals schön sein, ohne traurig zu sein?», fragtest du.

«Das hoffe ich ... für manche Menschen bestimmt, aber ... für mich eindeutig nicht», sagte sie.

Dann war zwischen euch Stille, und es war die angenehme Art. Rauch waberte von der Spitze ihrer Zigarette, vergessen, bis sie sie am Glas des dicken Aschenbechers ausdrückte.

«Warum hast du mich gefragt, ob ich für dich arbeiten kann? Wenn du doch wusstest ...»

«Ich glaube, das ist 'ne Nummer zu groß für dich.»

«Trotzdem – warum?» Du dachtest, sie würde dir nicht antworten, würde das Gespräch für beendet erklären.

«Ich glaube, von uns wird erwartet, dass wir die Dinge so hinterlassen, wie wir sie vorgefunden haben, wenn nicht sogar in besserem Zustand. Das ist altmodisch, ich weiß, aber ich liebe dieses Haus.»

«Du hast nicht gewartet ...»

«Nein.» Sie blinzelte, dann schloss sie die Augen, und du sahst eine Träne. Sie tropfte auf ihr Gesicht, bevor sie auf dem Tisch landete.

«Es tut mir leid», sagtest du rasch. «Du musst es mir nicht erzählen.»

«Das ist es nicht ... es ist ... Es geht mir nicht gut», sagte sie. «Ich bin krank, Motoneuron-Erkrankung ... Weißt du, was das ist?

«Nein», sagtest du.

«Sie ist ... unheilbar. Tötet dich sozusagen von innen nach außen», sagte sie mit kratziger Stimme; es klang fast, als würde sie lachen. «Dein Herz gibt zuletzt auf, also erlebst du mit, wie nacheinander alle deine Organe versagen ... Scheiße, verdammte.» Sie blickte sich um, sammelte sich. «Du bist gelähmt, wartest bei vollem Bewusstsein. Kannst du dir das vorstellen? Und da sagen die Leute, es gäbe einen Gott!» Sie blickte auf den Tisch, und ihre Tränen flossen nun ungehindert. Sie wischte sie mit dem Handrücken ab und trocknete ihre Hand am Bademantel.

Ihr blicktet beide jeweils dahin, wo der andere nicht hinsah. In der abgeschirmten Küche hörte man nichts von der Straße, und im Garten war es ruhig. Im Sommer wären die Fensterläden geöffnet, und es gäbe dort Pflanzen und Sträucher, ab und zu würde ein Fink oder ein Rotkehlchen zwitschern.

«Du kannst mich alles fragen», hast du gesagt.

Als sie sprach, bildeten sich Spuckebläschen in ihren Mundwinkeln.

«Mach mir eine Zigarette an», sagte sie.

Du gingst zur Arbeitsplatte und fandest die Packung, dann hast du dich wieder auf den Stuhl neben sie gesetzt und kräftig an der Zigarette gezogen. Sie nahm sie dir aus der Hand, zog aber keinmal daran. Sie hob den Kopf aus ihrer gewölbten Hand, neigte ihn, suchte nach einer Stelle an deinem Körper, um sich anzulehnen, und schmiegte schließlich ihren Kopf an deinen Hals. Sie drehte die Zigarette zwischen den Fingern hin und her und starrte in den Raum hinein.

«Du musst mir versprechen, dich nicht einzumischen. Versprich mir das.» Du spürtest das Gewicht ihres Schädels in deiner Halsbeuge. Du zogst sie an dich, und ihr Körper bebte, als ob sie lachte.

«Du solltest etwas essen», hast du nach einer Weile gesagt. «Toastbrot mit richtiger Butter. Ich mach dir eins.»

«Nein. Nein, danke.»

Der Kaffee war kalt geworden und schmeckte bitter.

«Ich mache dir Toast», sagte sie. «Ich möchte es gern.» Langsam stand sie auf. Du hast ihre Bewegungen beobachtet, während sie dir den Rücken zuwandte; sie schien sicher auf ihren nackten Füßen zu stehen. Du dachtest an ihre Organe, wie jedes von ihnen unter der Anstrengung ächzte, dir einen Toast zuzubereiten.

Du liebtest sie. Zum ersten Mal überkam dich diese Erkenntnis in Form von Worten – dass es sich bei deinem Gefühl für sie *darum* handelte; dir wurde klar, dass du sie liebtest. Es war ein Schock.

28

Vera bestand darauf, dich nach Hause zu fahren. Sie hatte all deine Einwände überhört, und dir rutschte das Herz in die Hose bei dem Gedanken daran, wie sie sehen würde, aus welch kleinen Verhältnissen eine kleine Person wie du stammte. Auf dem Weg hinter dem Haus stand eine Reihe A-förmiger Schuppen; jedes Haus hatte seinen eigenen. Sie öffnete das Vorhängeschloss, nachdem sie mehrere Schlüssel ausprobiert hatte, und scherzte darüber, wie oft sie Auto fuhr. Dann kam sie in einem alten cremeweißen Renault herausgefahren, der zu ihr passte. Sie zuckte mit den Schultern, als sich eure Blicke trafen, und lächelte zart.

Sie trug ein blassgelbes Halstuch mit ein bisschen Grün im Ton ihrer Augen darin und hielt dort an, wo du auf dem Weg auf sie wartetest. Sie sah aus wie ein Filmstar. Auf dem Beifahrersitz lagen leere Zigarettenpackungen, aus der Türablage und dem Handschuhfach quollen Notizzettel und Kassenbons. Ein vergessener Lippenstift würde zwischen deinen Füßen herumrollen, sobald der Wagen sich in Bewegung setzte. Du zogst deine Tür zu, und Vera drehte sich zu dir um, neigte den Kopf und sah dich an, und du wandtest den Blick nicht ab, konntest es nicht.

«Wohin geht's?», fragte sie.

«Links auf die Monkstown Road», sagtest du.

Ihr Blick ruhte weiterhin auf dir, und du meintest, Belustigung darin zu erkennen, dann sah sie wieder auf die Straße.

Zwischen ihrem Regenmantel und den Winterstiefeln schauten ihre nackten Knie hervor, und du hattest wieder Lust auf sie, aber sie war jetzt jenseits von Geben oder Nehmen. Sie befand sich im Stillstand wie ein Segelboot bei Flaute, außerstande, sich vorwärts zu bewegen.

Veras Auto fuhr in die Wohnsiedlung ein, und ihr Gesichtsausdruck blieb unverändert, obwohl sich die Landschaft änderte. Du hast sie beobachtet, während der Strom der Autos abflaute – das Gras am Straßenrand an einigen Stellen spärlich, an anderen wuchernd. Als der Renault langsamer wurde, blickte sofort eine Gruppe Teenager von der Grünfläche herüber, und einer bewegte sich auf das Auto zu.

«Fahr weiter, halt nicht an», sagtest du, ohne sie anzusehen, deine Hand bewegte sich auf die Beifahrertür zu, um sie zu öffnen.

«Ich schaff das schon, Sonny», sagte sie. Und bevor du aussteigen konntest, griff sie nach deinem Arm und drückte ihn, zog dich zurück, zu sich hin.

«Ich schaff das schon, mach dir keine Sorgen», sagte sie und lächelte dir zu, aber ihr wusstet beide, dass nicht ein Fitzelchen Wahrheit daran war. Dann hob sie die Hand, berührte dein Gesicht und sagte: «Danke.»

Du hast dir ausgemalt, wie sie allein nach Hause fuhr, während die Scheibenwischer wie die verwirrten Zeiger einer Uhr den Regen wegwischten, der bald einsetzen würde, und wie sie das kleine Auto wieder hinter dem nassen Vorhängeschloss abstellte und durch den Regen zu dem großen leeren Haus rannte, wo sie ihren Teller und zwei benutzte Tassen vorfinden würde, den vollen Aschenbecher, das ungemachte Bett.

Nachdem Vera weggefahren war, bist du zu eurer Haustür gegangen. Deine Mutter hatte sie bereits aufgeschlossen und ein Stück weit aufgelassen. Als du hineingingst, hast du damit gerechnet, deine Mutter direkt im Flur anzutreffen, doch Veras Wagen hatte sie aus dem Konzept gebracht, und sie hatte sich in die Küche zurückgezogen, um sich etwas zurechtzulegen. Es war winzig, euer Haus. Das musste es schon immer gewesen sein, aber erst jetzt sahst du es deutlich.

«Wo warst du, Sonny?» Sie sprach in Zimmerlautstärke, und du wusstest, dass du die Anspannung in ihrer Stimme hören solltest, aber es war zu spät, sie hatte zu lange darüber nachgedacht, was sie sagen wollte. Es war nicht allein ihre Schuld, sie war nur halb verärgert und sprach zu jemandem, der nur noch ein halber Mensch war, denn mindestens die Hälfte von dir hattest du zurückgelassen.

«Ich war bei Freunden.»

«Bei Freunden? Was für Freunden?»

«Du kennst sie nicht», sagtest du. Deiner Mutter hattest du immer am einfachsten etwas vorlügen können; sie ließ sich bereitwillig überzeugen.

«Dein Vater war stinksauer heute Morgen, er hat nach dir gesucht – er wollte, dass du diese Woche mit ihm arbeitest.» Sie wandte den Blick ab, weil ihr beide wusstet, dass sie ebenfalls log. «Warum hat dich diese Frau nach Hause gefahren?»

Du bist an ihr vorbeigegangen, hast nach dem Teekessel gegriffen und ihn unter den Kaltwasserhahn gehalten.

«Ich hab dich was gefragt», sagte sie. Kurz hast du überlegt, es ihr zu erzählen; du bist fast geplatzt vor Sachen, die du jemandem erzählen wolltest. Doch da war niemand. Niemand.

«Das ist die Frau, für die ich ein paar Arbeiten erledigt habe.»

«Ich weiß, wer das ist – was will sie von dir?»

Du hast angefangen, die Schubladen aufzuziehen, als suchtest du etwas.

«Wir haben uns angefreundet», hast du gesagt.

«Angefreundet?», sprach sie dir nach, als würde sie das Wort gerade lernen und zum ersten Mal mit den Lippen formen. «Wozu in Gottes Namen sollte sich eine Frau ihres Alters mit einem jungen Kerl anfreunden? Da ist doch was faul, Sonny.»

«Da ist nichts faul. Sie ist nicht von hier und kennt hier niemanden, das ist alles.»

«Nimm dich in Acht, Sonny.»

«Ach, hör schon auf. Mich in Acht nehmen? Wovor denn?» Du hast dich hingesetzt. Als du das Klicken des Teekessels gehört hast, bist du nicht hingegangen.

«Diese Leute tun so, als würden sie dich in ihren Kreis aufnehmen, aber du kannst eben nicht zu ihrem Kreis dazugehören. Das bringt dich bloß auf dumme Gedanken, Sonny, Gedanken, die dich verletzen. Du brauchst gar nicht so die Augen zu verdrehen, ich weiß, wovon ich rede.» Ihre Stimme wurde weicher.

«Niemand bringt mich auf dumme Gedanken», sagtest du, konntest ihr aber nicht ins Gesicht blicken.

«Hör zu, hör mir zu. Ich sage das nur, weil ich nicht will, dass du verletzt wirst. Ich sehe dich schon vor mir, wie du dasitzt und von all den Dingen auf der Welt träumst, die du niemals haben wirst. Diese Frau wird dich zum Narren halten, Sonny, sie wird dir Flausen in den Kopf setzen. Du wärst mir später nicht dankbar, wenn ich jetzt nichts sage, und ich lasse nicht zu, dass man meine Kinder zum Narren hält, Sonny, das lasse ich nicht zu.»

Deine Mutter. Noch wenige Jahre zuvor warst du nach der Schule immer zu ihr nach Hause gerannt, bloß um dich zu vergewissern, dass sie noch lebte und dich in dem Haus voller Männer nicht alleingelassen hatte, ohne ein weiches Ding auf der Welt.

Die Küche fühlte sich an, als wäre es dort noch nie warm gewesen.

«Niemand hält mich zum Narren», hast du gesagt, doch unter deine Worte hatte sich bereits Zweifel geschlichen.

«Ich weiß nicht, was vor sich geht, und ich will es auch gar nicht wissen.» Sie reckte die rechte Hand in die Luft, um jeglichem Einwand Einhalt zu gebieten. «Aber eins weiß ich sicher: Eine Frau ihres Alters hat mit einem jungen Kerl nichts zu schaffen. Das ist einfach so, hörst du?»

Du hattest bisher nur ein Foto von deiner Mutter aus jungen Jahren gesehen, eingestaubt, oben auf dem Schrank in ihrem Schlafzimmer, das sie und deinen Vater an ihrem Hochzeitstag zeigte. Sie lächelten beide, doch du konntest sehen, dass sie es taten, weil derjenige, der das Foto gemacht hatte, ihnen befohlen hatte zu lächeln. Du hattest gedacht, dass sie vielleicht sowieso gelächelt hätten, wenn man sie einfach in Ruhe gelassen hätte, aber nun wirkte ihr Lächeln leer und scheu.

«Ich habe nachgedacht, Sonny; das Beste wird sein, du sprichst mit Joe. Bei ihm kannst du was lernen, und er hält große Stücke auf dich. Als deine Brüder dort gearbeitet haben, hat er immer gesagt, er würde sie in die Lehre nehmen, wenn sie wollten, und ich bin sicher, er würde das Gleiche für dich tun. Das würde er, Sonny, ganz bestimmt.»

«Ich will aber nicht.»

«Was willst du denn sonst machen? Vergiss die Schule, das ist bloß Zeitverschwendung. Es wird Zeit für dich, erwachsen zu werden, Sonny.»

Du hast das Haus verlassen, kurz nachdem du deiner Mutter versprochen hattest, mit Joe zu reden, und das schien die Dinge etwas ins Lot gebracht zu haben, genug, dass sie sich eine Zigarette ansteckte. Doch als sie dich bat, dich nicht mehr mit *dieser Frau* zu treffen, schwiegst du. Sie beließ es auf ihre Art dabei; ihr Mund war verkniffen und ihre Augen waren matt vor Enttäuschung.

«Eine Ausbildung ist etwas Handfestes – mit einer Ausbildung kannst du überallhin.»

29

In dieser Woche hast du mit deinem Vater gearbeitet. Eine Gartenmauer sollte gebaut werden, knapp zwei Meter hoch und aus Betonblöcken. Die Familie war so genervt von ihren Nachbarn, dass sie sich die Aussicht auf die Berge Dublins versperrte, weil die Nachbarn mit zur Aussicht gehörten. Dein Vater erzählte dir die Geschichte häppchenweise, aber was die genaue Ursache für den Ärger war, erfuhrst du nicht. Mehrere hundert Betonblöcke waren am Bordstein abgeladen worden und mussten per Schubkarre in den Garten hinter dem Haus gebracht werden. Du konntest immer bloß fünf auf einmal einladen; du hattest es mit mehr versucht, aber nach wenigen Schritten war die Schubkarre umgekippt, die Steine waren auf den Boden gefallen und gesprungen oder zerbrochen. Während du mit der Schubkarre hin- und herfuhrst und deine Schritte zähltest, von eins bis vierzig, und das einzelne Rad immer dieselbe Spur durch den Schlamm zog, bist du immer wieder ausgerutscht, fühltest dich erschöpft und empfandest ein dumpfes Vergnügen dabei.

Es regnete die ganze Woche über, und die Arbeit wurde zusehends schwieriger. Wenn der Regen den Beton so sehr verwässerte, dass er nicht mehr zu verarbeiten war, stellte sich dein Vater unter den Dachvorsprung eines Gartenhäuschens, zündete sich eine Zigarette an und blickte mit gebleckten Zähnen zum Himmel. Er rief dir zu, du solltest aus dem Regen rauskommen, und du stelltest dich neben ihm unter, dicke Tropfen landeten zu deinen Füßen, deine Kleider waren klamm, und du hast versucht, die Kälte abzuschütteln.

Die wenigen Dinge, über die du einige Wochen zuvor noch mit deinem Vater gesprochen hättest, kamen jetzt gar nicht mehr in Frage, und so habt ihr einfach dagestanden, manchmal stundenlang, und gewartet, bis der Regen aufhörte.

Als die letzte Reihe Betonblöcke ausgelegt war, sah sie grob und hässlich aus, das natürliche Grau war vom Regen eingedunkelt. Im Laufe des Nachmittags hattest du bemerkt, wie dich dein Vater von der Seite angesehen und dann verwirrt zu Boden geblickt hatte, und als er den Kopf wieder hob, warst du sicher, dass er besorgt war. Und kurz hattest du das Gefühl, dass er dich fragen würde, ob mit dir alles in Ordnung sei oder so etwas, doch dann lenkte ihn der Beton ab, der im Mischer hart zu werden drohte, und er schickte dich die Maschine säubern, bevor sie ruiniert wäre.

Als deine Suspendierung beendet war, gingst du wieder zur Schule, so unsicher wie am allerersten Tag. Wachsam, angespannt hast du die ersten Stunden über dich ergehen lassen, dir graute es vor dem Pausenklingeln um elf, wenn man euch zwanzig Minuten gab, um zielstrebig umherzulaufen, aber du hattest kein Ziel, hast bloß so getan und auf das Läuten gewartet, bei dem alle wieder in die Klassenräume zurückströmen würden. Es knackste in der

Lautsprecheranlage des Klassenzimmers, und die schwache Stimme, die daraus ertönte, rief deinen Namen auf. Diesmal wurdest du nicht zum Büro des Direktors beordert, sondern zu Jane, der Schulberaterin. Im Klassenraum wurde es still. Körper drehten sich zu dir um.

Die Tür von Janes Büro stand offen, und das Licht der Lampe, das anders war als das Neonlicht auf den Fluren, drang heraus. Du hast im Türeingang gestanden und in den kleinen fensterlosen Raum geblickt. Jane saß über ein paar Dokumente gebeugt auf ihrem gepolsterten Stuhl. Sie hatte keinen Schreibtisch, hatte keinen Platz dafür, und du dachtest, dass sie schutzlos wirkte. Du hast dich gefragt, ob sie abends nach Hause ging und jemandem erzählte, dass sie gern einen Schreibtisch hätte, ob sie dafür betete und, wo sie schon einmal dabei war, gleich auch für ein Fenster.

Falls sie deine Gegenwart vor der Tür spürte, so blickte sie jedenfalls nicht auf. Du hast an den Türrahmen geklopft, und sie sah zu dir herüber, deutete auf den zweiten Stuhl und wandte sich wieder ihren Dokumenten zu, schrieb ein oder zwei Wörter zu Ende, setzte behutsam die Hülle auf den Stift und legte ihn neben die beiden anderen Stifte auf ihrem Beistelltisch. Dann klappte sie den roten Ordner zu, in den sie geschrieben hatte, und links oben erkanntest du in sorgfältiger Handschrift deinen Namen.

«Du bist vom Unterricht suspendiert worden?», fragte sie.

«Ja.»

«Wegen Diebstahls?»

«Ja.»

«Du hast einem Mitschüler etwas gestohlen?»

«Ja.»

«Ich weiß nicht, was du glaubst, was diese Schule noch alles für dich tun kann. Du wurdest aufgenommen, willkommen geheißen, und jetzt stellt sich heraus, dass du ein Dieb bist.» An dieser Stelle hielt sie inne und wartete, bis du den Blick abwandtest. «Wie geht es jetzt weiter?», fragte sie.

Dein Blick blieb an den braunen Teppichfliesen hängen; eine war ausgetauscht worden und weniger ausgebleicht als die anderen.

«Herrgott noch mal, Sonny. Du verschwendest bloß …»

Doch sie kam nicht weiter; du fielst ihr ins Wort und erschrakst selbst, als du sagtest: «Ich will Maler werden.»

«Maler?», fragte sie. «Oh.»

Es schien nicht ganz so abwegig, nachdem du es einmal ausgesprochen hattest. Du warst geschickt mit den Händen, das wusstest du, und euer Kunstlehrer, Mr. Williams, hatte dich sogar einmal gelobt, was dir Hoffnung machte. Du dachtest daran, wie du durch die stillen Säle der Nationalgalerie gegangen warst, und stelltest dir vor, dass du dich an einem solchen Ort wie zu Hause fühlen könntest.

«Na ja», sagte Jane. «Das ist keine schlechte Idee.» Und zum ersten Mal sah sie dich mit einer Spur von Verständnis an, und das bedeutete dir unheimlich viel. Du würdest Vera davon erzählen. Sie wusste alles über Malerei; sie konnte dir sagen, wie man das anging, und vielleicht einen Brief schreiben. Das würde sie tun, natürlich würde sie das. Einen dieser Briefe, in denen steht: *Sonny Knolls ist mir persönlich bekannt.* Du spürtest, wie sich zumindest für einen Moment etwas in dir löste; du spürtest, dass es am Ende vielleicht doch gut für dich lief. Und innerhalb dieser Leichtigkeit spürtest du sogar, dass vielleicht auch für Vera alles in Ordnung kommen würde, dass sie nicht sterben müsste, dass du nun die Kraft haben würdest, ihr zu helfen, selbst wenn die Ärzte es nicht konnten. Du könntest sie nach Knock bringen oder nach Lourdes.

«Dann lass uns mal überlegen, wie wir das für dich in die Wege leiten», sagte Jane.

Und du brachtest ihr genug Vertrauen entgegen, um ihr zu erzählen: «Ich habe eine Bekannte, die mit Malern und so zusammengearbeitet hat, sie würde mir helfen, glaube ich.»

«Nun, warum in die Ferne schweifen, wo dein Vater doch in der Baubranche ist; er kennt doch sicher Leute, die als Maler arbeiten.»

«Mein Vater?»

«Ich denke, das Beste wird sein, wenn wir den Direktor informieren, dass du von der Schule abgehen wirst, um dir eine Lehrstelle zu suchen. Sieh zu, dass du dich noch vor den Prüfungen darum kümmerst, und ich schaue, ob ich ein Empfehlungsschreiben für dich besorgen kann. Leicht wird das allerdings nicht werden.» Sie griff wieder nach dem Ordner und einem Stift.

«Ich will keine Wände anmalen.» Deine Kehle war plötzlich rau; du hast versucht zu schlucken, aber es kam keine Spucke. Sie hielt den Ordner halb geöffnet auf ihrem Schoß.

«Was willst du dann anmalen?»

«Ich will kein Anstreicher werden – ich will Bilder malen.»

«Bilder?»

«Ja, Bilder.»

Sie stieß die Luft aus, um ihr Lachen zu unterdrücken, und ihr Mund stand offen wie bei den Fischen auf der Kaimauer.

«Du willst Künstler werden?» Doch jetzt, da sie dieses Wort benutzt hatte, konntest du nicht einfach ja sagen. In dem Moment hast du es mit ihren Augen gesehen.

«Also, das ist einfach lächerlich», sagte sie und klappte den Ordner ganz auf. «Trotzdem glaube ich, wir sollten ...» Sie fing an zu schreiben und sprach erst weiter, als sie fertig war: «... eine Lehrstelle als Maler für dich suchen.»

«Ich will keine Wände anpinseln.»

Als sie dieses Mal zu dir aufblickte, wirkte sie nervös. «Wag es ja nicht, hier drin laut zu werden.»

Dir war gar nicht aufgefallen, dass du geschrien hattest, doch jetzt tatest du es absichtlich. «Ich will keine Scheißwände anstreichen.»

«Wag es ja nicht ...» Doch sie brachte den Satz nicht zu Ende. Du bist aufgestanden und schnell aus ihrem Büro gegangen. Später, als deine Fingerknöchel und dein Gesicht bluteten und es kaum noch etwas gab, worüber du froh warst, warst du zumindest froh darüber, dass du langsam von deinem Stuhl aufgestanden warst und Janes Büro unversehrt zurückgelassen hattest.

An den Weg durch die Flure A, B und C konntest du dich kaum erinnern, an das Gewimmel der Schüler, ihr Gekreisch und Geschrei. Du hast dich an ihnen vorbeigedrängt, durch die große Doppeltür nach draußen, hast deine Lungen mit frischer, kühler Luft gefüllt, und es war eine Erleichterung. Die knospenden Bäume und der Efeu. Das Blau des Himmels und der Gedanke, dass es vorbei war. Dass du nie wieder hierher zurückkehren würdest.

Von dort, wo du standest, konntest du die Schultore sehen, und du hast einen ersten Schritt darauf zu gemacht, hast dich noch einmal umgedreht und einen letzten Blick auf den Schulhof geworfen. Da sahst du ihn, Graeme, den Aufsichtsschüler. Er schritt zielstrebig voran, und als du dich umblicktest, stelltest du fest, dass außer dir niemand da war und er auf dich zukam. Du kanntest den Gesichtsausdruck von Jungs, die sich prügeln wollten. Eine Gruppe Kumpels lief ihm hinterher, vor Begeisterung stand ihnen der Mund offen. Er stellte sich vor dich, stieß dir mit der Handfläche gegen die Schulter, und du bist rückwärts gestolpert, wo sich weitere Schüler versammelt hatten, wie du nun bemerktest. Du spürtest ihre Hände an deinem Rücken, bevor du wieder auf Graeme zugeschubst wurdest.

«Du dreckiger Dieb», sagte er, sein Gesicht nah genug an deinem, dass du die Hitze seines Atems wahrnahmst. Ihm war deutlich anzusehen, dass er dich hasste. Du hattest angenommen, seine ganze bisherige Feindseligkeit dir gegenüber wäre ein Spiel gewesen, eine Show für seine Freunde, aber dieser Junge, in Wahrheit ein Fremder, hasste dich. Verwirrt standest du da, sodass Graeme seinem Gefolge den Kopf zudrehen und verkünden konnte: «Gleich fängt er an zu flennen.» Um dich herum hörtest du Gelächter. Schüler reckten die Hälse, damit sie später würden berichten können, was genau passiert war. In diesem Moment hast du gesehen, wie Graeme den rechten Arm zurückzog. Er holte zum Schlag in dein Gesicht aus. Du dachtest, er würde nur einmal zuschlagen; das könntest du ab, es würde ihm und seinen Freunden ein Siegesgefühl bescheren, und dann könntest du gehen. Du wusstest, es würde keinen Kampf geben. Du hattest zu große Angst vor seinem Hass.

Der Schlag musste genau dort gelandet sein, wo Graeme dich hatte treffen wollen; es war ein großartiger Schlag gewesen, er hatte ihn genau zwischen deiner Wange und dem Kieferknochen gelandet. Du hast gespürt, wie dein Kopf nach rechts geschleudert wurde, und auf den Schmerz gewartet. Du hast das Blut in deinem Mund geschmeckt und wolltest es ausspucken, doch du hast keinen Schmerz gespürt.

Die Menge schwieg; jetzt war es ein richtiger Kampf, mit richtigen Schlägen, und das Spektakel hatte sie in seinen Bann gezogen. Du standest dort, hast Graeme wie betäubt angeblinzelt, hast den Schlag verdaut. Doch dieselbe rechte Hand holte erneut aus, und dir wurde klar, wie ein Kampf für ihn laufen musste. Er brauchte einen blutigen Sieg, der damit endete, dass du wie ein Kieselstein über den Asphalt flogst.

Der zweite Schlag war nicht ansatzweise so ein Treffer wie der erste, und seine Faust rutschte von deinem Kinn ab, auf deine Schulter zu. Also streckte er die Linke aus, griff nach einem Büschel Haare, zerrte dich zu sich hin und hieb dir immer wieder mit der Faust ins Gesicht. Graeme war größer als du; er war stämmig. Während des atemlosen Gerangels berührte dein Gesicht seins, Haut an Haut, und einen Augenblick lang fühlte es sich fast zärtlich an. Er war bald ausgepowert, und der Schmerz, auf den du gewartet hast, wollte immer noch nicht einsetzen. Seine

Hiebe wurden zielloser; bei jedem Schlag ächzte er, aber die Schläge verloren an Kraft. In dem Moment fasstest du den Entschluss, ihn zu Boden zu stoßen und abzuhauen; es ging überraschend einfach.

Du hattest noch nie jemanden auf diese Weise verletzt. Du fandest es abscheulich, Jungs am Boden liegen zu sehen, die Begeisterung, mit der andere Jungs zuschlugen. Deshalb warst du schockiert, als deine eigene geballte Faust auf sein Gesicht eindrosch.

Die Jahre, die du für deinen Vater gearbeitet hattest, zahlten sich aus – Tausende graue Betonblöcke, tonnenweise Portland-Zement, die Schaufel, die Spitzhacke. Du stelltest fest, dass dein Körper sehnig, stark und wendig war; der Junge, mit dem du kämpftest, bemerkte es ebenfalls, das verriet dir die Angst in seinen Augen, sie war deine Enladung, ihm weh zu tun.

Du schlugst auf sein Gesicht ein und spürtest nichts von dem Schmerz, den er spüren musste, nicht einmal als er zu Boden ging und du deinen schweren Stiefel über seinen Körper hobst und ihm Tritte verpasstest, als wäre er nichts, gar nichts, als hättest du selbst in deinem Leben noch niemals Schmerzen verspürt.

Blut lief in Strömen aus der Nase des Aufsichtsschülers, wurde an seinem Kinn von Tränen verdünnt, und zum ersten Mal blicktest du zu dem wachsenden Kreis unversehrter Gesichter auf. Dutzende Augen starrten herab, blickten von deinen zerschundenen Fäusten zu seinem übel zugerichteten Gesicht. Niemand lachte mehr, und als du von Graemes Körper abgelassen hast und zurückgetreten bist, knieten sich seine Freunde neben ihn. Du hast dich umgedreht, und sofort traten die Schüler schweigend beiseite, öffneten eine Gasse für dich, und du bist durch den drei oder vier Körper breiten Korridor auf das Schultor zugegangen.

30

Ein paar hundert Meter vom Schulgelände entfernt setzten die ersten pulsierenden Schmerzen ein, vor allem unter deinem rechten Auge, dann auch um die Wangenknochen und den Kiefer herum. Deine Fingerknöchel taten weh, auch wenn das Blut, das daran klebte, nicht nur dein eigenes war.

Deine Schultasche war während eures Kampfs fortgeschleudert worden; jetzt fehlten dir ein paar Schulbücher, Englisch, vielleicht Mathe und Erdkunde. Die Schule bezahlte die Bücher aus staatlichen Fördergeldern. Zu Beginn des Schuljahrs war dein Name neben einem Dutzend weiterer über die Sprechanlage aufgerufen worden – man bat euch, in die Bücherei zu kommen, um eure Bücher abzuholen –, und die ausgetretenen Schuhpaare standen hintereinander an; alle kannten sich untereinander, hielten aber sorgsam den Blick abgewandt, bis die Pakete ausgehändigt waren. Danach konntest du in den Klassenraum zurück, die Bücher hattest du in deiner Tasche versteckt.

Vera öffnete langsam die Tür, und als sie dein Gesicht sah, sagte sie verwirrt: «Du blutest.»

Am Spülbecken in der Küche wusch sie dich mit warmem Wasser und einem weichen Tuch. Ihr Gesicht nah an deinem, nah genug, dass du ihren Atem auf deinem nackten Hals zu spüren meintest.

Du hast dich im Spiegel gemustert und bist zu dem Schluss gekommen, dass dir die Prellungen standen. Sie verwandelten dich, und kurz sahst du jemand anderen vor dir. Doch noch während du dich so anschautest, bist du wieder zu etwas Vertrautem geworden.

Du würdest zum zweiten Mal über Nacht bleiben. Du warst nicht sicher, ob sie es wollte, aber als es dunkel und spät geworden war und du keine Anstalten machtest zu gehen, sagte sie nichts. Also hast du auf dem blauen Sofa gesessen, sie dir gegenüber; sie hielt ein Buch in der Hand, eine Decke über den Beinen. Gegen sechs hatte sie den Kamin angemacht, und ein zaghaftes Glimmen schwoll an und flaute wieder ab, aber richtig brennen wollte es nicht. Du nahmst an, dass das Holz nass und der Kamin zum ersten Mal seit langer Zeit angemacht worden war. Sie hatte das Feuer für dich angezündet, und davon wurde dir warm. Aus den zwei Lautsprechern, die an gegenüberliegenden Seiten des Raums standen, kam eine kratzige Aufnahme altmodischer Musik mit Trompeten, die noch nie erlebt hatten, dass eine Geschichte gut ausging, und einem steten langsamen Schlagzeugrhythmus, aber ohne Worte. Sie hatte dich gefragt, ob es dir gefiel, aber als du ja sagtest, schien sie dir nicht zu glauben. Dabei gefiel dir die Musik wirklich. Sie wollte wissen, ob dir nicht langweilig sei. Du hattest dir auch ein Buch ausgesucht, ein Buch, mit dem du sie beeindrucken wolltest, aber du warst zu unkonzentriert, und es lag bloß aufgeschlagen auf deinem Schoß.

Die Welt draußen existierte für dich nicht mehr, und selbst der gelegentliche Straßenlärm kam wie aus weiter

Ferne. Du wusstest, dass sie zu Hause über dich sprechen würden, und du wusstest, welch hässliche Worte auf deinen Namen folgen würden. Du würdest für all das hier bezahlen müssen, vermutlich schon bald, aber davor konntest du dich später noch fürchten.

Es war schon seit Stunden dunkel, als sie das Buch in den Schoß sinken ließ und dich eine Weile ansah.

«Mir bleibt nicht mehr viel Zeit, weißt du?», sagte sie.

«Zeit?»

«Du weißt, was ich meine.»

«In Knock hat es schon Wunder gegeben, Leute sind geheilt worden.»

«Glaubst du an Gott?», fragte sie.

«Ich weiß nicht – zu viel Angst, es nicht zu tun.»

«Für eine Pilgerfahrt fehlt mir der Glaube.» Sie lächelte. «Aber du kannst gern für mich beten ... wenn dir der Sinn danach steht.»

Sie markierte die Seite mit einem schmalen Lesezeichen und legte das Buch behutsam beiseite.

«Ich lasse mir ein Bad ein», sagte sie. Bevor sie das Zimmer verließ, kniete sie sich dicht vor dich und küsste dich sanft auf den Mund. Du berührtest ihr Gesicht und erwidertest ihren Kuss, als hättest du dein ganzes Leben nichts anderes getan.

«Es ist schön, dass du da bist», sagte sie leicht überrascht. Dann stockte sie, und du wusstest, dass sie noch etwas anderes dachte. Du hättest gern gesagt, dass du es auch schön fandest, da zu sein, aber weil sie es zuerst gesagt hatte, hätte es unaufrichtig gewirkt, als würdest du es nur aus Höflichkeit sagen.

Du hast es nicht lange ausgehalten, im Wohnzimmer zu

warten, nur bis du hörtest, wie das Wasser abgedreht wurde, und dir vorstelltest, wie sie in die Badewanne stieg. Du bist nach oben gegangen. Es roch blumig, vielleicht nach Lavendel oder Rose oder einer ungewöhnlicheren Blume, die du nicht kanntest. Hier und dort ein Lichtschimmer, wenn sie sich ein winziges Stück bewegte. Sie ähnelte den geisterhaften Gemälden, die du in der Nationalgalerie gesehen hattest – und lag zerbrechlich, wie aufgebahrt im Badewasser, als wäre jegliche Kraft aus ihr gewichen.

Ihr Handgelenk hing schlaff über den Rand der Badewanne und war von Narben überzogen, längs und quer; Narben, die sich wie Straßen auf einer Landkarte überkreuzten. Du dachtest an den jungen Miloš in dem Buch, das du dir ausgeliehen hattest, der sich im warmen Badewasser die Pulsadern aufgeschnitten hatte.

«Was ist passiert?», fragtest du.

«Ich bin auf einer Bananenschale ausgerutscht.» Sie sagte das nicht zum ersten Mal und brauchte nicht die Augen zu öffnen, um zu wissen, worauf sich deine Frage bezogen hatte.

«Was ist passiert?», fragtest du noch einmal.

«Ich bin vom Fahrrad gefallen.»

«Vera?»

«Ich war ein wütender Teenager, mehr kriegst du nicht aus mir raus.»

31

Es gab nichts mehr, was deine Mutter noch hätte sagen können, als du zu Hause aufgetaucht bist, so früh am Morgen, dass es draußen immer noch dunkel war und auch noch eine Weile dunkel bleiben würde. Sie war nicht mehr in der Lage, sich aufzuregen, nicht einmal angesichts der Tatsache, dass du durchs Küchenfenster hereinkamst. Du hattest sie zermürbt, und das setzte dir zu, ebenso wie das Wissen, dass du ihr hättest helfen können, es aber nicht tatest.

«Wo bist du gewesen?», fragte sie. Dann sah sie deine Prellungen. «Gütiger Gott … Was ist passiert?»

«Mir geht's gut», sagtest du.

«Dir geht es nicht gut.» Sie wandte den Blick ab und setzte sich wieder hin, fuhr mit den Fingern nervös über ihre Zigarettenschachtel, nippte an ihrem Tee und rauchte.

«Tut mir leid», sagtest du zu ihr.

«Tut mir leid», sagte sie. «Tut-mir-leid ist dein zweiter Vorname.»

Du hast dir eine Tasse Tee gemacht und dich zu ihr gesetzt, aber euch blieb nie Zeit zu zweit; schon hörtest du, wie sich oben die Brüder rührten, müde Füße schoben sich in Stiefel, schwere Schritte wanderten zum Bad. Der klitzekleine Augenblick der Stille, den du mit deiner Mutter teiltest, bevor der erste Bruder in der Küche erschien, war immer noch tröstlich. Selbst als sie aus heiterem Himmel sagte: «Es liegt an dieser Frau, nicht wahr?» Aber du würdest Vera nicht aufgeben. Du glaubtest an sie, und das hättest du deiner Mutter beinahe gesagt.

Du bist nach oben gegangen, den anderen aus dem Weg, bis die Zeit gekommen war, zu der du normalerweise das Haus verließt. Du tatest, als gingst du zur Schule, kehrtest aber zu Veras Haus zurück.

Sie hatte den Riegel nicht vorgeschoben. Du stießt die Hintertür auf und fandest sie im Bett, zusammengerollt, die Gliedmaßen schwer vom Schlaf. Du zogst dich aus und schobst dich neben sie. Du fuhrst mit den Händen über ihren Körper, hast nach dem Pendel ihrer Brüste getastet, und sie griff nach dir, schob ihr warmes Hinterteil an dich heran, bis die Formen eurer Körper miteinander verschmolzen, und als du in sie eindrangst, stöhnte sie wie aus einem Traum heraus.

Vera schlief, und Licht leckte über die gegenüberliegende Wand. Du hörtest, wie draußen jemand vorbeiging.

«Vera, ich glaube, ich liebe dich», sagtest du, aber du wusstest, dass sie schlief.

Du spürtest, wie deine Lider schwer wurden, und du gabst dich der Müdigkeit hin, schliefst mit den Fingern in ihr, und als du aufwachtest, war es Abend, und du hattest deine Schicht in der Metzgerei verschlafen. Deine Knöchel drückten gegen ihren Oberschenkel. Schlaftrunken bewegte sie die Hüfte.

«Ich glaube, in einigen Jahren wirst du das hier verstehen und mich dafür hassen», sagte sie, während sie sich weiter bewegte. Sie schloss die Augen und drückte den Kopf in ihr Kissen.

«Ich hasse dich jetzt schon», sagtest du.

«Du vergötterst mich», sagte sie, drehte sich um und blickte dir prüfend ins Gesicht.

«Vergöttern? Einen Scheiß tu ich», sagtest du.

«Und ob du mich vergötterst, du bist vollkommen verblendet», sagte sie. Selbst wenn sie lächelte, blieben ihre Augen immer an einem anderen Ort, einem bedrückenden Ort. Sie berührte dein Gesicht. «Du hast mich heute Nachmittag beim Schlafen beobachtet, das habe ich gespürt», sagte sie. Sie stand auf, ging ans Fenster und zog den Vorhang auf; das Licht der Straßenlaternen fiel um sie herum. Du sahst die perfekte Form ihrer Oberschenkel, wenige Zentimeter voneinander entfernt, und die behaarte Wölbung unter ihrem durchsichtigen Slip. Du hast dich hinter sie gekniet und den Slip über die Kurven ihres Körpers gezogen. Du spürtest, wie sich deine Knie in die unebenen Dielen bohrten.

An jenem Abend wurde der Kamin nicht angezündet. Du hattest Toast gemacht und eine Dose Bohnen aufgetrieben. Als Vera ihr Essen verschmähte, hast du es kalt werden lassen und es dann trotzdem gegessen. Eine erste Weinflasche war um fünf geöffnet worden, es folgten eine zweite und eine dritte. Auf ihrem Schoß lag ein Buch, blieb aber unangerührt. Du versuchtest, ein Gespräch anzufangen, aber ihre Augen feuerten Warnschüsse auf dich ab.

Als du in der Küche eine Weinflasche aufmachtest, sahst du, dass die Tablettendosen sich vermehrt hatten. Sie waren nicht wirklich versteckt, nur diskret beiseitegeräumt worden. Sie hatte dir gesagt, dass du dich nicht einmischen solltest, aber du tatest es.

Nachdem Vera die Augen zugefallen waren, trugst du sie nach oben ins Bett. Du bist zurück in die Küche gegangen und hast vorsichtig die Kapseln geöffnet – etwa die Hälfte aller Medikamente –, hast das Pulver darin mit zitternden Händen in den Müll gekippt und es durch einfaches Mehl ersetzt.

Auf allen Dosen stand der Name desselben Arztes, gefolgt von einer Adresse.

32

Die Arztpraxis befand sich an der Mount Merrion Avenue in einem Gebäude, das Veras Haus ähnelte. Es gab einen separaten Eingang mit einem Namensschild aus glänzendem Messing. Du gingst die paar Stufen zu dem Geschoss hinunter, das man früher als Keller bezeichnet hätte, und wurdest vom Summer in ein kleines leeres Wartezimmer gelassen. Niemand war da, um dich zu fragen, ob du einen Termin hattest, also hast du dich hingesetzt und versucht, die gedämpfte Stimme des Arztes im angrenzenden Zimmer zu entschlüsseln.

Kurze Zeit später ging die Tür auf, und heraus kam ein Mann, der dem Arzt dankte, sich ein weißes Papiertuch ans linke Ohr drückte und den Kopf in merkwürdigem Winkel geneigt hielt, während er auf den Ausgang zuging. Der Arzt erschien in der Tür, hochgewachsen und in dunkelblauem Anzug. Als er dich sah, wich der sanfte Ausdruck aus seinem Gesicht.

«Kann ich Ihnen helfen?», fragte er, und schnell standest du auf; es nicht zu tun wäre dir unhöflich vorgekommen, und du wolltest nicht unhöflich sein.

«Ja», sagtest du.

«Haben Sie einen Termin?»

Er war schon unterwegs zur Tür, um dich hinauszuscheuchen. Auf dem Weg hierher hattest du versucht, dir etwas zurechtzulegen, eine Möglichkeit der Einflussnahme zu finden. Du hattest gewusst, dass er dich fragen würde, ob du einen Termin hattest, aber eine bessere Antwort als ein bloßes Nein war dir nicht eingefallen.

«Sie müssen einen Termin vereinbaren», sagte er.

«Ich bin nicht krank. Ich bin wegen Vera Hatton hier.» Er stutzte, musterte dich noch einmal von Kopf bis Fuß, und dir wurde klar, dass Vera bei anderen Menschen Neugier hervorrief.

«Wer sind Sie?», fragte er.

«Sie hat eine Menge Tabletten von Ihnen.»

«Was? Wer Sie sind, habe ich gefragt.»

«Ich will nicht, dass Sie ihr noch mehr geben.» Seine Hand grub sich in deine Schulter. Er hatte perfekte Arzthände und -nägel, mit einem kleinen Tintenfleck oben am Zeigefinger.

«Was fällt Ihnen ein! Wer zum Teufel glauben Sie …? Weiß Vera, dass Sie hier sind?»

Der Arzt war gut aussehend, älter als Vera. Er hatte sich bestens gehalten – gute Kinderstube, hätte deine Mutter gesagt. Mit einem Mal warst du eifersüchtig auf ihn, auf die lässige Art, mit der er Vera beim Vornamen genannt hatte. Vermutlich hatte er auch Bücher, und sie konnten über Dinge lachen und ihr Wissen miteinander teilen. Vera konnte sich mit dir nicht so unterhalten wie mit ihm. Sie musste sich kleinmachen, damit du sie verstehen konntest. Sie musste mit dem Finger auf Dinge deuten und brummen, so wie man einem Ausländer den Weg erklärt, und ihr Schweigen war der Beweis dafür, dass sie anfing, sich zu langweilen.

«Ich werde Ihr verfluchtes Haus abfackeln», sagtest du, ruhig genug, dass er dir glaubte.

«Ich rufe die Polizei», sagte er, ließ dich los und ging rückwärts zu seinem Sprechzimmer.

33

«Du bist ja gar nicht hier, verflucht. Ich meine, du bist zwar hier, aber eigentlich bist du ganz woanders», sagte Mick, während er sein Messer mit vier, fünf schnellen, gleichmäßigen Strichen an einem Wetzstahl schliff. Das Geräusch ging dir durch und durch. Er beugte sich über den Hackblock und begann, das weiße Fett und die zähen Sehnen von einem Lammnacken zu entfernen.

«Eigentlich kümmert's mich 'nen Dreck, was mit dir los ist, 'nen Dreck. An manchen Tagen lässt du dich hier blicken, an anderen nicht. Du weißt ganz genau, was ich meine. Jeden Tag kommen junge Männer auf der Suche nach 'nem Job hier rein. Ich sag dir was: Die würden zur Arbeit erscheinen, wenn sie die Chance bekämen.» Mick war ein guter Metzger. Sein Messer glitt in glatten, schnellen Schnitten durch das Fleisch, nichts wurde verschwendet.

«Jedenfalls – wenn du dir noch einen weiteren Aussetzer erlaubst, fliegst du hier hochkant raus. Hast du mich verstanden?»

«Ja.»

«Wirklich?»

«Ich hab dich verstanden, ja.»

«Dann kannst du dir das mit der Ausbildung abschminken. Und jetzt komm in die Gänge.» Er deutete mit seinem Messer auf deine Arbeit.

Du gingst nach vorne in den Verkaufsraum, zusammengeknülltes Zeitungspapier und die Flasche mit dem blauen Fensterreiniger in der Hand. Es waren keine Kunden da. Joe stand hinter der Theke und starrte ins Leere. Als er dich sah, blinzelte er ein paarmal und fing an, die Vitrine umzusortieren. Er redete nicht mit dir und wartete hinten, wenn du aufbrachst. Er hielt bereits Abstand zu dir, damit es ihm leichter fallen würde, dich zu feuern, wenn der Zeitpunkt gekommen wäre.

Die Glastheke war mit wenigen Bewegungen saubergewischt. Kaum Schmierflecken und Fingerabdrücke. Du gingst nach draußen, um den Gehweg zu kehren. Es war schon eine Weile dunkel, und als du dich umgewandt und in den Laden zurückgeblickt hast, standen Joe und Mick Seite an Seite, die Arme vor der Brust verschränkt. Die Sägespäne klebten am nassen Boden fest, und du bist länger draußen geblieben, hast auf die Straße zu gekehrt.

Als du zum Berufsverkehr hinüberblicktest, stand dort Vera, aufrecht, die Hände tief in den Taschen ihres Regenmantels. Du hast nicht gewinkt, ihr nicht zugenickt, hast sogar vergessen, dich wegen deiner Schürze und des Besens zu schämen. Du hast an den Autos vorbeigeblickt, versucht, ihre Körpersprache zu deuten, doch da zog sie schüchtern eine Hand aus der Manteltasche und winkte. Dich durchströmte ein Gefühl – nicht Glück, sondern etwas Besseres. Sie deutete auf den Boden zu ihren Füßen; sie würde dort warten, bis du fertig wärst, und mit einem Schlag war deine ganze Angst vor einem möglichen Anruf des Arztes wie weggeblasen.

Als du zurückgingst, war die Metzgerei verändert. Joes Enttäuschung lastete nicht mehr auf dir. Beschwingt hast du deine Arbeit gemacht, hast gewusst, dass sie die Veränderung an dir ebenfalls bemerkten.

«Die Theke ist sauber, und draußen bin ich auch fertig, Joe», sagtest du. «Kann ich sonst noch was tun?»

«Nein, nichts.» Deine plötzliche Selbstsicherheit ließ ihn große Augen machen.

«Na dann», sagtest du, gingst ins Hinterzimmer und tauschtest die Schürze gegen deinen Parka aus. Mick kam dir hinterher und fragte: «Wo gehst du hin?»

«Nach Hause», sagtest du, ohne ihn anzusehen.

«Ich bin seit fünfzehn Jahren verheiratet und noch nie so begeistert nach Hause gegangen.»

«Wahrscheinlich gehst du zum falschen Haus», sagtest du.

«Ich weiß, was du vorhast», sagte er, und du hast dich ruckartig zu ihm umgewandt. «Triffst dich mit der vornehmen Tussi. Jeder weiß das, verdammt, die Spatzen pfeifen's von den Dächern. Nimm dich bloß in Acht», sagte er.

«Wieso das?»

«Ach, komm schon. Was sollte so 'ne Mieze mit dir wollen? Die benutzt dich für irgendwas. Keine Ahnung, wozu, aber sie benutzt dich. Nimm dich in Acht, ich hab das alles schon erlebt, ein Kerl schmeißt für 'ne Mieze alles weg und steht am Ende mit leeren Händen da. Ich sag nur, ich hab das alles schon erlebt.»

«Ich hab nichts, was ich wegschmeißen könnte.»

Vera war immer noch da, wie ein an den Flügeln aufgespießter Schmetterling. Eilig überquertest du die Straße und gingst auf sie zu. Sie küsste dich auf den Mund, ihre

Lippen waren kalt; sie hakte sich bei dir ein, und ihr gingt los.

«Mir ist aufgefallen, dass ich seit Ewigkeiten das Haus nicht mehr verlassen hatte, also bin ich ein wenig spazieren gegangen, und hier bin ich», sagte sie. Ihre Stimme klang fröhlich, und dir wurde klar, wie es bei anderen Leuten lief – sie warteten nicht bloß, sie warteten aufeinander.

«Wie war es auf der Arbeit, Liebling?», fragte sie auf scherzhaft altmodische Art, und du hattest mit deinem Dad genug Schwarzweißfilme gesehen, um die richtige Antwort zu kennen.

«Prima, Liebling, wirklich prima», sagtest du.

«Ich habe heute einen Kuchen gebacken, Liebling, ich hoffe, er schmeckt dir.»

«Das ist ganz wunderbar, Liebling. Ich bin sicher, er schmeckt mir.»

Ihre Absätze klackten über den nassen Gehweg, und von Zeit zu Zeit war da eine schwache Brise ihres Parfüms oder auch bloß der Duft ihrer Seife, du warst dir nicht sicher, jedenfalls wehte er in diesen kleinen Wogen zu dir herüber. Und je länger sie deinen Arm hielt, desto stärker spürtest du die Wärme ihres Körpers, und vielleicht spürte sie auch deine.

Ihr bogt um die Ecke, und du erkanntest deutlich die Gestalt deiner Mutter, die sich aus der Tür des Spar-Ladens zwängte, mit vier oder mehr Plastiktüten beladen, die wie Kleinkinder an ihrer linken und rechten Hand zogen. Als sie aufblickte und dich sah, schien sie zu stolpern, und ihr Blick schoss zwischen dir und Vera hin und her. Sollte Vera es bemerkt haben, so sagte sie nichts, aber du warst sicher zu spüren, wie sie sich an deiner Seite anspannte.

Du gingst unbeirrt weiter. Als deine Mutter sah, dass du nicht stehen bliebst, senkte sie ruckartig den Kopf; es war eine hässliche Bewegung. Ihr gingt weiter. Der Verkehr hatte sich ausgedünnt, und auf der anderen Straßenseite warfen Scheinwerfer Licht auf den leeren Kirchparkplatz. In der Kirche schimmerten ein paar dämmrige Nachtlichter. Erst da blicktest du zu deiner Mutter zurück und sahst nur noch ihre schmalen Schultern, ihre schleppenden, kleinen Schritte.

Veras Haus war kalt, als ihr reinkamt. Obwohl es nicht einmal sieben war, schlang sie die Arme um ihren Leib und sagte: «Lass uns ins Bett gehen.» Du hast zugesehen, wie sie sich auszog und nackt auf das ungemachte Bett legte, die Beine herabhängen ließ, ihre Füße wenige Zentimeter über dem Boden. Du hast dich vor sie gekniet, die Innenseite ihres Oberschenkels geküsst und bemerkt, dass keinerlei Wärme an ihr war.

«Ich blute», sagte sie, und du spürtest, wie ihre Hand sanft deinen Kopf beiseiteschob. Doch du wolltest dich nicht wegschieben lassen, und dein Mund füllte sich mit dem Geschmack von Eisen. Hinterher schlief sie ein, atmete flach, gefährlich. Du hast ins Mondlicht geblinzelt, das durch den geöffneten Vorhang auf die kalten Laken fiel.

34

Am Morgen hatte Regen eingesetzt; du hörtest ihn draußen an der Scheibe. Vera lag vom Fenster abgewandt, und ihr Körper ruckelte von Zeit zu Zeit, als würde sie über unebenen Boden geschleift. Sie weinte und versuchte, es zu unterdrücken. Du hast ihr die Hand auf die nackte Schulter gelegt und die Augen geschlossen, um besser nachdenken zu können.

«Warst du schon mal an einem dieser Orte, wo der Himmel blau ist, nicht bloß manchmal, sondern immer?»

«Ja», sagte sie nach einer Pause, und du spürtest ihren Arm wie zufällig über dein Bein fallen. Ihre Stimme klang kraftlos.

«Welcher Ort ist am besten?»

«Es gibt keinen besten.»

«Aber du bist gereist, du hast andere Orte gesehen?»

«Ja.»

«Ich kenne niemanden, der irgendwohin gereist ist.»

«Du kennst mich.»

«Tu ich das?»

«Du kennst mich gut genug.» Sie drehte sich um und griff nach ihren Zigaretten, die auf dem Nachttisch lagen. «Du wirst noch andere Orte kennenlernen, Sonny, versprochen.» Und du hast ihr geglaubt.

«In Spanien gibt es kleine Küstenorte – und in Italien auch.» Sie hörte auf zu weinen. «Du stehst auf und gehst barfuß nach draußen, und der Boden wärmt dir die Füße. In Marokko ist da dieses Dorf.» Sie schloss die Augen, um sich zu erinnern. «Wie heißt es noch gleich? Fischerboote bringen den Fang herein, das ganze Dorf kommt, um sie in Empfang zu nehmen, sie machen kleine Feuer am Strand und bereiten dir für ein paar Pennys den Fisch zu – du brauchst nur auf den zu zeigen, den du haben willst. Und dann suchst du dir einen Schattenplatz, setzt dich hin … und schaust hinaus auf das Meer, dieses wunderschöne Meer.»

Du hast ihr Gesicht gestreichelt und die Wärme ihrer Wangen gespürt. Ihre feuchten Wimpern.

«Ich wollte nie in Irland leben.»

«Ich wollte auch nie in Irland leben, aber ich weine nicht deswegen.»

«Danke.» Sie beugte sich zu dir vor, um dich zu küssen, wie du dachtest, doch sie küsste dich nicht. Stattdessen flüsterte sie: «Ich brauche Toast, bevor ich weitervögeln kann.» Sie griff nach ihrem Morgenmantel und ließ dich allein im Zimmer zurück.

Du spürtest den regelmäßigen Herzschlag in deiner Brust. Du fragtest dich, wie lange du den Atem anhalten konntest. Weniger als eine Minute, und selbst wenn du ihn länger anhalten wolltest, würde dein Körper deinen Verstand einfach beiseitestoßen, und deine Lungen würden sich wieder mit kostbarer Luft füllen. Das wusstest du; du hattest es ausprobiert.

Du konntest sie unten ganz leise hören, und ihre Geräusche waren angenehm. Ansonsten war es so still im Haus, es kam keine Post, und niemand klingelte an der Tür. Es dauerte lange, ehe sie wieder ins Schlafzimmer zurückkam. Du schliefst halb, halb warst du wach, wusstest, dass sie da war, weil du die Hitze ihres Munds auf dir spürtest. Ihre Füße waren kalt, als wäre sie barfuß über den Belgrave Square geschlendert, während ihr weißes Nachthemd um sie herumwehte.

Am Nachmittag klingelte das Telefon. Es machte ein grässlich dringliches Geräusch, das Veras Aufmerksamkeit einforderte. Sie stemmte sich im Bett hoch, auf die Ellbogen, und lauschte ungläubig. Sie hätte es vermutlich einfach klingeln lassen, hättest du nicht dümmlich «Geh nicht ran» gesagt. Sie warf dir einen Blick zu, dann schwang sie die Beine über die Bettkante und eilte aus dem Zimmer.

«Hallo», hörtest du sie unten sagen, weder überrascht noch besorgt. «Ach, Brian, du bist es …» Dann hielt sie inne. Dr. Kelly hatte nicht angerufen, um mit ihr zu plaudern oder um sich nach ihrem Befinden zu erkundigen. Er hatte angerufen, um sie über einen gewissen Vorfall zu unterrichten und sie zurechtzuweisen, weil sie sich mit Jungspunden abgab, die sich einmischten. Nach kurzer Zeit entschuldigte sich Vera mehrfach, sagte irgendwas von Zumutung. Das sei sehr nett von ihm und es täte ihr sehr leid. «Tschüs», sagte sie. «Nochmals Verzeihung, natürlich, bis dann.» Schließlich das Geräusch des klobigen Hörers, der wieder auf die Gabel gehängt wurde.

Du hast abgewartet, ob sie zurückkam, doch da war bloß Stille, endlose Stille. Eilig zogst du dich an, und vom Treppenabsatz aus sahst du sie unten auf einer Stufe sitzen, die Knie angezogen, den Kopf gesenkt. Sie musste jeden deiner Schritte gespürt haben, während du näher kamst und dich neben sie hocktest.

«Es tut mir leid», sagtest du und berührtest sie mit der Hand am unteren Rücken.

«Lass das», sagte sie. «Worum habe ich dich gebeten, was war die eine Sache, um die ich dich gebeten habe?» Sie rieb sich die Stirn. «Er war mein letzter Verbündeter in Dublin. Der allerletzte.»

«Du hast doch mich», sagtest du, und während der Sekunde, die sie dich ansah, wünschtest du, du hättest es nicht gesagt.

«Du musst jetzt gehen, Liebling», sagte sie.

«Ich will aber nicht.»

«Ich brauche Zeit zum Nachdenken.»

«Okay», sagtest du, warst im Begriff aufzustehen, hieltest aber inne, das Gesicht nah an ihrem. «Ich komme später wieder.»

«Nein.»

«Bitte.»

«Ich … rufe dich an.»

«Wir haben kein Telefon zu Hause.»

«Du musst gehen. Jetzt.»

35

Zu Hause war alles noch winziger geworden. Von dem Moment, in dem du durch die Tür tratest, durch den beengten Flur gingst und von dort weiter ins Wohnzimmer und in die Küche, hatte es sich in ein vollgestopftes Puppenhaus verwandelt. Du hattest fast vergessen, was in der Schule vorgefallen war, doch als du jetzt zu Hause warst, kam es dir wieder in den Sinn. Bald würden sie sich mit deinen Eltern in Verbindung setzen; du wusstest nicht, wie oder wann, aber irgendeinen offiziellen Bericht würde es geben müssen. Du hast dir vorgestellt, wie der Direktor draußen vorfuhr und die Adresse auf dem Zettel in seiner Hand überprüfte, bevor er aus dem Auto stieg und hoffte, dass es kein Gebrüll und keine Drohungen geben würde, nachdem er die Nachrichten überbracht hatte. Aber deine Familie war nicht so, niemals würden sie ihn anbrüllen. Sie war anständig, deine Familie. Sie würden sich entschuldigen und sich für das abgenutzte Stück Teppich an der Eingangstür, vor den Füßen des Direktors, schämen, denn er hätte ihre Aufforderung hereinzukommen abgelehnt und würde zwischen dem Eingang und der Stufe davor stehen bleiben.

Der Direktor kam nicht persönlich. Er schickte eine maschinengeschriebene Mitteilung mit dem fetten Schulwappen. Darin stand, Graeme sei übel zusammengeschlagen worden. Darin stand, Graeme sei ein guter Junge und der Direktor bedauere bloß, dass Graemes Familie sich nicht überzeugen ließ, Klage zu erheben. Darin stand, du seist auf der Schule nicht mehr willkommen und dürftest das Schulgelände nie wieder betreten.

Nachdem der Brief durch alle Hände der Familie gereicht worden war, war dein Vater an der Reihe. Am Küchentisch wurde Platz für ihn gemacht, doch er konnte seine Brille nicht finden, eine rosa Brille mit nur einem Bügel, die einmal deiner Mutter gehört hatte. Er begab sich auf die Suche, guckte unter Kissen und hinter der Uhr auf dem Kaminsims nach. Schließlich entdeckte ein Bruder die Brille auf einem Regalbrett in der Anrichte, aber da er schon seit Jahren nicht mehr mit eurem Vater redete, konnte er bloß «Mam» sagen und darauf deuten. Deine Mutter nahm sie von dem Brett und legte sie neben den Brief auf den Tisch.

«Sag deinem Vater, seine Brille ist hier», wies sie dich an. Er war gerade auf allen vieren herumgekrochen und hatte unter dem Sofa nachgesehen, nun stand er auf und ging zum Küchentisch.

Hinter seinem Rücken grinste einer, was weiteres Grinsen hervorrief. Er war ein grobschlächtiger Riese, der sich an den sorgfältig geschriebenen Zeilen die Zähne ausbiss, er versuchte, mit den Lippen die Wörter nachzubilden, stockte, begann von vorn. Vorsichtig lauschtest du dem Gespräch, das sich um dich herumlegte. Irgendwann fiel Veras Name, wurde immer wieder genannt, und als dein Vater den Brief zurück auf den Tisch legte, war alles ihre Schuld. Mit dir war alles in Ordnung gewesen, bis sie aufgetaucht war. Du warst ein netter, stiller Junge gewesen. Jetzt warst du verdorben, und sie war dein Verderben gewesen. Du begriffst, dass sie deinem Vater auf die Sprünge halfen, damit er wusste, wie er auf den Brief reagieren sollte, damit er ihn nicht in den falschen Hals bekam und wütend wurde, weil du diesen Jungen verprügelt hattest oder weil dich keine einzige Schule mehr aufnehmen würde.

Deine Mutter sagte: «Das ist die Lösung. Er darf sie einfach nicht mehr sehen, jemand muss ihr sagen, dass sie ihn in Ruhe lassen soll.» Dein Vater erhob sich vom Tisch, nahm die Brille ab. Er hatte verstanden. An deinem Rücken spürtest du seine Hand, die dich auf die Tür zuschob, in die Nachtluft hinaus.

Im Wagen war er still. Er startete den Motor und fuhr aus der Ausfahrt. Nachdem er um die Ecke gebogen war, wurde der Wagen langsamer, und dein Vater wirkte besorgt.

«Was hast du vor?», fragtest du. Vom Armaturenbrett fiel Licht auf sein Gesicht, es verriet sein Alter und fügte noch etwas hinzu. Einige Jahre später würde er sterben und beerdigt werden, ohne dass du dieses Gesicht jemals berührt hattest.

«Ich werd ihr sagen, dass sie dich ein für alle Mal in Ruhe lassen soll», brummte er, aber es wirkte kraftlos.

«Es ist nicht ihre Schuld», hast du gesagt. «Das weißt du.» Er schwieg. Der Wagen bog auf die Straße Richtung Dun Laoghaire ab.

«Du musst das nicht machen, bloß weil sie es dir sagt.» Das Dröhnen des Motors übertönte deine Stimme, aber nicht so sehr, dass er dich nicht gehört hätte.

«Das reicht jetzt», sagte er. Er atmete stoßweise aus,

und seine Hand streifte dein Knie, als er im Handschuhfach nach Zigaretten suchte.

«Lass mich das machen», hast du gesagt, nachdem er kurz auf die entgegenkommenden Fahrzeuge zugeschlingert war. Du griffst ins Handschuhfach und fandest eine Schachtel Gold Bond mit drei ganzen Zigaretten und einer halb gerauchten darin. Du hast eine ganze herausgeholt und sie angezündet, du hast tief inhaliert, sie ihm weitergereicht, und er klemmte sie sich zwischen die Finger.

Als er ausgestiegen war und vor Veras Haus stand, drehte er sich zu dir um. «Willst du hier sitzen bleiben, oder kommst du mit, oder was?» Langsam hast du die Tür geöffnet und bist aus dem Wagen gestiegen. Du hast zum Haus hinübergeblickt, und es tröstete dich zu wissen, dass sie irgendwo dort drinnen war.

Er drückte nicht auf die Klingel, sondern hieb seine riesige Faust dreimal gegen die Tür. Vera tauchte am Fenster im oberen Stock auf, nur für dich sichtbar. Ihr Umriss hinter der Fensterscheibe. Als dein Vater wieder gegen die Tür hämmerte, zuckte sie zusammen.

«Sie ist nicht zu Hause. Lass gut sein. Lass es einfach bleiben», hast du gebrüllt. Dann hast du leiser hinzugefügt: «Fahr nach Hause und lass die Frau in Frieden, Herrgott.» Vera war nicht mehr am Fenster, die Hand deines Vaters bewegte sich erneut auf die Tür zu, aber du wusstest, er würde es lassen. Er blickte zu den leeren Fenstern hinauf, dann drehte er sich zu dir um.

«Steig in den Wagen», sagte er und setzte sich in Bewegung.

«Ich bleibe hier», sagtest du. «Sag Ma, du hättest mit ihr gesprochen, du hättest die Sache geregelt und ich wäre weggerannt oder so.» Er wägte ab, wie schwierig es sein würde, dich gewaltsam in den Wagen zu zerren. Nicht einmal für sie war es ihm das wert. Er legte die Hand auf die Motorhaube und blickte auf die leere Straße. Sobald er im Wagen saß, verschwand sein Gesicht in der Schwärze; er ließ den Motor aufheulen, und du hast die Augen geschlossen.

Die stille Nacht übermannte dich. Du hast auf die Klingel gedrückt und ihren Namen durch den Briefkastenschlitz gerufen. Es verging eine ganze Weile, bis die Tür geöffnet wurde.

«Mir fehlen die Worte», sagte sie. «Ich frage mich, wer als Nächstes vor meiner Tür auftaucht. Warum war dein Vater hier?»

«Er wollte dir ausrichten, dass meine Ma später vorbeikommt.» Doch sie lachte nicht; sie lehnte die Stirn an die Tür.

«Sonny, warum war dein Vater hier?»

«Ich bin letzte Woche von der Schule geflogen.»

«Das hast du mit keinem Wort erwähnt.»

«Nein.»

«Komm rein, komm schon», hat sie gesagt, und du bist ihr nach oben gefolgt.

Es war vorbei; selbst du wusstest, dass es vorbei war, aber wie bei einem großen Trawler brauchte es mehrere Meilen Ozean bis zum endgültigen Stopp. Du warst dabei, sie zu verlieren, während sie stundenlang dalag, schlafend, wach.

«Es tut mir leid», sagte sie. «Was ich mit dir mache, ist nicht fair.» Du fuhrst ihr mit deinen kalten Fingern durchs

Haar und um den Kopf herum, hast die Haut in ihrem Nacken gestreichelt. Sie stieß einen ganz sanften Seufzer aus.

«Ich liebe dich, Vera, wirklich.»

«Ach, Herzchen», sagte sie. «Das ist keine Liebe. Das musst du begreifen.» Aber du wusstest, was du fühltest.

«Du bist so gut zu mir gewesen, Sonny. Ich hatte nicht mit so was gerechnet, mit solchen Gefühlen für dich.»

«Ich bin froh», sagtest du, warst aber trotzdem enttäuscht. Ihre Gefühle für dich waren bloß lauwarm, und obwohl es so leichter für dich hätte sein sollen, sie loszulassen, war es das nicht.

«Mir ist eiskalt», sagte sie.

«Soll ich den Kamin anmachen?»

«Es ist keine Kohle da – ich habe die Lieferung nicht angenommen.»

Also hast du den elektrischen Heizofen angemacht, und sein Leuchten erhellte den Boden ringsherum.

Später, nachdem sich eure Körper aufgewärmt hatten und ihr ein bisschen betrunken wart, lagst du nackt über ihr und batest sie, dir zu sagen, dass sie dich liebte, damit du es nur einmal hören könntest, doch sie stieß dich beiseite, kniete sich hin und sagte, du solltest sie von hinten vögeln, hart. Also hast du es getan, und bevor du kamst, hast du die Finger in ihre Haare gekrallt und geflüstert: «Ich hasse dich.»

36

Obwohl der elektrische Heizofen auf Hochtouren lief, blieb gleich neben seinem Leuchten die Luft kalt. Du warst wohl abwechselnd eingeschlafen, aufgewacht und noch mal eingeschlafen, bis zum Morgen. Dir fielen wieder Veras geöffnete Augen in der Nacht ein, flackernd, ruhelos. Ihr Mund ausgetrocknet, mal auf, mal zu.

Sie streckte die Hand aus, strich dir über die Wange und sagte: «Komm, mir machen uns einen schönen Tag, lass uns rausfahren.»

Sie trug weiche Wolle, dazu Seide. Du liebtest es, ihr beim Anziehen zuzusehen, all das Verlangen in umgekehrter Reihenfolge, während der Stoff langsam ihre Haut verhüllte. Sie ging zu ihrem Nachttisch, griff nach einem Flakon aus geschliffenem Glas mit goldener Verschlusskappe und tupfte sich etwas Parfüm auf den Hals und beide Handgelenke. Ihr Geruch erfüllte das Zimmer.

Sie glitt dir aus den Händen, und was du bereits gesehen hattest, würde ausreichen müssen. Du wusstest, selbst wenn sie sich in diesem Moment an dich gedrückt hätte, würde der Duft, den sie auf deiner Haut hinterließ, doch verblassen.

Ihr seid nach Wicklow gefahren, habt Tee und belegte Brote in einem kleinen Pub in Delgany bestellt, wo ein

Kohlenfeuer neben euch glomm und Vera so tat, als äße sie, indem sie ein Sandwich in kleine Stücke zerbröselte und auf ihrem Teller verteilte. Sie wandte sich dir zu und sagte über das Radio des Barmanns hinweg: «Immerhin, fast den ganzen Frühling überstanden.» Sie legte ihre Hand auf deine und zog sie dann schnell wieder weg.

«Ich habe Osterglocken, Tulpen und sogar Nelken gesehen.» Sie lächelte. «Wobei Nelken ein Gräuel sind. Nelken machen eine Scheißarbeit, Sonny.»

Sie rieb die Hände aneinander und blickte auf ihre weißen Finger hinunter.

«Lass uns auf der Rückfahrt in Greystones Halt machen und am Ufer entlangspazieren», sagte sie. Du bist aufgestanden und hast ihr Sandwich und den Tee bezahlt, obwohl sie protestierte, und zur eindeutigen Überraschung des Barmanns umarmte sie dich, und du spürtest den warmen Abdruck ihrer Lippen auf deiner Wange. Schöner hättest du dein Erspartes nicht aufbrauchen können. Du hattest nichts mehr und fühltest dich befreit.

Draußen zündete sich Vera eine Zigarette an und warf dir die Packung zu, bevor sie sich duckte und in das kleine Auto einstieg. Wie ein LKW-Fahrer rauchte und schaltete sie. Im Radio lief ein Popsong, und es fing ein bisschen zu regnen an. Die nutzlosen Scheibenwischer schoben das Wasser von einer Seite der Windschutzscheibe zur anderen und wieder zurück. Den Rücken an die Tür gedrückt, hast du dagesessen und ihr den Körper zugewandt, so gut es die schmalen Sitze erlaubten.

Der Parkplatz am Strand von Greystones war gähnend leer, niemand sonst wollte die schweren grauen Wolken sehen, die am Horizont hingen. Später würdest du dich an die Steine unter deinen Füßen erinnern, an einen Hund, der irgendwo bellte, und an das Kreischen hungriger Möwen. An die geschlossenen Buden, die rostigen Rollgitter und wie du zu Vera gesagt hattest: «Du bist schön, wunderschön.»

Ihr wart nicht weit gegangen, bis die Kälte euch beide durchschüttelte und ihr saht, dass die Wolken weiteren Regen von der Irischen See herantrugen. Ihr seid auf das Auto zugestürmt, ihre Hand in deiner; die Steine hüpften, und Vera lachte, während die ersten schweren Tropfen um euch herum zu Boden gingen. Als Vera sich im Auto zu dir beugte, knarrten die alten Ledersitze. Ihre Haare und ihr Gesicht waren nass, und als sie dich küsste, spürtest du ihre Zunge tief in deinem Mund. Sie zog ihre Strumpfhose aus und schob ihren Rock hoch. Du spürtest ihre nackten Oberschenkel, wo sie auf dir draufsaß. Leise, leise hörtest du die Worte: «Ich liebe dich.» Vermischt mit der Hitze ihres Atems und so sacht, dass du dich Jahre später fragtest, ob du es dir eingebildet hattest. Davon abgesehen waren eure Bemühungen vergeblich; die Sitze standen zu dicht beieinander, das Auto war zu eng, und nach ein paar Versuchen, bei denen Vera die Beine absurd verdrehte, musstet ihr beide lachen und gabt auf.

Auf dem Rückweg von Greystones blieb das Auto im Berufsverkehr stecken. An einer verstopften Straßenkreuzung in Dun Laoghaire kamt ihr fast eine halbe Stunde lang nicht vom Fleck, und die Lichter vom Einkaufszentrum warfen Streifen auf Veras Gesicht. An der Bushaltestelle vor der Buchhandlung Eason hatte sich eine Menschenmenge gebildet, und du hast dagesessen und beobachtet, wie sich immer mehr Leute anstellten, die zu später Stunde noch einkaufen gewesen waren. Du begannst dir Sorgen um diejenigen zu machen, die ganz hinten in der Schlange standen und nicht mehr in den Bus passen würden. Vera hatte seit Bray kein Wort mehr gesagt. Sie war wieder an den geheimen Ort zurückgeglitten, den sie nicht mit dir teilen wollte oder konnte.

Zu Hause angekommen, war sie auf direktem Weg in die Küche gegangen, und von der Eingangstür hörtest du, wie sie die Schlüssel auf den Tisch fallen ließ. Sie saß da, den Kopf gesenkt, und fuhr sich langsam mit den Fingern durch die Haare. Du bliebst in ihrer Nähe stehen, bis sie aufblickte, und obwohl du direkt neben ihr warst, brauchten ihre Augen einen Moment, um dich zu finden, und auch danach ruhte ihr Blick nur ganz leicht auf dir.

«Komm, wir betrinken uns», sagte sie und lächelte verhalten.

«Bist du sicher, dass du das willst?»

«Absolut.» Sie setzte sich aufrecht hin und schlug mit den Händen auf den Küchentisch. «Wir besaufen uns jetzt ... Was haben wir noch übrig?»

Du hast in den Schränken nachgeschaut. «Eine Flasche Rotwein, zwei Zwiebeln und eine Möhre.»

«Na, für einen Eintopf reicht das nicht.»

Du hast die Weinflasche geöffnet, Vera stand auf und durchsuchte selbst die Küche, und du hast bemerkt, dass sie sich von der Schublade fernhielt, in der sie inzwischen ihre Tabletten aufbewahrte. Eine fast volle Whiskyflasche wurde zutage gefördert, ihr Inhalt großzügig in Gläser gegossen. Erst brannte er dir in der Kehle, und du spürtest, wie sich dein Körper dagegen wehrte, bis der Alkohol seine dämpfende Wirkung entfaltete und du betrunken warst. Ihr habt am Tisch gesessen, miteinander angestoßen und geraucht. Als du sagtest, dass euch die Mischung aus Wein und Whisky am nächsten Morgen einen furchtbaren Kater bescheren würde, sagte sie: «Scheiß auf morgen.»

Sie hielt sich zurück und füllte dein Glas auf, und du hast verstanden und sie gelassen. Du nahmst ihre Hand und sahst zu, wie dein Daumen über ihre Finger strich. Und du trankst und trankst, bis dir die Tränen in die Augen traten, und sie brachte dich ins Bett.

Du hast dich erinnert, dass sie sich in der Nacht wieder rückwärts an dich geschoben hatte, so schlaftrunken wie beim letzten Mal, und du hattest die Arme um sie geschlungen und sie auf eine Art festgehalten, die dich beinahe glauben ließ, dass sie dir gehörte.

Am Morgen lag sie reglos unter den Decken, die kleine Nachttischlampe strahlte gegen das Tageslicht an. Vera hatte sich ausgezogen, und ihre Kleider lagen sorgfältig gefaltet über dem Holzstuhl. Unter ihrem Bademantel trug sie einen alten Schlafanzug, den du noch nie gesehen hattest. Sie hatte es genau durchdacht, hatte überlegt, was sie anhaben wollte, wenn Männer sie entdecken und mit ihren schweren Stiefeln die Treppe hinauf- und hinunterpoltern würden.

Die Sanitäter kamen, um sie abzuholen. Du hast neben ihnen gestanden, zugesehen, wie sie ihren Körper behutsam vom Bett hoben und auf die Trage legten. Sie war nicht tot, aber fast. Sie hatten dir deine Geschichte nicht abgekauft – dass du am Morgen vorbeigekommen warst, um zu arbeiten, und sie so vorgefunden hattest. Sie sagten, vermutlich würde sich die Polizei melden, betonten aber, dass sie selbst nicht interessierte, was in der Nacht zuvor geschehen war.

«Beim ersten Mal ist es Pech, beim zweiten Mal bloß Schlamperei, oder?», hörtest du einen der Sanitäter zum anderen sagen, als sie die Treppe hinuntergingen. Sie hatten sich wieder an euch erinnert.

Du hattest zu begreifen versucht, was los war, nachdem du aufgewacht warst; draußen war es hell, und dir brummte der Schädel. Da fiel dir auf, wie still sie dalag, wie flach und leise ihr Atem ging, wie blass ihre Haut war. Du hast ihren Namen gerufen, zuerst sanft, dann lauter, und hast sie geschüttelt. Sie war lebendig und gleichzeitig tot. Du warst derjenige gewesen, der den Krankenwagen gerufen hatte, und das würde sie dir niemals verzeihen.

37

Nachdem der Krankenwagen abgefahren war und Vera mitgenommen hatte, blieb nur die entsetzliche Stille in dem großen, leeren Haus zurück. Du hast dich bloß noch kurz dort aufgehalten, überlegt, die zerknüllten Laken glatt zu streichen, die Form zu zerstören, die eure Körper gemeinsam erschaffen hatten. Doch du hast am Fußende gestanden und es nicht über dich gebracht, also hast du die Haustür hinter dir zugezogen, hast abgeschlossen, die Schlüssel in den Briefkasten geworfen und bist zum St. Michael's Hospital nach Dun Laoghaire gegangen.

Das Krankenhaus stand ein wenig von der Hauptstraße zurückversetzt, aber nicht weit genug, um den Patienten, die am Fenster lagen, das konstante Rauschen des vorbeiziehenden Verkehrs zu ersparen.

Du konntest da auf keinen Fall reingehen, du konntest dich alldem nicht stellen. Vor dem Gebäude stand eine kleine Mauer aus Ziegelsteinen, und du hast dich draufgesetzt, die Fenster betrachtet, die ankommenden und abfahrenden Krankenwagen, die Ärzte und Krankenschwestern und all die fürsorglichen Verwandten, die Blumen mitbrachten und einen Schlafanzug zum Wechseln und Pralinenschachteln, und du wusstest nicht, ob Vera tot war oder ob man Maschinen neben ihr aufgestellt hatte, die pumpten und piepten und die kaltherzige Arbeit verrichteten, ihr das Leben zu retten, damit sie durchkam und von neuem sterben konnte.

Es musste genauso schnell passiert sein wie beim letzten Mal; sie hatte die Dosen mit den Tabletten aufgemacht, sie ausgeschüttet, sich in den Mund gesteckt. Und dann mit so kaltem Wasser nachgespült, dass es an ihren Zähnen wehtat. Sie musste die Treppe hochgegangen sein, schreckliche Angst gehabt haben, als sie sich neben dich ins Bett gelegt, zugedeckt und gewartet hatte. Die furchtbare Einsamkeit dieses Wartens.

Du bekamst nicht mit, wie es dunkel wurde. Du bist aufgestanden und auf den Haupteingang zugegangen, wo ein schwaches Licht über der Tür brannte, brachtest es aber wieder nicht über dich einzutreten. Du hattest sie im Stich gelassen.

«Haben Sie Feuer, junger Mann?», fragte eine Stimme zu deiner Linken; du drehtest dich um und sahst eine alte Frau mit einer Plastiktüte in der Hand. Mit der anderen hielt sie dir eine Zigarette unter die Nase.

«Ja, habe ich», sagtest du und stelltest fest, dass deine Stimme normal klang.

«Danke, ist schon gut. Ich habe selbst welches, wollte bloß ins Gespräch kommen. Haben Sie jemanden dadrin?»

«Was?»

«Dadrin, ist dort einer, den Sie kennen?» Ihr Gesicht war zur Hälfte von einem Kopftuch verdeckt, wie ältere Frauen es trugen, wenn sie sich die Haare hatten legen lassen. Deine Ma besaß auch eins, aber es war deutlich schlichter als das dieser Frau.

«Ja», sagtest du.

«Sie Armer – ist es Ihr Dad?»

«Nein.»

«Na so was, die Väter erwischt's normalerweise zuerst. Ihre Mam?»

«Nein.»

«Das sind ja schon mal ganz gute Nachrichten.» Sie zündete sich eine Zigarette an. Der Rauch verschwand in ihr und kam nicht wieder heraus. «Verzeihung, möchten Sie auch eine?»

«Nein, danke. Ich habe gerade erst aufgeraucht.»

«Meiner ist dadrin, mein Mann, schwer herzkrank, dreifacher Bypass. Bloß wozu? Ich meine, wenn er einfach sterben würde, könnte ich nach Hause gehen. Nach all den Jahren hier drin weiß ich sowieso nicht, worauf er noch wartet, er tut nichts. Die Krankenschwestern kennen mich. Ich bringe ihnen kleine Geschenke mit, selbstgemachte Marmelade und so was, selbst der Paki-Arzt grüßt mich mittlerweile, obwohl der sonst mit keinem redet. Sie sind so still – wollen Sie wirklich keine? Greifen Sie ruhig zu, das tut gut.»

Du nahmst dir eine Zigarette, und als du daran zogst, wurde dir schlecht, und du fühltest dich ausgelaugt. Dir wurde klar, dass du ganz normale Sachen machen konntest, dass du so gestrickt warst. Du konntest mit einer Fremden rauchen und sogar plaudern. Du würdest schlafen und scheißen und vögeln. Und in dem Moment kippte dein Körper vornüber, dein Blick verschwamm, und die alte Frau rief: «Jesus Maria, ist alles in Ordnung mit Ihnen, junger Mann? Soll ich jemanden holen?»

Du hörtest, wie sie jemanden herbeirief. Ihre Stimme klang gedämpft, wie von weit weg. Du sprangst auf und entferntest dich vom Eingang des Krankenhauses, dein Gehen wurde zu Rennen, und die Lichter der Geschäfte, der Autos und Straßenlaternen verschwammen miteinander.

38

Deine Ma wirkte zufrieden, dass du zurückgekehrt warst. «Ich will es nicht wissen», sagte sie. «Ich will es gar nicht wissen.» Dabei hattest du keine Anstalten gemacht, ihr etwas zu erzählen.

Sie hatte die Sache selbst in die Hand genommen und mit Joe gesprochen. Sie hatte in deinem Namen Versprechungen gemacht, und Joe hatte eingewilligt, es mit dir zu versuchen. Ab sofort würdest du an zwei Vormittagen pro Woche zur Berufsschule gehen müssen und Zusatzstunden bei Joe und Mick machen. Es wurde mehrfach betont, dass du dir diese Chance nicht vermasseln solltest, was für eine gute Möglichkeit das für dich wäre und da draußen gäbe es eine Menge junger Männer, die sofort mit dir tauschen würden.

Die Minuten vergingen wie Betonblöcke, wie graue Klumpen aus Zeit. Du bliebst lange auf, sahst dir mit deinem Vater einen alten Film an, das Zimmer vernebelt vom Zigarettenrauch. Als der Film vorbei war, stand er auf und bewegte sich auf seine schwerfällige Weise, um das Licht anzuschalten und den Fernseher auszumachen. Dann bückte er sich, hob seine Teetasse auf und stellte sie deiner Ma für den Morgen ins Spülbecken. Er sagte etwas, das wie «gute Nacht» klang. Dann hast du dagesessen, in dem stillen Haus, weiße Asche bedeckte das erkaltende Feuer, du hast dir durchs Gesicht gerieben und dich ins Bett geschleppt.

Am nächsten Morgen fuhrst du mit dem Bus zur Berufsschule; sein schwerer Dieselmotor stieß schwarze Rauchschwaden aus, und er kam vor dem St. Michael's Hospital zum Stehen. Du saßt hinter der vibrierenden Scheibe und spürtest das Gewicht jedes Ziegelsteins und kaputten Körpers auf dir lasten. Trautest dich nicht, nach links oder rechts zu sehen, weil du wusstest, dass dich ihr Sog vom Kurs abbringen würde.

In der Berufsschule saßt du neben Bricks O'Toole, der nach Cheese-and-Onion-Chips roch und dessen Hände von Narben übersät waren. Man gab euch Lehrbücher, in die ihr bloß einen flüchtigen Blick warft. Die Seiten hatten Eselsohren oder fehlten ganz, waren voller Jungskritzeleien von spritzenden Schwänzen und Fußballteams. Bricks erzählte dir, solange man die meiste Zeit zum Unterricht erschien, kam man durch, und es kümmerte die einen Dreck, ob man eine verdammte Kuh zerlegen konnte. Abgesehen davon interessiere ihn das alles sowieso einen Scheiß; er würde auf einem Containerschiff anheuern, sobald sein Fall vor Gericht angehört worden war. «Auf den Schiffen nehmen sie jeden», sagte er. Bei einem Kampf hatte er einem Kerl ein Ohr abgebissen, und man hatte ihm geraten, eine Ausbildung zu beginnen, um den Richter milde zu stimmen. Später hörtest du, dass er acht Monate im Mountjoy gekriegt hatte. Schwere Körperverletzung.

Du hast es nicht über dich gebracht, mit dem Bus zur Metzgerei zu fahren und ein zweites Mal an einem Tag am

Krankenhaus vorbeizukommen, also bist du den ganzen Weg zu Fuß gegangen.

«Das darf doch nicht wahr sein – du kommst zu spät, kommst am ersten verschissenen Tag deiner Ausbildung schon wieder zu spät!», rief Mick und hielt seine Armbanduhr in die Luft gereckt. «Der Unterricht dauert bloß zwei Stunden, und schau, wie spät es jetzt ist!» Du sagtest, es täte dir leid, der Bus hätte eine Panne gehabt. Er glaubte dir nicht.

Es gab nicht viel für dich zu tun, das Fleischaufschneiden wollte man dir nicht anvertrauen, und Joe und Mick stritten sich sowieso schon um die wenigen Kunden, die in den Laden kamen.

Also hast du den Fleischwolf gesäubert, den Kessel aufgesetzt und Tee gekocht, der dann kalt wurde.

«Kommst du mit auf ein Bier?», fragte Mick nach Ladenschluss, als die Rollgitter schon heruntergelassen waren. Erst warst du verwirrt, weil er dich in demselben Ton gefragt hatte, in dem er dir sonst eine Standpauke hielt.

«Ein Bier?»

«Ja, ein Bier. Ich gehe mit dem Auszubildenden am ersten Tag immer ein Bier trinken – also willst du nun ein Scheißbier oder nicht?»

«Ja … danke.»

Du hast gewartet, bis er die Gitter abgeschlossen hatte, dann seid ihr schweigend zum Pub gegangen. Drinnen war es warm; es lief laute Musik, und du kanntest ein paar Leute vom Sehen, aber nicht gut genug, um sie zu grüßen. Mick bestellte an der Theke zwei Bier und bedeutete dir, dass sie auf ihn gingen. Er nahm einen Schluck und wischte sich mit dem Handrücken das Gesicht ab. Er schaute sich begeistert um, doch du hattest das Gefühl, diese Begeisterung aus ihm herauszusaugen, als er dich ansah. Er wandte den Blick ab, und du stelltest dir vor, wie er die Augen verdrehte und dachte, dass sich das Bier unangenehm in die Länge ziehen würde.

«Ich geh pissen», sagte er. «Und guck verflucht noch mal 'n bisschen fröhlicher, Sonny!»

Du hattest noch nie allein am Tresen gestanden, und während du einen Schluck von deinem Bier nahmst, fühltest du dich sehr unsicher. Du hast den Wirt bei der Arbeit beobachtet, dann sahst du dich im Spiegel dahinter. Die Gesichter, das gedämpfte Licht, das Lachen der Leute, die sich freundschaftlich berührten, würden dir noch Jahre später in Erinnerung sein, und du wünschtest, du wärst jemand anders, jemand, der weiß, wie man dazugehört.

Da hast du hinter dir, jenseits der Rauchschwaden, Sharon entdeckt. Sie trank sonst nie, doch dort saß sie mit einem Glas Cider neben einem älteren Kerl, der sich mit ihrem Vater unterhielt. Im Spiegel fing sie deinen Blick auf, runzelte leicht die Stirn und zeigte dir den Stinkefinger. Sie grinste, als du auf sie zukamst, und hielt ihre brennende Zigarette unnatürlich in die Luft gereckt, als wollte sie sie zur Schau stellen.

«Sonny!», sagte sie laut. «Was machst du denn hier, sind in der Monkstown Road etwa Gewitterwolken aufgezogen?»

«Mick hat mich gefragt, ob ich ein Bier mit ihm trinken gehe.»

«Oh, dann wirst du jetzt also doch Metzger?» Sie war wie eine Fremde; du hast versucht, durch ihre Trunkenheit hindurchzublicken, hinter ihre schwere Make-up-Schicht und die dicke Wimperntusche um ihre Augen, die aussah, als wäre sie verlaufen und wieder getrocknet.

Als ob sie mit dir Verstecken spielte. «Du freust dich bestimmt wie 'n Schneekönig», sagte sie und lachte. Sie nahm ihren Cider vom Tisch und stürzte ihn in großen Schlucken hinunter.

«Wir sind gerade dabei zu feiern», sagte sie, und da hast du gesehen, was sie dir die ganze Zeit hatte zeigen wollen. Einen dicken Diamantring an ihrem Ringfinger. «Nicht wahr, Jim?» Doch Jim hatte sich ihrem Vater zugewandt und wollte nicht gestört werden. «Jim?», sagte sie. «Wir feiern, nicht wahr?»

«Ja», sagte Jim über seine Schulter hinweg, «wir feiern.»

«Wir werden nämlich heiraten», verkündete Sharon und hielt wieder ihre Hand hoch. «Der ist nicht echt oder so, bloß für den Übergang, bis wir einen richtigen Ring besorgen. So machen die Leute das, stimmt's, Jim? Jim? Und wir stehen auf der Liste für ein Haus in Ballyboden, kennst du das?»

«Nein.»

«Es ist großartig, nicht wahr, Jim? Jim?»

«Großartig», sagte Jim und drehte sich nun um, legte Sharon den Arm um die Schulter und zog sie an sich, küsste sie auf die Wange, während er dich ansah. Er trug einen Schnurrbart und hatte die Ärmel hochgekrempelt, sein lila Seidenhemd war unter den Achseln schweißdurchtränkt.

«Und wer bist du?», fragte er.

«Sonny.»

«Sonny», sagte er und wandte sich Sharon zu. «Ein Freund von dir?»

Sharon blickte dich an. «Und, Sonny? Bist du ein Freund von mir?»

Mick kam von der Toilette, er entdeckte den leeren Platz am Tresen, wo er dich zurückgelassen hatte, ging aber unbeirrt weiter durch den Pub darauf zu.

«Ja», sagtest du.

«Sonny verkehrt sonst in besseren Kreisen, stimmt doch, oder? Er geht in die Nationalgalerie und so. Er steht auf eine vornehme Lady, eine alte, nicht wahr?» Jim legte die Hand auf Sharons Bauch und rieb hin und her; etwas an seinen Händen und der Bewegung kam dir grotesk vor. Hin und her, hin und her; mit jedem Reiben fühltest du dich kraftloser.

«Dann herzlichen Glückwunsch», hast du gesagt und einen ersten Schritt auf den Tresen zu gemacht, wo Mick stand.

«Hat wohl nicht funktioniert mit euch beiden?», fragte sie.

«Was? Nein, ich meine, es …»

«Das hätt ich dir auch gleich sagen können.»

«Hört der auch noch mal auf, dir so über den Bauch zu reiben? Der glaubt wohl, das wäre Aladdins verschissene Wunderlampe.»

«Was ist los?», sagte Jim. «Weißt du, mit wem du hier redest?»

«Schon gut, Jim», sagte Sharon. «Er ist ein Niemand, nicht wahr? Du wirst nie jemand sein, Sonny, du wirst nie ein Mann sein, zumindest keiner, der zu irgendwas taugt.» Sharon legte ihre Hand auf Jims.

«Du verziehst dich mal besser», zischte Jim dir von der Seite zu, seine Augen funkelten dich an. Du hast dich umgedreht, durch den Rauch zu Mick hinübergesehen. Er blickte dich an, tippte sich mit dem Finger ans Handgelenk, als befände sich eine Uhr daran, kippte sein Bier hinunter und wandte sich wieder zum Barmann um. Sharon fing an, geistesabwesend an ihrem Daumennagel zu kauen, dann fiel es ihr auf, und sie ließ die Hand sinken. Und während du dir den Weg aus dem Pub hinaus bahntest, warst du voller Zuneigung für sie.

39

Vom Pub bist du direkt zum Krankenhaus gegangen. Das Gehen schien deinem Körper gutzutun, und selbst der unsichtbare Regen, der dich durchnässte, konnte dem, was plötzlich in dir aufgekeimt war, nichts anhaben.

Du hast den Empfangsbereich betreten und bist auf die Rezeption zugegangen, vorbei an den Umrissen Unbekannter, die sich zielstrebig vorwärtsbewegten, die ernsten Köpfe gesenkt. Hinter dem Schalter stand eine stämmige Krankenschwester, eine kleine Uhr klemmte an der Brusttasche ihrer Uniform. Auf den Unterarmen balancierte sie mehrere große Ordner; sie schienen schwer zu sein, aber sie ließ sich nichts anmerken.

Sie war deinem Blick begegnet, als du hereingekommen warst, aber es passte ihr gerade nicht. Also hast du gewartet, und dein Zutrauen flaute nur unwesentlich ab.

«Ich möchte Vera Hatton besuchen», sagtest du, und als sie Veras Namen hörte, blinzelte die Schwester und wirkte auf einmal interessiert.

«Einen kleinen Moment.» Sie ging zu ihrer Kollegin. «Er möchte Vera Hatton besuchen.» Du hast deutlich gehört, wie sie es sagte. Die zweite Krankenschwester hielt in ihrer Beschäftigung inne und drehte sich um, beide blickten dich an.

«Bitte hier entlang», sagte die erste Schwester, kam zu dir herum und führte dich über den Flur, die Hände zusammengelegt.

«Sind Sie mit der Patientin verwandt?» Du hörtest, dass sie mit ländlichem Akzent sprach. Sie versuchte, einfühlsam zu sein.

«Ich bin ihr Neffe aus Wexford», sagtest du.

«Ah, verstehe», sagte sie. «Das ist aber nett von Ihnen. Sie wissen, unter welchen Umständen Mrs. Hatton hier eingeliefert wurde?»

«Ja», sagtest du. Daraufhin wandte sie den Blick ab und richtete ihn auf den Flur, als hätte sie dort etwas entdeckt. Es brachte sie in Verlegenheit, dir mitzuteilen, in welch furchtbarem Zustand sich deine Tante befand.

«Sie ist nicht zum ersten Mal hier bei uns. Wir kennen sie alle, und natürlich mögen wir sie sehr. Sie liegt im Koma. Wir wissen nicht, also, wir glauben nicht … Es ist sehr ernst, Sie verstehen?»

«Ja.»

«Also, es könnte eine gute Sache sein, dass Sie sie besuchen und mit ihr reden, das soll helfen, sagt man. Ich gebe oben Bescheid, damit man Sie dort in Empfang nimmt – sie liegt auf der dritten Etage …?»

«Sonny.»

«Also gut, Sonny, fahren Sie nach oben. Der Arzt kommt erst morgen wieder, aber dann können Sie mit ihm sprechen, wenn Sie möchten. Der Aufzug ist direkt dort drüben, sehen Sie? Genau, da. Gut.»

Du hast eine lange Zeit gewartet, bis sich die Aufzugtür öffnete. Du hörtest, wie der Metallkäfig langsam zwischen den Stockwerken entlangratterte, und standest neben einem Mann, der einen Blumenstrauß in der Hand hielt wie einen Vorschlaghammer. Er bewegte die Lippen, als versuchte er, die Worte wiederzufinden, die er sich zurechtgelegt hatte. Er stieg in der zweiten Etage aus, die Türen gingen zu, und du spürtest die bedrückende Krankenhausatmosphäre.

Als sich der Aufzug wieder öffnete, stand eine junge Krankenschwester davor.

«Sie sind hier, um Vera zu besuchen?», fragte sie. Du nicktest. «Hier entlang, bitte», sagte sie. Du bist ihr mit ein paar Schritten Abstand gefolgt, ihr kamt am Schwesternzimmer vorbei, wo eine Krankenschwester saß und Tee trank, und ein Stück weiter über den Flur, vorbei an den schwach beleuchteten Zimmern mit Betten, die Geisterschiffen glichen.

«Sie könnten einen Schreck kriegen, wenn Sie sie so sehen, mit all den Maschinen, Schläuchen und dergleichen, aber Sie brauchen sich keine Sorgen zu machen, wir haben dafür gesorgt, dass sie es bequem hat. Ich warne die Besucher nur gerne vor, damit sie wissen, was sie erwartet. Hinterher sind sie mir oft dankbar ... Hier ist es.» Sie blieb vor einer Tür stehen. «Soll ich mit reinkommen?»

«Nicht nötig, danke.»

Bereits durch die rechteckige Glasscheibe erkanntest du die Form ihres Körpers unter der straffgezurrten Bettdecke. Du musstest fest gegen die Tür drücken, um sie zu öffnen, und sie fiel schnell hinter dir zu. Neben Veras Bett stand eine Maschine, die aussah wie ein Fernsehbildschirm, Linien liefen und hüpften im Takt von Veras Herzschlag darüber.

Ihr Gesicht stimmte nicht mehr mit deiner Erinnerung

überein, etwas fehlte. Es sah nicht so aus, wie wenn sie schlief; die Neugierde und Verwunderung waren daraus gewichen, und was zurückblieb, machte dir Angst. Ihr Mund hing auf einer Seite herunter, und ihr Kinn lag in unnatürlicher Haltung auf ihrer Brust.

Du wusstest nicht, was du tun solltest. Du überlegtest, die Hand nach ihr auszustrecken und sie zu berühren. Ihre Haut war wächsern weiß. Das war der Unterschied, die wenigen Tabletten, vor denen du sie bewahrt hattest.

Du hast dich hingesetzt und ihren Brustkorb beobachtet, der sich hob und senkte, und ein gelegentliches Zucken unter ihren Augen. Du hast auf den Monitor geblickt, der piepste und Zahlen anzeigte, die du für einen Augenblick zu verstehen glaubtest. Piep, piep, piep. Es gab so gut wie kein anderes Geräusch auf der Welt, außer wenn draußen eine Krankenschwester mit sanften Schritten vorbeieilte oder wenn der Aufzug am anderen Ende des Flurs ankam oder abfuhr. Ab und zu klingelte im Schwesternzimmer das Telefon, aber nicht oft.

Du strecktest den Arm aus und nahmst ihre Hand. Sie fühlte sich nicht kalt an, aber es war kein Leben darin. Du überlegtest, ob du weinen solltest, aber es kamen keine Tränen. Du hast sogar ihre Hand geküsst und den Kopf auf ihren Schoß gelegt, die frische Bettwäsche unter deinem Ohr gespürt, dann hast du dich im Stuhl zurückgelehnt und sie angesehen – Vera und du, losgelöst, weder hier noch da.

Später klopfte es leise an der Tür, dann wurde sie aufgedrückt, und die Krankenschwester erschien mit einem Tablett in den Händen. Als sie hereinkam, bist du aufgestanden.

«Ich dachte, ein Tässchen Tee käme hier ganz gelegen», sagte sie. Du sahst, dass sie eine Teekanne mitgebracht hatte und einen kleinen Teller mit ein paar Keksen darauf.

«Danke, vielen Dank», sagtest du. Sie ging auf Veras Bett zu und stellte sich daneben. «Und wie geht es unserer Patientin?» Sie strich Vera sanft übers Gesicht. «Schauen Sie, Vera, Ihr Neffe ist extra den ganzen Weg aus Wexford hergekommen, um Sie zu sehen. Ist das nicht schön?» Sie sprach mit Vera wie mit einem Kind. «Ich komme später zurück, um das Tablett abzuholen, und ich habe unterwegs ein paar Blumen gesehen, die einfach verwelken werden – die bringe ich mit, wenn ich zurückkomme, das wird den Raum ein wenig aufheitern.» Sie sah wieder zu Vera hinüber. «Ist sie nicht eine unglaublich schöne Frau? Sie hätten Filmstar werden sollen, nicht wahr, Vera?», sagte sie. Dann ging sie auf die Tür zu. «Wenn Sie irgendetwas brauchen, geben Sie mir Bescheid.»

«Danke», sagtest du.

«Keine Ursache, es ist schön zu sehen, dass jemand sie besucht. Bis später, Vera.»

Sie hatte schon eine Hand auf der Türklinke, als du fragtest: «Kommt denn sonst niemand?»

Während sie antwortete, sah sie dich nicht an, als wären ihr die Worte unangenehm. «Nein, niemand, jedenfalls nicht seitdem ich sie kenne, und ich kenne sie jetzt schon eine ganze Weile. Wir haben ihr immer angeboten, jemanden für sie anzurufen, aber nein.»

«Ich wusste nicht, dass sie schon so lange krank ist.»

Sie kam zurück ins Zimmer, verschränkte die Arme vor der Brust und blickte zum Bett. Dir wurde klar, dass sie nirgendwo erwartet wurde.

«Ich verrate Ihnen was – ich habe eine Menge Patienten, die kommen und gehen, aber Vera war immer etwas ganz Besonderes. Ich habe sie wirklich ins Herz geschlossen – auch wenn ich keine Lieblingspatienten haben sollte. Wissen Sie, jedes Mal, nachdem wir sie entlassen hatten, schickte sie uns eine Woche später Blumen und Pralinen, und sie kannte jeden, der auf dieser Etage arbeitete, mit Namen. Aber ich will ehrlich zu Ihnen sein, es hat uns das Herz zerrissen – jedes Mal, wenn sie das Krankenhaus verließ, wussten wir, dass sie zurückkommen würde. Wir wussten es einfach.»

«Es ist nicht heilbar, oder?»

«Ach, das stimmt gar nicht, es gibt einige sehr erfolgreiche Behandlungsmethoden. Ich meine, dieses Land ist noch im Mittelalter, was Depressionen angeht, aber trotzdem. Ich habe oft gedacht, es wäre besser für sie gewesen, zurück nach England zu gehen, sich dort Hilfe zu suchen, aber ich habe es ihr nie vorgeschlagen. Sie ist eine sehr zurückhaltende Frau, wie Sie sicher wissen.»

«Ja, aber man hat mir erzählt, dass es für die Motoneuron-Erkrankung keine Heilung gibt, nirgendwo.» Mit einem Mal durchflutete dich die Hoffnung, dass sie doch eine Chance hatte, dass es, wenn sie sich hiervon erholte, Behandlungen gab, die sie übersehen oder nach denen sie nicht gefragt hatte, weil sie so zurückhaltend war und sich niemandem aufdrängen wollte.

Es dauerte einen Augenblick, bis dir auffiel, dass sich der Gesichtsausdruck der Krankenschwester verändert hatte und sie dich prüfend ansah. «Ihr Sohn hat an der Motoneuron-Erkrankung gelitten, nicht Vera.»

«Ihr Sohn?»

«Ja, ihr Sohn, er war etwa in Ihrem Alter. Entschuldigung, aber Sie sind doch ihr Neffe, oder?»

«Ja», sagtest du, «ja natürlich.»

«In Ordnung. Ich möchte nur nichts sagen, was ich nicht sagen darf, das ist alles.»

«Natürlich.»

«Ich komme später wieder und nehme das Tablett mit.» Sie verließ das Zimmer, zog die Tür hinter sich zu, und am Fußende des Betts scharten sich Veras Worte um dich wie gefallene Engel, zum ersten Mal vollkommen entblößt. Du legtest die Hand auf ihre Decke; ihr Körper darunter war noch warm.

40

Es war spät, spät genug, um schon wieder früh zu sein. Die Krankenschwester war zwischendurch zurückgekommen, hatte das Tablett abgeräumt und wie versprochen einen Strauß Nelken mitgebracht. Sie hatte «gut» gesagt und «so sieht es besser aus, bis später», war aber nicht mehr geneigt gewesen, mit dir zu plaudern wie zuvor. Auf der Hauptstraße war keine Menschenseele, als du aus dem Fenster sahst. Und dort waren Vera und das stetige Piepsen ihres Wächters. Du wusstest nicht, was du tun solltest. Du bist in das Krankenhausbett gestiegen, hast den Kopf neben ihren gelegt. Du hast dir vorgestellt, wie es wäre, wenn sie sich jetzt zu dir umdrehen würde, während du ihr mit den Fingern über die Wange und das Kinn strichst. Sie roch nicht mehr nach Vera; man hatte sie gewaschen und desinfiziert. Du strecktest die Hand aus, hieltest ihr den Mund zu und drücktest ihre Nasenlöcher zusammen. Ihr Körper begann zu zittern, dann bäumte er sich jäh auf. Du spürtest die Wärme ihres Munds und sogar ihre feuchte Spucke unter deiner Hand. Sie öffnete die Augen kein einziges Mal. Es dauerte lange, bis ihr Körper reglos dalag. Die horizontale Linie auf dem Bildschirm flachte ab und löste den Alarm aus. Du lagst dort, neben ihr, bereit, entdeckt zu werden. Du strichst ihr zärtlich mit der Hand übers Gesicht, und es war dir egal, als deine Tränen zu fließen begannen. Du hast sie ein letztes Mal geküsst, und ihr Mund war nicht kalt, so wie man immer sagt; sie sah auch nicht friedlich aus.

Dann wurdest du umringt. Plötzlich standen zwei, vielleicht drei Krankenschwestern und ein Arzt im Raum. Eine Krankenschwester nahm dich bei der Hand und sagte: «Es ist in Ordnung», und führte dich auf den Flur hinaus. Sie blieb neben dir an der Tür stehen und drückte deinen Arm, und als sie sah, wie eine Krankenschwester drinnen auf die Uhr blickte, sagte sie: «Gott sei Dank war jemand bei ihr, und sie musste nicht allein sein.» Aber es war dir unangenehm, ihre Hand an deinem Arm zu spüren, und du hast dich losgemacht.

Draußen bist zu ziellos umhergeirrt, hast darauf gewartet, dass das Morgengrauen die Nacht entzweireißen würde.

Als du in Seapoint ankamst, hörtest du hinter dir die ersten Züge, und vor dir führte eine Steintreppe ins Meer. Du hast dich am massiven rostigen Geländer festgehalten, bist hinuntergestiegen und hast einen Fuß in das eisige Wasser getaucht. Dann bist du in die sanft schwappenden Wellen hineingewatet. Du spürtest, wie deine Beine brannten, als Nächstes deine Eier und dein Schwanz, dein Bauch. Du hast dich kopfüber ins graubraune Meer gestürzt. Hast die Luft angehalten, plötzliche Stille. Du schmecktest das Salz auf deinen Lippen und hieltest so lange den Atem an, wie du konntest, warst eine Weile zwischen den Welten, bevor dich das Wasser ausspie und du nach der kostbaren Luft schnapptest.

Danksagung

Für ihre Großzügigkeit und Güte werde ich meinen Brüdern, die glücklicherweise nicht «die Brüder» sind, und meinen Schwestern ewig dankbar sein.

Ich danke meinen Freunden aus meinem «Lieblingsraum» in New York City, Dermot Burke, Tony Caffery, Natilie Walsh, Brendan O'Shea, Francesca Fallaci. Brendan Byrne. Und dem mächtigen Asidro.

Evan Elizabeth Harder, David Winner, Michael Almereyda, Geoffrey O'Sullivan, Bara Jichova Tyson, Deborah Clifford, Jenna Nicholls, Mark und Jess Connell, Davian Littlefield, Colin Brodrick, Jt Petty.

Joby Hickey, Grace Weir, Joe Walker, Nick Miller. Sinead Dolan, Paul Ferriter, Fionn Davenport, Emer Reynolds, Ness Evans und der Familie Fraser.

Anna Stein, Sophie Lambert, Jonathan Lee. Kate Harvey und allen Mitarbeitern vom Harvill Secker Verlag.

Mein Dank gilt weiterhin jenen, die auf Abruf bereitstehen: Mum, Dad und meinen großartigen Freunden Adam Roth und Frank Deasy.

Und natürlich meinen beiden Engeln, Billy und Lila.

MIX
Papier aus verantwortungsvollen Quellen
FSC® C083411

Das für dieses Buch verwendete Papier ist FSC®-zertifiziert.